把笔传声

施心超 著

上海大学出版社
·上海·

图书在版编目(CIP)数据

把笔传声/施心超著.—上海：上海大学出版社，2021.5（2021.11重印）
ISBN 978-7-5671-3325-9

Ⅰ.①把… Ⅱ.①施… Ⅲ.①新闻报道-作品集-中国-当代 Ⅳ.①I253

中国版本图书馆 CIP 数据核字(2021)第 054743 号

责任编辑 刘　强
封面设计 柯国富
技术编辑 金　鑫　钱宇坤

把笔传声

施心超　著

上海大学出版社出版发行
（上海市上大路 99 号　邮政编码 200444）
（http://www.shupress.cn　发行热线 021-66135112）
出版人　戴骏豪
*
南京展望文化发展有限公司排版
上海普顺印刷包装有限公司印刷　各地新华书店经销
开本 889mm×1240mm　1/32　印张 13　字数 303 千字
2021 年 8 月第 1 版　2021 年 11 月第 2 次印刷
ISBN 978-7-5671-3325-9/I·625　定价 86.00 元

版权所有　侵权必究
如发现本书有印装质量问题请与印刷厂质量科联系
联系电话：021-36522998

序一

有朋自远方来,不亦乐乎。友人施心超同志从嘉定来到静安寺华东医院看望我,令我十分开心。若论地界距离,并不算远,但论两人相识相处之时日,可谓久远。我俩作为新闻广播战线上的战友,已超过60年了。

施心超同志坦言,此来一则叙谊,再则求教,我甚表谢意。他出示一册著述目录,一页经历介绍,说是拟结集付梓,请我代序。我许愿细读,婉辞草序。但盛情难却,最宜另请高手,我可涂鸦补壁。

我虽有心拜读老友佳作,无奈眼力不济,以倍镜助阅,请护工念稿辅读,心神大快。老友长期扎根乡土,传声内外,著述颇丰。举凡嘉定的旧貌新颜,改革发展的风采,科技进步的创建,人文掌故的展现,内外交往的通达,林林总总,叶翠花香,玑珠落盘,飘洒在嘉定本地、友好近邻,扩及上海《解放日报》《文汇报》及至《人民日报》和央广等传媒,声名远播。

老友从初学试笔,步步攀登,背负笨重的录音机现场采访,编织不辍,耐力持久,从业精神十分可佩。

常言山高水深,多以外延赞誉,然其贵更应推崇内涵。古

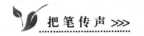 把笔传声

人云：山不在高，有仙则名；水不在深，有龙则灵。粗读老友著述，犹如仙居龙盘，藏珍毓秀，灵慧可嘉！兹拙凑一联奉赠：把笔传声心超愿，恒念乡土乐此生。

高宇（时年92岁）

2018年3月25日

高宇，曾任上海人民广播电台党委书记、台长、总编辑。

施心超、高宇（右）合影

序二

施心超老师是一位令人钦佩的耄耋老人,曾任嘉定县广播站站长、县人民广播电台总编辑,是上海老新闻工作者协会前任理事,嘉定分会前任会长,现为嘉定分会顾问。2016年11月获上海市老新闻工作者协会"精彩人生奖"殊荣。

施心超老师大我7岁,是我一直敬重的长者。我和他相识、相知、共事、接棒,有4个时间节点,也是缘分。

1962年7月,我从上海师范学校毕业,到嘉定农村小学任教,在乡间首先听到的是农村广播,老百姓叫"喇叭头"。开始,我是在"喇叭头"里认识他的。有人告诉我,嘉定广播站有个记者、编辑叫施心超。

1969年冬季,一场大雪,老施带了一台录音机到乡下采访干部带领农民抗寒保苗的事迹。他不怕寒冷,冒着雨雪,踏着泥泞的道路深入田间地头,采访第一线的村干部,当即写成稿子读给被采访人听一遍,再回到家中,第二天播出。我被他认真负责和刻苦的精神打动。

1970年春,我离开小教队伍,调入嘉定县人民广播站工作,他领我进"庙门",是我学当记者、编辑的师傅。

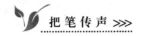

刚进广播站时,如何写新闻稿、如何当编辑,都得到老施的帮助和指导。我们共事了4年多。老施在县广播站工作期间,始终遵守党的宣传纪律和宣传口径,始终坚持歌颂伟大的中国共产党,歌颂社会主义的新中国,紧跟县委、县政府的中心任务,依靠站(台)干部和通讯员队伍开展工作,业绩居市郊前列。他一心扑在工作上,是我学习的榜样。

2012年5月,78岁的老施要退位了。他向市老记协推荐我接任,并带领我去市老记协接受领导"面试"。

这次,老施在他发表的文章中整理出版名为"把笔传声"的汇编本,回顾他的新闻之路,使我有机会再次学习他"不忘初心,一心为民"的精神,以及其贴近民众的工作作风。

徐胜德
2018年4月13日

徐胜德,曾任上海市嘉定县(今嘉定区)宣传部副部长,上海老新闻工作者协会理事、嘉定分会会长。

序三

我的新闻之路

1950年的一天,江苏省《新华日报》登载我的母校——嘉定县南翔义务职业学校(今嘉定二中)重视思想政治教育的消息,全校师生备受鼓舞。兴奋之余,我对新闻工作的敬重之情油然而生。

1956年6月,中共嘉定县委组织部果然把我这个年轻党员从外冈区委调到《嘉定报》当记者。做了一年多,进县委宣传部,1961年2月,组织部又调我到嘉定县广播站当编辑,直至1995年退休。我的实际新闻工龄35年。

在党的领导下,我在新闻工作岗位上刻苦学习,逐步提高,多做奉献。刚进《嘉定报》时,到底如何写新闻,如何写通讯,如何采访,我知之甚少。我写的稿子往往不能见报,内心苦闷。于是我认真学习《嘉定报》和《新华日报》的文章,研究其主题、结构和文字表达,还阅读新闻写作的辅导资料。经过数月努力,初步掌握了写稿的一般规律。报社主持工作的总编朱敬禹特地带我和陈百花去马陆采访全县首座灌溉站,由我执笔写了通讯——《渠道两岸话丰收》,内容翔实,文字简朴,载于1956

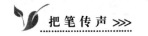

年11月12日《嘉定报》。朱总编还派我去宜兴和武进报社学习；让我赴沪听《解放日报》记者方远的报告，介绍他在杭州采访周恩来总理陪同苏联领导人伏罗希洛夫游览的故事。参加这些活动，我获益不少。从此，我在《嘉定报》上发表的通讯类文章也多了。

广播是通过声音传递信息的。我到了广播站，不仅编写稿件，还要出门采访录音，让干部群众上广播，体现党的人民当家作主的思想。有次，我带一台台式录音机，大约60厘米长、40厘米阔、25厘米高、15千克重，从嘉定乘公交车，到了曹安线上的一个站下来，身患肺结核病的我，实在无力搬运，幸亏有位骑自行车的农民帮助，才把这台录音机搬到目的地。事后有一干部送我上车回到嘉定。这种状况，延续多年。

那时，正值国家经济困难，站里人员减少。我一人每天编排15分钟节目的稿子，报道嘉定新闻；后来，编排的节目增到30分钟。这时，我往往上午出外采访，下午和播音员制作节目，晚间写稿。

我主持的广播宣传工作，始终坚持歌颂伟大的中国共产党，歌颂社会主义新中国，紧贴县委、县政府中心任务，依靠干部和通讯员的支持来进行，业绩屡居市郊前列。

身为党员，我把向上级新闻单位发稿视为天职。1978年12月24日上午，中共嘉定县委常委认真进行十一届三中全会公报的学习讨论，当天下午我采访了县委副书记温彦等，第二天上海电台以《嘉定县干部、社员热烈拥护三中全会公报》为题广播。1995年，《远东经济画报》第6期登载我的文章《中国小康之首——上海嘉定》。1994年，《中国广播电视学刊》第6期发表

序 三

同他人合作、我执笔的论文《大变革是农村广播复兴的支点》。

退休之初的五六年间,我在全国和省市媒体发表作品超过200篇。1999年5月26日《新民晚报(美国版)》登发我采写顾维钧女儿的访问记——《月是故乡明——顾菊珍谈慈父二三事》。2000年,北京《海内与海外》杂志第2期刊载我介绍中央电视台驻比利时首席记者、老家在华亭镇的顾玉龙事迹的文章——《在战火中洗礼——访从南联盟归来的记者顾玉龙》。1996年8月28日,《人民日报(华东版)》发表我执笔的新闻《嘉定崛起旅游城》。

党的领导和同志的支持,给了我坚守新闻岗位、不断进步的动力。1966年,我完成了上海电视大学中文系的学业。先后担任县广播站副站长、站长,电台总编辑。曾获上海市先进新闻工作者荣誉。1988年,评为主任编辑。我所主持的嘉定县广播站(台),经全体同志共同努力,连续两年在郊县综合评比中名列第一。20世纪80年代,我参与发起建立了长江三角洲广播新闻协作区组织(县级),当第二任会长,在北京主持了第十届年会。我曾是嘉定县(区)两届政协委员,现为特聘委员。

新闻路上党恩随,霞光满天当自奋!

施心超

2011年5月23日作,27日修改

编 辑 说 明

一、本书收录施心超先生自 20 世纪 50 年代以来所撰写的文章，其中绝大多数已公开发表。

二、对于已公开发表的文章，本书大多依据原始文献录入，少数依据施心超先生提供的文字稿录入。

三、本书文章编排主要以发表或产生的时间先后为序。

四、对于已公开发表的文章，除对文字做必要的修改、体例做适度的统一之外，其余一仍其旧，不逐一订正、强求统一；文末注明出处；非独著的注明所有作者。

五、本书的选文、编排、校订、出版等相关事宜，由施向群女士协助施心超先生完成。

目录 Contents

1950—1959

农业社里的"上海囡" ………………………………………… 003
大陆村里变化多 …………………………………………… 005
渠道两岸话丰收 …………………………………………… 007
拖拉机开来齐欢腾 ………………………………………… 009
火炬社的养鸡组 …………………………………………… 011
访陶都宜兴 ………………………………………………… 013

1960—1969

嘉定白蚕 …………………………………………………… 017
嘉定大蒜 …………………………………………………… 019
积足秋播作物基肥 ………………………………………… 021
两出现代戏曲将与观众相见 ……………………………… 022
嘉定召开四好社队六好社员代表会议 …………………… 023
长征公社提前播种黄瓜 …………………………………… 024
黎明五队克服"大少爷"种田思想　自力更生大积秋播基肥 …… 025

棉花高产有它一功 027
调转方向奔大田 029

1970—1979

嘉定县江桥公社丰庄大队五队社员全力以赴铲积雪 033
嘉定县干部、社员热烈拥护三中全会公报 034
嘉定县探索应用磁化水初见成效 036
菜农的喜悦 037
南翔镇又干净了 038
嘉定孔庙纪行 039
四通八达的嘉定电讯网 041
嘉定城厢镇近半数居民住进新居 043

1980—1989

造型壮观的嘉定车站落成使用 047
社员家用上了煤气 049
市郊最大的影剧院建成开放 050
朝鲜广播代表团访问南翔广播站 051
马陆农民在日本 052
嘉定用现代航测查清土地现状 055
植根乡间沃土的体育之花
　　——记嘉定县黄渡公社许家大队的体育活动 056
农家女儿当了世界冠军——徐永久 058
国际初级卫生保健班在嘉定开课 060

手指染墨另一功　东瀛友人争相购 ………………………… 061
全国县级农业银行中第一家　嘉定县农业银行启用微电脑
………………………………………………………………… 062
拉·甘地在马陆 ……………………………………………… 063
嘉定大蒜制品列入国家星火计划 …………………………… 065
怎样当好生产队长？
　——嘉定县部分生产队长和农村干部专题座谈探讨 …… 066
龙潭菊香 ……………………………………………………… 069

1990—1999

燕侠来到伲身边 ……………………………………………… 073
南翔的白鹤 …………………………………………………… 075
陈叔达的周日门诊 …………………………………………… 080
在黄山农家进早餐 …………………………………………… 082
菊花的品格 …………………………………………………… 084
情满迎园 ……………………………………………………… 088
广州芭蕾舞团倾倒嘉定观众 ………………………………… 094
星光灿烂
　——嘉定区方泰镇星光村两个文明建设纪实 …………… 095
早春二月读华章
　——上海市嘉定工业区散记 ……………………………… 103
法律服务走向承包粮田 ……………………………………… 109
嘉定黄拔山获联合国"发明创新科技之星奖" …………… 111
中国小康之首——上海嘉定 ………………………………… 112
"七·七"访花家桥 ………………………………………… 115

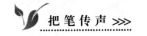

腹隐机谋　决胜千里
　　——记上海新陆牧工商总公司总经理陆荣根的经营之道
……………………………………………………………… 118
法华塔情……………………………………………………… 127
这里没有"小太阳"
　　——记嘉定区嘉西少年军校…………………………… 129
东西合作潜力大　双方受益好处多………………………… 131
嘉定崛起旅游城……………………………………………… 134
嘉定区经济发展一马当先…………………………………… 136
政协委员提案落到实处　嘉定法华塔一展风姿…………… 139
嘉定体育中心下月底投入使用……………………………… 140
足疗之光
　　——嘉定区中医医院足反射疗法专科门诊见闻……… 141
嘉定党员干部畅谈学《报告》体会………………………… 144
"锦田庄园"岁末撩开面纱…………………………………… 146
嘉定鼓励非公有制经济健康发展…………………………… 148
嘉定工业区花果满枝………………………………………… 149
菜盆上的标签………………………………………………… 151
"诚"的结晶
　　——上海嘉定工业区一瞥……………………………… 153
太空番茄味更美……………………………………………… 156
农行嘉定支行存款额超过五十亿元………………………… 157
努力建设上海水平的寄宿制高中…………………………… 158
嘉定去年人均国内生产总值达二点六万元………………… 159
去年嘉定经济发展居市郊之首……………………………… 161

目 录

动力之源
  ——记上海三樱包装材料有限公司的员工培训 …………… 162
嘉定区内河道河岸净河面清 ……………………………… 165
嘉定区对优抚对象实行五保障 …………………………… 168
再现辉煌
  ——嘉定区徐行镇范桥村艰苦创业的事迹 ……………… 170
海外留学人员群飞嘉定 …………………………………… 176
嘉定区中小学推广京剧教育 ……………………………… 178
超越甘泉
  ——记嘉定区外冈自来水厂 ……………………………… 179
花甲农妇说承包 …………………………………………… 184
嘉定基层民主建设有声有色 ……………………………… 187
顾维钧遗物捐赠嘉定 ……………………………………… 189
冬泳香江
  ——上海离休干部王公林参赛记 ………………………… 190
嘉定壮大村级经济 ………………………………………… 191
月是故乡明
  ——顾菊珍谈慈父二三事 ………………………………… 192
以农民的疾苦为忧 ………………………………………… 194
嘉定百岁老人享受长寿助医待遇 ………………………… 198
二十架钢琴奏响黄河大合唱 ……………………………… 199
山水之光
  ——记陆俨少艺术院 ……………………………………… 201
嘉定汽车客运中心日前启用 ……………………………… 203
古镇桃溪又一春
  ——嘉定区娄塘镇掠影 …………………………………… 204

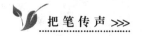

2000—2009

嘉定籍高层次学子遍及海内外…………………………… 211
沪苏八区市票友汇聚嘉定………………………………… 212
身残志坚创辉煌
　——记全国五届残运会五金得主韩云姑娘…………… 213
南翔重建古刹云翔寺……………………………………… 215
嘉定推拿医生获国际发明金奖…………………………… 216
创造岗位　控制流失　搞好服务………………………… 217
在战火中洗礼
　——访从南联盟归来的记者顾玉龙…………………… 219
一位活跃于澳门的学者
　——记澳门大学校长周礼杲…………………………… 225
在音乐园地中耕耘………………………………………… 235
上海嘉定冬泳队的老年人………………………………… 241
招贤纳才　企业腾飞……………………………………… 244
令人欣慰的开局…………………………………………… 246
女歌唱家张正宜辅导梅园音乐沙龙……………………… 248
"推拿陈"的人生价值观…………………………………… 250
嘉定区人民政府首次颁发"嘉定杰出人才奖"…………… 253
茅以升和钱塘江大桥……………………………………… 254
共筑温馨的家园…………………………………………… 257
把好入门关　当好裁判员
　——访上海市工商局嘉定分局局长金耀祖…………… 262
秋霞诗社成立十五周年…………………………………… 268

访纵横汉字输入法发明人周忠继先生 ………………… 269
否认历史，焉能取信？ ………………………………… 274
敬佩
　——追忆杨钧伯医师 …………………………… 276
大城市的小村落——毛桥 ……………………………… 278
我看大山演斯诺 ………………………………………… 281
"豆腐干"写家王琢成 …………………………………… 283
天造奇观——石林 ……………………………………… 287
一只旅游帽的故事 ……………………………………… 289
故乡行 …………………………………………………… 292
陆明：让非洲元首尝小笼 ……………………………… 295

2010—2019

"米其林绿色家园"——嘉源小区 ……………………… 299
追忆翠亨村 ……………………………………………… 300
农民樊忠良接待基辛格 ………………………………… 303
嘉定区保传统创新路　郁金香酒今又飘香 …………… 306
令人敬重的苗公 ………………………………………… 308
追忆老校长张昌革 ……………………………………… 312
华侨李氏家族助学嘉定二中六十年 …………………… 316
面试 ……………………………………………………… 324
追思维昌老师 …………………………………………… 326

广播记者论集

电视为什么没有代替我县的有线广播？ ……………… 331

试谈先进人物宣传的效应意识 …………………………… 335
谈话广播初探 …………………………………………… 345
优势和创优 ……………………………………………… 362
坚定　热情　冷静
　　——对县级电台市场经济宣传之我见 ………………… 367
共识　实践　求索
　　——略谈县级电台节目主持人的敬业精神 …………… 370
绿洲足迹
　　——长江三角洲广播新闻协作区十年略忆 …………… 373
谈县级电台节目主持人的敬业精神 …………………… 378

附　　录

新中国抚育我成长 ……………………………………… 385
嘉定广播 61 年 ………………………………………… 387
从事新闻工作的乐趣 …………………………………… 391

后记 …………………………………………………… 395

1950-1959

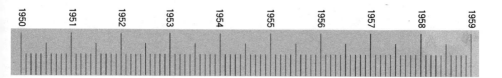

农业社里的"上海囡"

我在北门近边的田里找到了这个小伙子,穿着淡灰色的中式上衣,卷起裤脚管,脚上穿着草鞋,正在一本正经地割羊草,他就是城厢镇城北联社一分社的上海囡——沈关根。

不 回 去

1955年暑假,他从上海报童小学毕业,没有考取中学。就在同年9月到了嘉定北门的姑母家里,学习种田。当他第一次捉花的时候,竟连棉铃壳也采了下来,花衣上卷到很多枯叶。有一天,他下田的时候还把韭菜当了元麦。生活上每天吃的麦糁饭,吃到喉咙口哽哽的;下田做生活皮肤晒痛,又没有零钱用。在这些困难面前,沈关根也曾经想过:假如在上海贩贩棒冰,每天可赚几个钱,生活倒蛮自由。但是,他想到离家时对父亲的保证:"我不怕种田苦,到了嘉定保证不回来。"还想到班主任徐老师嘱咐他克服困难,不要向困难低头的话。又回忆到上海的苏联展览会里苏联的农民用机器种田,生活多么幸福。他知道这种日子离中国农民是不远的。所以,他暗暗地作出了决定:一定不回去。

日子一天一天地过去,熟悉的人也多了,觉得麦糁饭有点香喷喷,对种田这一门越来越感兴趣了。可是农活不会干,怎么办呢?

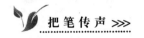

他永远记着老师的话:"克服困难,好好学习。"

学 摇 船

去年4月的时候,他听了社长赵友奎的指点,把船上缆绳牢牢地拴在树上,独自在船上摇着橹。可是"橹人头"太欺人了,一摇就落脱。他没有怕,他一有空就去摇。有一次,一不小心跌进河里,幸亏水浅,只湿掉裤子。他回到家里,看看姑母不在家,偷偷地到房间里换掉,马上洗净。他坚持去学,终于在11月卖稻谷时学会了。

一年半来,他就以同样的办法学会了罱泥、挑担、莳秧、浇粪、踏水车等普通的和技术性的农活。

做一辈子农民

去年,他做了158个劳动日,还荣获了社里奖给他的一把锄头、一把铁搭。讲到这里,他格外高兴地告诉记者说:今年,我争取做到200个劳动日,还要学会犁田、赶牛戽水呢!过去我在小学读书的时候,《我的理想》那篇作文里我曾打算做一个工厂工人。现在,"我要做一个有文化的农民"。

(原载《嘉定报》1956年10月13日)

大陆村里变化多

清朝末年,苏北的南通、海门一带有许多农民迁居到塘村乡大陆村。现在村上村民总共有 63 户人家,其中 40 户是从苏北搬来的。他们的生活靠做长工、拉黄包车、车锭子、推车子和换糖果过日子。当地农民诉起过去的苦景是:

朝也忙,夜也忙,经常吃点麦油汤。

穿的是:新三年,旧三年,缝缝补补再三年。

住的是:空心椽子,龙须瓦;夜里望天星,落雨吃酱油;日出太阳晒,风吹皮肤钻。

解放前,田里杂草丛生,生产很差。解放后,政府领导农民进行了精耕细作、推广良种、兴修水利,采取一系列的技术措施,产量年年得到提高。水稻在解放前每亩产量最高不过 500 斤。张云生的水稻平常每亩只收 200 斤,可是,到 1955 年每亩平均收 560 斤,今年可收 600 斤,有 14 亩平均可收八九百斤。

1954 年秋天,大陆村建立起 32 户参加的农业生产合作社,1955 年就户户增加收入。张云生家三个人劳动,全家分到谷和麦 6 000 余斤。因为第一次分到这么多粮食,事先没有做好储粮的准备,摊得满家都是粮。同村的农民,都同张云生一样,永远摆脱了吃不饱的日子,农忙二饭二粥,农闲二粥一饭,而且经常吃荤。1956 年初,村上所有农户又参加了光明第二高级社。1956 年小熟分红,有93%的农户增加收入。从那时起,有了存款。目前,存入信用社的有12户,有一户存300余元。

几年来,农民们都添衣剪料,人人都有新衣裳。袁阿毛家有六人,第一次在今年夏天买了83元的新蚊帐、洋布、跑鞋、套鞋等等。他的80岁的老母亲,白发苍苍,出世以来,还是第一次在今年穿起洋布衣服,高兴地对媳妇说:"洋布衣服真轻松,又凉又滑。"

(原载《嘉定报》1956年10月18日)

渠道两岸话丰收

一个深秋的傍晚,我们散步在马陆电力灌溉区的渠道上。宽阔的渠道,通向遥远的田野,金黄色的稻子,宛似起伏不停的波浪;小溪的水面上,映着条条柳枝。

水,几千年来,给人带来了生活和幸福,也带来了苦难和灾殃。西封乡浦金元有一年包打的稻水,有三亩"烤旱田",地势较高,无法灌溉周到,一共只收500斤。而张家村前面的"浸煞田",地低积水,莳秧后,结满青衣苔,即使像去年增施了肥料,每亩仅收500斤。干旱年成,耕牛打水更难,人畜筋疲力尽。以往,这里租用的"崇明牛",一到寒露,就要归还,少灌稻水 2—3 次,收获量减少 20 斤以上。现在,耕牛灌溉的遭遇不再有了。今年黄梅季节,天气干燥,牛打水的农民为不能及时莳秧而心焦,而电力灌溉地区的莳秧,早就结束。而且灌溉水费,每亩仅三元五角,比牛打稻水降低一半多。

马陆电力灌溉站,有东西两处,它们相背紧靠横沥河,两个站各有直径 14 英寸的三个铁管;纵横的干渠、支渠、毛渠的全长等于从上海北火车站到嘉定南门的路程,密密麻麻地构成了灌溉网。可是,兴建时人们顾虑着:这些铁管子能不能灌溉 5 700 亩水稻呢?也有些人怕渠道的岸经不起水的冲击而决口。星光农业社干部沈明如,为预防电力灌溉脱水,搭了三个车棚(能灌溉 100 亩水,

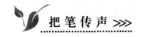

全队的社员口粮可以解决的），才放心。电，是多么神秘！甚至刚到电力站的机工盛曰豪也提心吊胆。但是，他这样想："如果灌溉得不好，不但国家损失钞票，而且农民的生活受到很大的影响。"因而，他刻苦钻研，并向嘉新纱厂厂长高平学习电的知识，掌握了基本技术。

6月25日，电力灌溉站放水了。老年人和年轻人在田里放下了铁搭，在家丢开了针线，奔向渠道。西封乡鬓发苍白的赵阿根，看见渠道里的水汹涌而来时，皱纹密布的脸上露出了微笑。他弯下身子，捧起碧绿的水，凝视了好久，自言自语地说："咳！真是神仙哪！"灌溉区以外的人们羡慕着电力灌溉，马陆乡单家村的农民，经常在亲朋的要求下陪同参观灌溉站。

炎热的暑期，裕农社的孩子们三五成群地在渠道里尽情地洗澡，大学生王金其也狂热地同孩子们一起游泳。连姑娘们也耐不住了，从田里回家时到这清清的水里洗足。他们充满着青春的活力和欢乐，他们热爱着这可爱的家乡。

电力灌溉的第一个年头，尽管受到台风的灾害，但稻子收成不差。据裕农社的老农估计，每亩水稻可比附近非电力灌溉的地区高出20斤上下。就在这个季节里，灌溉站的人们，忙着采购材料，按照农民的要求和国家计划，将在农场对过附近增建两个机口。马陆、印村、西封三乡将全面灌溉。电，明年将会哺育更多的土地，会使更多的人跳跃和欢笑。

（原载《嘉定报》1956年11月12日。系施心超执笔，与朱敬禹、陈百花共同采访的通讯稿）

拖拉机开来齐欢腾

罗店拖拉机站建立以来,已有八个月了。秋种时,拖拉机已在嘉定、宝山的13个农业社里进行第二次代耕。

人们早已熟悉"拖拉机"这个名字了,常听人说:"只听楼板响,不见人下来。"但是许多农民深信,拖拉机一定会来的。56岁的王阿妹,去年在上海参观了苏联展览会回来后,逢人就说:"苏联展览会里种田机器有几百部,看也看不周。"不过她又想:"像苏联这样幸福的生活,只有小辈能享受了,我是看勿到哉!"可是今年夏天,拖拉机却出乎王老妈的意外开到和桥乡来了。当拖拉机在宝山县富强农业社第一天代耕时,小孩子和白发苍苍的老人都跑来观看,双目不清的老社员金鼎生,也不愿错过良机,他用脚踏着拖拉机犁过的泥块测量深度,惊奇地说:"有五寸深啦!"有人告诉他,拖拉机能耕7寸深哩!

"拖拉机种田犁得快,耕得深,杂草少,蓄肥率高,可以增产。"这是拖拉机夏耕后告诉农民的事实。富强社18大队"30亩头"的水稻,今年是用拖拉机耕种的,其中"老来青"水稻的产量超过当地用畜力耕作的20%以上。罗南乡有二亩八分元麦是拖拉机站的示范田,完全用机器犁、耙、种,种子下土三天就出芽,五六天内出苗率达80%以上,碧绿的麦苗又直又匀,它吸引住了过路的农民。

现在,罗店拖拉机站有来自波兰、罗马尼亚等国的10台拖拉

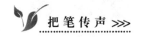

机,相等于 15 个标准台。还有六台圆盘耙、两台国产喷雾机和其他附带机件。今年,秋耕面积已由夏耕时 1 200 多亩增加到 5 000 多亩,从不耙到耙,而且试用机器播种。拖拉机站的建设一天天在完备,不消几年,大批的拖拉机将奔驰在我们嘉定的田野上。

(原载《嘉定报》1956 年 11 月 22 日。系施心超、陈百花合作,陈百花执笔)

火炬社的养鸡组

安亭火车站西北两三里的一座村庄里,有个安北乡火炬农业社的养鸡小组。这里养的鸡虽然只有190只,但都是一些名种,有背腹全白颈尾黑色白镶边羽毛的"浅花鸡",有全身纯黑、金光闪闪的"澳洲黑"鸡,也有全身黄褐色的"新汉"鸡。这些鸡子长得很肥大。记者同饲养员称了两只"浅花鸡",一只六斤半,另一只七斤。饲养员说:照理,深秋初冬正是鸡子长肉的时候,现因只用谷物喂养缺少青饲料,所以体重不重。今年春天,社里最大的"澳洲黑"鸡有八斤四两。"澳洲黑"鸡蛋,最大的六只就满一斤。

这里的鸡,今年曾生过肠热病、痢疾和霍乱。一只健康的鸡,传染到霍乱病,半小时就会倒下不起,没有几天就蔓延到50只。饲养员一方面给它们服中药,另一方面注射药剂,历经六七天才治愈。平时,他还以中药治疗鸡的寄生虫如蛔虫等。

在一间不大的房子里,有一只木头箱,小鸡就在这里孵化出来,所以叫作孵化箱。这只箱子可以孵出195只小鸡,它由煤球炉供给孵化所需的温度,由于装置得巧妙,温度过低或过高,就会响起电铃。这只箱子,还有调剂空气和温度的设备。小鸡孵化出来后,离开"孵化箱",进入连接着"孵化箱"的另一只箱子——"保姆器",之后,进入"运动场"自由地活动。整个孵化设备,不过占四平方公尺的面积。

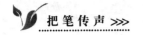

今春，这里有 304 只小鸡，卖给葛隆乡曙光社、望仙乡先锋社以及本地的社员饲养。火炬社为了明年有更多的小鸡供应各地，正在添置两套设备，而且开始孵化明年饲养的小鸡。

(原载《嘉定报》1956 年 12 月 6 日)

访陶都宜兴

残雪未尽的时刻，我乘着杭州到南京的汽车，爬过群山，到达宜兴。随后，去陶器的产地鼎蜀镇访问。鼎蜀镇东临太湖，南、西、北三面环抱天目山的支脉。山间土质细腻，所产陶器比较优良，因而宜兴有陶都之称。

相传在2 300年前春秋时代越国大夫范蠡弃官改业，隐居在现在的宜兴县蠡墅村。他发现当地的泥土黏力很强，而且耐烧，便制成陶器。后来人们都尊称他为陶业的祖师——陶朱公。

这里主要的产品达1 000余种。许多产品为大众日用。如不同形式的缸、坛、茶壶、盆、盂、钵等，深受大众喜爱。还生产建筑器材、卫生器具、化工用品、电器材料以及精致的赏玩物品。

抗战时期，陶都遭受日寇的破坏，解放前，饱受蒋匪的摧残，陶器生产一落千丈；解放以来，产量逐年增加。1956年的产值已超过历史上最高水平的1938年的40%。工人们制成了许多新产品。许多新产品成为工业代用品，像卢申荣制成的陶器坑管可代替钢铁坑管，现在供不应求。这里的产品不仅供应全国各地，龙四石缸等物还远销国外。所产紫砂茶壶，鸟兽、山水精致美观，质地坚净，夏天盛茶水不易馊坏，久用以后，灌进沸水，即使没有茶叶，也有茶香，而且放在高热的炉上不易爆破。这种茶壶过去曾在芝加哥博览会上获得国际奖状，在巴拿马、伦敦等国际展览会上也获

好评，产品远销南洋、日本、南美、墨西哥等地。

宜兴，蕴藏着大约十亿吨以上的陶土。最近中央和江苏省有关部门，对发展陶业生产做了重大支持，进行投资，抽调干部加强领导，并决定上海天源化工厂的陶器车间迁到宜兴，以致许多重要工业器材进行半机械化生产，为技术改革提供更有利的条件。

（原载《嘉定报》1957 年 3 月 16 日）

1960-1969

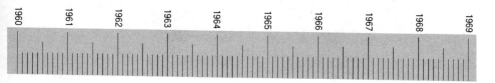

嘉定白蚕

蚕豆,俗名寒豆,是越年生的豆科草本植物。种于寒露,熟于夏季。现在,正是鲜嫩的蚕豆上市的时节。

说起蚕豆,不禁想起"嘉定白蚕"。嘉定所产的蚕豆有绿白两种。而"嘉定白蚕"驰名中外,全国农业展览会和1959年在印度举行的世界农业博览会上,都有展出。它的销售范围,国内除上海市区外,还有天津、福州、厦门、广州等地。早在抗日战争以前,外销日本甚多(约占外销量60%),近年来仍然远销海外。

"嘉定白蚕"主要产于嘉定北部的娄塘、朱桥,西部的外冈,东部的徐行等地;近年来,南部也有种植。"嘉定白蚕"的特点是:豆瓣大,形扁平,皮薄、白皮、白肉、白眼,粉末细腻,富于糯性,为其他各地所不及。据《嘉定县续志》载:"蚕豆……有绿白两种,白者嫩时煮食,味尤甘香。"初夏的鲜蚕,最为大众所喜食。干蚕豆可用来煮食或炒食,还可磨粉制糕点,也是制造酱油、糖果、粉丝、代乳粉和饼干的原料。茎叶可做燃料,它的灰所制的灰滤水,还可以去污洗衣。

在反动派当权的年代,反动政府只知以苛捐杂税压榨人民,根本漠视农业生产,同时,由于"嘉定白蚕"抗病率较差,因此,解放前真正的"嘉定白蚕"已有所减少,而且不少地方的"嘉定白蚕"同异种混杂播种。解放以后,特别是农业"大跃进"以来,党和政府十分

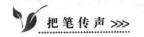

重视对蚕豆生产的领导。组织群众认真执行农业"八字宪法",改进操作技术,推行蚕豆青苗摘头,逐步消灭豆象虫等等,因而,蚕豆的产量不断提高。

近年来,娄塘、徐行等人民公社以及县的良种培育场,又发动群众精选种子,建立纯种田,以便更多地播种"嘉定白蚕"。

(原载《解放日报》1961年5月14日)

嘉定大蒜

大蒜,学名葫,又称荤菜,是百合科葱属草本植物。地下有鳞茎(俗称大蒜头),叶细长而扁,中秋下种,夏日收获。

嘉定,是上海大蒜的主要产区,所产的大蒜闻名中外,曾在全国农业展览会上展出。嘉定大蒜的特点是:坚脆香辣,瓣头大,根须短,相传俗称为"老脱须"大蒜。大蒜的茎、叶和花轴都可以做菜吃。在花轴尚未抽出前,鲜嫩的茎和叶更是烧煮鱼肉荤腥等菜的重要调味品。大蒜头可以盐腌或糖醋浸制,久藏不坏。《嘉定县续志》载:"大蒜……以盐渍之曰神仙大蒜,以醋浸之曰醋大蒜,食之可避秽气及细菌。"大蒜的鳞茎含有较多的植物杀菌素,在医学上具有重要功用。据《药理学》(人民卫生出版社 1960 年出版)上说:"大蒜对多种细菌、真菌、阿米巴原虫、阴道滴虫及其他原虫有显著杀灭作用,故临床应用很广,可用于:(1)阿米巴痢疾……;(2)百日咳……;(3)化脓性伤口。""我国用大蒜治疗痢疾,由来已久。"此外,用大蒜所制的"乙基大蒜素",是防治稻热病和棉花苗期病害的较好的农药。

嘉定的大蒜,国外大多销南洋群岛一带,国内则主要销往东北、北京等地。蒜苗,以往大部销于苏北、南京、青岛、天津、营口等地,近年来,除在国内畅销外,也有运往海外。

嘉定种植大蒜历史悠久。相传嘉定建县时就有种植(嘉定于宋朝嘉定十年,即公元 1217 年建县)。最初只种于园圃杂地,嫩叶作调味用,蒜苗作肥料。清代中叶以后,县外闻名来购,嘉定北部逐渐有整块良田种植,尤以娄塘、朱家桥一带为主;蒜苗也开始出售。现在,嘉定的大蒜种植已遍及全县。有关方面正在大蒜的主要产地建造具有一定规模的烘房,以便就地烘干大蒜,适应外运需要。

(原载《解放日报》1961 年 6 月 4 日)

积足秋播作物基肥

嘉定县朱桥公社黎明大队第二生产队已经积足秋播作物所需要的基肥。

这个生产队去年秋熟赔产,今年夏熟超产。干部、社员在总结经验教训的时候都认为,产量高低的关键在于肥料。在炎热的七月间,他们就开始动手为秋播作物准备基肥。队里经常有七八十个人参加积肥;20多个身强力壮的社员分十个班,撑了农船轮流出外捞水草,运肥料。现在,这个生产队的秋播基肥虽已积好,但大家仍不松劲,继续捻泥、割草,在为秋播作物准备追肥了。

(原载《解放日报》1962年10月5日)

两出现代戏曲将与观众相见

勤艺沪剧团移植扬剧《夺印》
嘉定锡剧团重排《遍野风潮》

嘉定锡剧团最近在重新加工排练该团自己创作的大型现代剧《遍野风潮》,准备在最近期内演出。

《遍野风潮》主要描写1927年嘉定农民在党的正确领导下,高举革命红旗,向反动统治阶级展开了激烈的"五抗"(抗租、抗债、抗捐、抗税、抗粮)武装斗争,为以后革命运动播下了红色的种子。这个戏,嘉定锡剧团从1960年起,曾先后在嘉定和上海、南京、常州、苏州等地演出过,获得观众的好评。

不久前,剧团对《遍野风潮》的剧本做了必要的修改,并且得到中国戏剧家协会上海分会、上海戏剧学院等单位热情具体的帮助。

(原载《新民晚报》1963年2月17日)

嘉定召开四好社队六好社员代表会议

昨天，嘉定县召开了1963年四好社队和六好社员代表会议，参加这次会议的四好社队代表和六好社员代表，以及列席代表共1000多人。

这次会议是为了检阅1963年人民公社集体经济的成就，总结和交流经验，树立先进旗帜，大比大学，大鼓干劲，以革命化精神，全面开展比、学、赶、帮活动，进一步掀起农业生产新高涨，力争超额完成夏熟增产计划，全面做好春播工作，夺取今年农业生产的更大丰收。昨天会上，嘉定县县长徐田村致开幕词，各公社代表和部分四好大队、生产队的代表，分别向大会介绍了他们在去年农业生产战线上所取得的成绩和经验。会议预定开四天半。

（原载《新民晚报》1964年3月22日）

长征公社提前播种黄瓜

为让市民提早尝到时鲜黄瓜,长征公社五星大队陆家巷生产队,本月 19 日播种了黄瓜,比往年提前一周。社员们为了让黄瓜秧苗能经得起当前的寒冷,下种后覆盖好细泥,遮好油纸,确定专人负责管理,促使黄瓜顺利生长。

(原载《新民晚报》1964 年 3 月 27 日)

黎明五队克服"大少爷"种田思想自力更生大积秋播基肥

嘉定县朱桥公社黎明生产大队第五生产队,接受夏熟增产多、收入少的教训,克服了"大少爷"种田思想,发扬自力更生精神,自己动手积秋肥。到目前为止,这个生产队的秋播作物所需要的基肥已经大部解决。

早稻登场后,这个生产队的干部及时发动社员讨论了今年夏熟为啥增产多、收入少。社员们一致认为:今年夏熟收成好,很重要的一个原因是基肥施得多。但是,由于贪图省力,商品肥料的支出竟占了农本的一半,所以夏熟虽然丰收了,收入却不多。大家一致提出:要争取明年夏熟收成更好,要增加社员的收入,必须接受今年夏熟生产的教训,坚决克服"大少爷"的种田思想,发扬自力更生精神,大积农家肥,靠集体和群众的力量来解决秋播作物所需要的基肥。经过这次讨论,第五生产队很快出现了一个积肥热潮。生产队的正、副队长轮流和社员一起外出割草,生产队的三只农船也比平时更加忙碌了,每天一大早,许多社员轮流换班撑着船外出罱河泥。贫农社员陆世良和陆世信弟兄两人,在12天中就罱了河泥1 600余担。下中农陆锦玉的儿子陆进发,在暑假期间也主动帮助生产队撑船外出积肥。

目前第五生产队每天参加积肥的社员,占全队劳动力的 50%左右。

(原载《解放日报》1964 年 9 月 16 日)

棉花高产有它一功

嘉定县徐行公社小庙大队第六生产队的九姑娘科学实验小组,今年种了23亩棉花,长得很好,尤其是其中的五分尼龙育苗的棉花实验田,产量更高。当别人问起这些成绩是怎么取得的时候,她们总是说,这里也有"喇叭头"一份功劳。

这个科学实验小组去年棉花获得了高产。今年3月,县广播站广播了小组组长潘惠英的讲话录音。顿时,"九姑娘科学实验小组"的名声在全县传开了。她们在感到光荣的同时,又感到担心,怕今年找不到更大增产的门路,会辜负党和群众的期望。正在这时,她们在扩音器里听到了徐行公社大石皮大队党支部代理书记徐维德谈活学活用毛主席著作体会的讲话录音,使她们心里忽然一亮。于是,她们就进一步学习了《愚公移山》《为人民服务》和毛主席关于总结经验的论述,振奋了精神,坚定了胜利的信心。接着,她们随时注意寻找进一步增产的门路。今年4月份,副组长潘秀琴在外县一个大队参观时,看到用尼龙育苗,效果很好,立刻向主人请教。回家后,在生产队队委和贫下中农的支持下,她们马上在半亩地上开始了试验。

到了8月上旬,这块尼龙育苗的棉花枝叶过于茂密,开始疯长了。正在着急的时候,她们在广播节目里,听到中国科学院一位同志介绍说,"CCC"农药能防止棉花疯长。她们连忙做了试验,效果

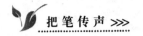

很好,不但有效阻止了棉花疯长,而且茎秆变粗,拔节短,结铃也多,终于获得了高产。

(原载《解放日报》1965年12月24日)

调转方向奔大田

5月17日,嘉定县朱桥公社党委委员、严庙大队党支部书记顾齐江同志,从第五生产队回到家里(第三生产队)吃中饭的时候,他的妻子对他说:"很多社员到自留田里割麦子,生产队干部也到自留田割麦了,下半天我们也去收割自留田麦子吧!"顾齐江同志一听这话,觉得有问题。他一边吃饭,一边思考,三队本来打算今天割大田元麦的,现在大家到了自留地里,说明少数干部和社员公私关系上的位置摆得不够正了,这也是两条道路斗争的反映。他吃罢饭,连忙召集第三生产队的队委干部、贫协组长和劳动小组长开了个紧急会,向大家讲明为人民服务要"完全""彻底",进行了集体主义和为革命种田的教育;随后引导大家讨论了正确处理集体和个人关系来搞好"三夏"工作。

经过讨论,大家提高了认识,认识到毛主席指引的农业集体化道路,是农民共同富裕的康庄大道。队委顾齐元(当时因队长外出,他代替队长工作)检讨说:"我们为革命种田,就要首先把集体生产搞好,现在先割自留地麦子是错误的。"贫协委员唐月英说:"我们的生活就是靠集体的,集体的不搞好哪能来事呢!"大家还算了算,现在生产队里的耕地中,集体种植的有93%,社员自留地只占7%,我们只有首先把集体生产搞好,才是我们为革命种田的具体行动。劳动组长、贫农唐云娟说:"自留地麦子只要忙里抽闲,加

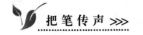

加忙就可收好了。"经过顾齐江同志主持的这个半个钟点的短会，大家统一了思想，生产队干部和贫协组长，以及其他到会同志都调转方向，发动了社员奔向大田，挥镰割麦，贫农胡祥元和他的妻子张凤娟，看到队长、组长到大田了，连忙停止掼自留地上收的麦子，参加大田割麦。第二天和第三天，许多干部、社员冒雨下田割麦子，许多人淋湿了衣服坚持割麦。到21日，这个生产队的大田和自留田麦子就基本割完了。

(原载《支部生活》1966年7月8日)

1970-1979

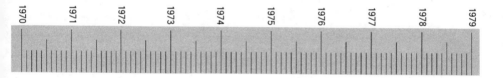

嘉定县江桥公社丰庄大队
五队社员全力以赴铲积雪

　　昨日,嘉定县江桥公社丰庄大队第五生产队的干部和贫下中农,全力以赴,及时铲除了蔬菜秧苗田里的积雪,确保蔬菜秧苗生长。

　　13日一早,这个生产队的贫下中农和干部、社员150多人,有的拿锄头,有的拿铁锹,雄赳赳气昂昂地奔向了蔬菜秧苗田。他们用手把蔬菜秧棚上的积雪滚成雪球,装上劳动车,一车一车地倒入河浜里,虽然双手冻得通红,但心里却是火热的。贫下中农说,事在人为,人定胜天,我们用毛泽东思想武装起来的贫下中农一定要战胜春雪,夺取蔬菜丰收,支援城市。队里一些年近八十的老人和红小兵,也积极地参加了铲除春雪的战斗。经过几小时的奋战,就把全队六亩蔬菜秧田里的积雪,全部铲除干净,被雪压坏的秧苗棚架,也及时进行了抢修。贫下中农表示,要继续与天斗,与地斗,从坏处设想,向好处努力,夺取1970年农副业生产的全面丰收。

(原载《文汇报》1970年3月15日)

嘉定县干部、社员热烈拥护三中全会公报

昨天(24日)上午,中共嘉定县委常委认真进行公报的学习讨论。县委副书记温彦说:二中全会以来的十个月中,在抓纲治国的战略决策指引下,全国形势很好。我们嘉定县的形势也很好,今年夺得了农业、副业、工业的全面增产,社员收入也有增加。预计今年全县粮食平均亩产将达到1 700多斤,与去年相比,今年的粮食总产增长14%,棉花总产增长76%,油菜籽增长1倍以上,蔬菜、家禽上市量也都大幅度增长。但是,正如公报所指出的,我国经济还很落后,全党目前必须集中主要精力把农业尽快搞上去。因为农业这个国民经济的基础,这些年来受到了严重的破坏,目前就整体来说还十分薄弱。我国必须不失时机地把工作中心转到社会主义现代化建设上来。党中央的英明决策完全符合广大农民的心愿。

徐行公社党委书记陈宽在学习三中全会公报后谈道:为了调动农民建设社会主义的积极性,关键是要切切实实执行党在农村的各项经济政策。三中全会深入讨论了农业问题,强调要关心农民的物质利益,保障农民的民主权利,并且做出了一系列决定、政策和具体措施。我们一定要认真学习,深刻领会,坚持贯彻落实,促使农业生产有一个更大的飞跃。

嘉定县马陆公社党委成员对于公报中关于缩小工农业产品交换的差价,关于粮食征购在"一定五年"的基础上稳定不变等内容进行了热烈的讨论。大家算了一笔账,今年全公社交售了征购粮600多万斤,光荣粮100多万斤,如果按照统购价提高20%,超购价再加50%来计算,就可增加20多万元的收入,全公社7 000多户社员平均每户可增收近30元。

(原为1978年12月26日上海电台《上海新闻》广播稿)

嘉定县探索应用磁化水初见成效

嘉定县在上海科技大学帮助下，探索应用磁化水灌溉、浸种、喂猪等，初见成效。磁化水，是由普通的水进入磁化器磁化而成。这项科研工作开始于1975年，经过四年来的试验证明，磁化水对发展农业、畜牧业和工业都有一定作用。

磁化水能增长土壤中的微生物，使土壤耕作层疏松，团粒结构好，有助于作物吸收养分，提高肥料利用率，促使种子提早发芽，提高发芽率，有利于作物生长发育。例如南翔公社种子场1977年用磁化水给两亩小麦浸种，亩产718斤，比用普通水浸种的每亩增产54斤。城西公社群裕大队去年用磁化水灌溉二亩八分早稻，亩产达783斤，比用普通水灌溉的增产11.8%。

用磁化水喂养的生猪，生长快，抗病力强。朱桥公社白垟大队牧场，去年用磁化水喂食的八头生猪，比用普通水喂食的另外八头生猪，平均每头增重32斤。

在工业上，经嘉定县电瓷水泥制品厂、交建船厂、嘉定船厂等实践证明，锅炉烧水使用磁化水，结垢疏松、缓慢，容易清除，可以延长锅炉寿命。

（原为1979年1月5日上海人民广播电台《上海新闻》广播稿）

菜农的喜悦

嘉定县长征公社四中大队去年创造了亩产蔬菜192担的好成绩,年终分配平均每人316元,受到县革委会的奖励。

在今年的春耕生产中,这个大队的干部、社员为了生产更多更好的蔬菜,正在挥汗大干。第四生产队队长陈陆法讲了这样一件事:3月18日,第二劳动组长韩林妹和第三劳动组长陈云娣带领31个社员,在一块五亩面积的田里垄地,大家干劲十足,花了98个工时就完成了任务,比以前工效提高了1.6倍。大队种子场对蔬菜进行了工厂化育苗,今年以来,已提供番茄、黄瓜、冬瓜、辣椒和茄子的秧苗545 000棵,满足了各生产队的需要。这个大队今年春播的蔬菜复种面积是818亩,现已种上了500余亩,占61%。

(原载《文汇报》1979年4月2日)

南翔镇又干净了

到古猗园去玩的人，都要顺便看看著名的卫生先进单位南翔镇。今天的南翔镇，绿化地一块又一块，街道上不见废纸屑，居民的门窗清爽得像刚用水洗过一样。

这个古老的集镇，因为群众性的爱国卫生运动搞得好，1960年荣获了全国文教群英会颁发的奖状。可是在"文化大革命"中，林彪、"四人帮"扣"锦标主义"的帽子，打"修正主义"的棍子，南翔镇干部群众搞卫生的积极性受到了打击，一些行之有效的卫生规章制度被破坏。粉碎"四人帮"以后，特别是从去年开始，镇党委组织全镇干部群众学习国务院和中央爱卫会的有关文件，拨乱反正，使爱国卫生运动又蓬勃开展。现在全镇基本实现了"道路平坦化，下水道系统化，用水自流化，大街小巷洁白化，粪便垃圾无害化，环境园林化"。广大群众健康水平有所提高。计划生育、实行晚婚已初步成为社会新风尚，人口出生率下降到 7‰ 左右。

在开展爱国卫生运动实践中，南翔镇积累了一套经验。坚持做到搞好环境卫生和积肥支农相结合；专业队伍搞和发动群众搞相结合；突击性的大扫除和经常性的小扫除相结合；治本和治标相结合。

（原载《解放日报》1979 年 8 月 1 日）

嘉定孔庙纪行

夏日赴嘉定城厢镇南门游孔庙，只见殿堂壮观，古柏参天，泮池清澈。

孔庙，初称庙学，以后俗称文庙。《嘉定县志》有这样一段记载："宋嘉定十二年（公元1219年）知县高衍孙建庙学。"孔庙在元、明、清三朝，修理增建频繁，不断扩大，最大时曾占地30多亩。

在设于庙中的嘉定县博物馆的同志陪同下，我们参观了大成殿。殿宇有现今五六层楼之高，高爽荫凉。跨过高高的红漆门槛，观看了上始春秋下迄明清的嘉定县历代文物，随即走出殿堂，看到大殿两侧的两排较矮的瓦屋，俗称东西二庑，共24间。如今东庑陈列着嘉定县书法、美术、摄影、工艺作品展览。殿前的两棵古柏，种植至今已达647年。一棵顶端枝茎盘屈，状似苍龙；另一棵上部状为孔雀开屏，因而有龙凤柏之美名。我兴致勃勃，走近西边那棵，张开两臂，连续二抱尚不能围其身，可见树干之粗。

在大成门，我又为一块块乌龟似的青石所吸引。逐一点去，共有七块。据介绍，它们名为赑屃，又叫石鼋，简称"龟坐"，系神话故事中的一种动物，相传是龙王的第九个儿子，爱文，善负重。现在上负石碑，记载历次修建孔庙的历史和文献。前面的小池塘，名为泮池，池上的三座小桥，名为泮桥。相传当时规定中间那座只有县官、学官能走，秀才只可走两边的两座。

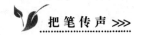

　　大成殿之东，有建于明代的明伦堂，当年是讲学和传授知识的场所，俗称学老师衙门，今为县文化馆。

　　孔庙门外，有狮七十二，姿态各不相同。博物馆的同志解释道，这是明代为纪念孔子的七十二弟子建立的。我凭栏南望，舟楫不绝的汇龙潭里，新建的亭子翼然水上。这是占地 40 亩的新辟风景游览区——汇龙潭公园。它与孔庙遥相呼应，给古老的庙宇增添了新景。

（原载《文汇报》1979 年 8 月 11 日）

四通八达的嘉定电讯网

有一位到嘉定来旅游的墨西哥客人,去年在城厢镇邮电局营业室里打了一个电话给他在墨西哥家中的亲人。从挂发到接通,只花了38分钟。相距10 000多公里的两个地方,对话声音十分清晰。这位外国朋友打完电话连连跷起拇指,对嘉定邮电局的电话业务表示赞赏。

嘉定县的电信事业,已经有50多年历史。可是直到解放那天,全县还只有个私营电话公司、两个私营电话交换单位,总容量不过250门。如今,县里建设了邮电大楼,建筑面积是当初的27倍。这里经营市区电话、农村电话、长途电话和电报业务,近年来又增加了国际电讯业务。以县局为中心,全县建立了一个四通八达的电讯网,电话总容量达到3 700余门。县城的电话已经纳入市内电话网,实行统一的六位拨号;四乡24个邮电支局(所)中,有15个局(所)设有电话交换设备,其中7个公社还用上了自动电话。

社社队队通电话,农民和城镇居民都很高兴。当年从嘉定县城给市区挂电话,三分钟以内要收费八角多;现在无论在城镇还是农村,拿起电话机可以直接向市区拨打,不管时间长短,每只电话收费四分。如要向全国各地通电话,可以通过县局服务台挂发。去年的来去长途电话业务单,全县有127 000多张呢!

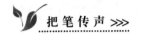

给人们带来方便的电讯职工,日日夜夜付出自己的辛勤劳动。话务员的话务回叫,以及代传代讲代通知的热情态度受到了大家的赞扬。有一天,嘉定县长途台接到从美国打来的一只电话,来电人要找家住华亭公社的老母亲听电话。当班的话务员经过查询,得知这位老人因病住在嘉定县人民医院,主动把电话转接到医院,双方都感到十分满意。江桥公社邮电所话务员徐雪丽被人们称为"我们一百个放心的好话务员",代表邮电系统出席了上海市第七届人民代表大会。

(原载《解放日报》1979年11月1日。系施心超、吴建忠合作)

幢幢高楼平地起　千家万人笑颜开

嘉定城厢镇近半数居民住进新居

我有个朋友住在嘉定县城。听说他最近搬进了新居，我特地乘兴前往作客。那是一幢十层楼的住宅，上下都有电梯接送。晴朗的日子登上楼顶，远处隐约看得到昆山和佘山。他住在五楼一室，两大间朝南房间宽敞明亮，自来水、煤气灶和卫生设备都是独用，还有只壁橱搁放杂物。整个面积35.4平方米，其中房间就有28平方米。主人是一个普通的邮电工人，两个小孩都还年幼，合家四口住得十分舒坦。可是我却清楚地记得，就在一年以前他们还住在一间17平方米的旧平房里，真是"三天不见，刮目相看"啊！

其实，整幢房子都住着普通居民。70户人家，有的是市属和县属工厂的工人，有的是大学教师、科研人员，也有的是医务工作者，大家都有了一个比较满意的生活环境。某研究所有一位40岁上下的工程师，现正处于搞研究、出成果的年富时期。可因为住宅条件限制，他一直暗自感到苦恼。全家四个人挤在一间十平方米的房间里，就连看书都互受干扰。今年4月，他住进了新楼502室，有一个房间可供他看书作文。半年多来，他已撰写了一篇有关电子技术的文章，翻译了一份有关汽车设备的日文技术资料。

嘉定县城是市郊重点发展的卫星城，20年来，民房住宅建造了将近20万平方米。全镇10 000余户人家，已有4 000多户搬进了新居。一个又一个建筑群，多数集中在环城路内，同工厂区保持

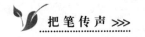

着一定距离。各式各样的造型你我争雄,天蓝、银灰和粉红、淡黄色的墙面,交相辉映。随着设计建筑经验的积累,新的住房是越造越考究了。现在的房间设计,都是煤卫齐全、独户进出,每户的建筑面积平均有 42 平方米。

目前,城厢镇的住房还在继续建造。今年动工的面积就有十余万平方米,约占前 20 年新建住宅总面积的二分之一。其中 50 000 平方米(1 000 余套),将在年底竣工。张马弄工地,共有 4 500 平方米的七层楼前后只花了 100 余天。塔城路一带,24 幢新楼有 13 幢即将落成,参加建设的 800 名工人正在紧张地施工。

(原载《解放日报》1979 年 12 月 4 日)

1980-1989

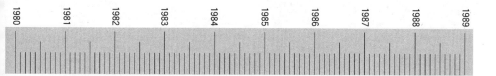

造型壮观的嘉定车站落成使用

车站占地 15 亩,可容 50 辆汽车同时停车

造型壮观的嘉定车站,昨天(23 日)在嘉定县城厢镇落成使用。全县 13 条公共汽车线路,从这里通向四面八方。可容 50 辆汽车同时停车。

这个车站占地 15 亩,建筑面积 2 510 平方米。大楼结构别致,造型壮观漂亮。楼上安排为车队职工宿舍,底层是票房、问讯处和一些附属设施。票房约有百来平方米,九只窗口同时向乘客售票;西侧为候车厅,长 38 米、宽 18 米,可容 1 000 余人入座候车。厅内高爽明亮,通往各条线路的大门分别由指示灯调节控制,现在正在安装自动设备装置,沿车场两边,屋檐延伸 4 米左右,巧妙地形成了一条车道长廊,公共汽车入内接送乘客,上下车不受刮风下雨的影响。

嘉定车站,坐落在城里新建筑群中心,周围商店栉比,工房林立,还有机关、医院和影剧院。四乡农民进城十分方便,有急事也用不着担心了。前段时期,县城举行大型物资交流会,来自县内县外的乘客有 60 000 余人次。与江苏太仓交界处的华亭公社,有位社员得急性阑尾炎,公共汽车驾驶员闻讯直送嘉定县人民医院急诊室,及时使病人解除了痛苦。

目前,嘉定县境内公路如网,通行公共汽车线路 14 条,实际长

度163.9公里,其中水泥路和柏油路130余公里,约占公路总长的80%。全县19个公社、4个直属镇都有公车汽车通达;245个大队中,直接通车的有115个。嘉定新车站的落成、使用,标志着嘉定县的公共交通事业达到了一个新的水平。

(原载《解放日报》1980年4月24日)

社员家用上了煤气

市区的煤气管直达嘉定城厢镇,位于北嘉公路旁的马陆镇也沾了光。马陆公社马陆大队南马陆生产队,已有52户人家装上煤气设备,启用煤气烧饭。70岁的退休女社员俞福娣说:伲农民有福用煤气,连做梦都想不到啊!

(原载《解放日报》1980年8月25日)

市郊最大的影剧院建成开放

市郊最大的影剧院——嘉定影剧院，本月13日正式对外开放。

这个坐落在嘉定镇中心的新影剧院，结构造型漂亮壮观。步入门厅，可见三只大型玉兰吊灯，每只有小灯82盏。正厅长33.7米、宽27米，上下两层，拥有1 864个座位。舞台顶高19.6米，舞台口向内深15米。乐池建筑别具一格，可以根据演出需要自动升降，既能同观众厅相平，也能再低于地面。厅内安装空调设备。整个影剧院够得上郊县第一的水平。

嘉定镇的城镇建设事业，发展得很快。70年代以来落成的新建筑群，至今面积已达240 874平方米，城镇人口由解放初的10 000人猛增至60 000人。但是作为文化生活设施的影剧场所，近30年却无增加。据1979年资料统计，这个镇全年放映电影1 981场。按人口计算，平均每个人一个月还看不到三场，更不用说四乡里的农民了。这座新影剧院的建成开放，是改善当地人民文化生活的一个重要步骤。

（原载《解放日报》1981年1月22日）

朝鲜广播代表团访问南翔广播站

朝鲜人民民主共和国广播代表团一行五人，11月3日访问了嘉定县南翔公社广播站。团长康端德连连夸赞说："你们的广播办得真好。"

具有20多年历史的南翔公社广播站是市郊广播战线上的一个先进单位，今年2月还获得过市广播事业局颁发的安全优质广播竞赛优胜奖。目前全公社170个生产队、8 030户人家，已拥有喇叭7 900多只、高音喇叭183只。作为这个地区广播中心的公社广播站也已盖起了崭新的两层楼房，播音室里，设备齐全。朝鲜代表团的同志边看边问，频频点头表示赞赏。他们特别关切广播站的自办节目，接连询问这档节目的内容、时间以及农民听众的反应，对编辑和播音员能够娴熟地运用消息、通讯、对话、录音讲话和配乐通讯等多种形式做出宣传成绩，给予他们比较高的评价。

（原载《解放日报》1981年11月26日）

马陆农民在日本

11月28日下午,一架B261客机在上海虹桥机场徐徐降落。旅客中走出来的六位农民,愉快地结束了在日本大阪府的为期半年的进修学习。作为"上海大阪友好人民公社"(即嘉定县马陆公社)的首批友好使者,他们同日本农民结下了情同手足的友谊。

天天生活在家里

张茂兴度过的180天,一直吃带有上海风味的饭菜,花色之多超过故乡的家常饭,这在日本泉佐野市上之乡一户普通农民家,实在是一件很不容易的事情。主妇射手矢尾木听说中国农民到来,特地买了一本中国菜谱,一样样依样学着烧煮。到头来,那手艺居然能同中国的农家主妇媲美了。

说来也凑巧,主人的女儿智子正在大阪一所大学里专修炊事。她回家操刀,可算得上是一位"大菜"师傅了。这位18岁的姑娘,第一次给中国客人烧的菜是辣椒肉丝,甜椒生青,肉丝鲜嫩,张茂兴觉得十分可口。后来,花色不断翻新,有荷包蛋、红烧鱼、白斩鸡、辣椒牛肉丝、笋片肉丝以及菠菜、萝卜丝、卷心菜、蓬蒿菜等,甚至还做出了带有嘉定特色的肉末豆腐。经常每餐两三个菜,有时四五个菜。张茂兴说,他就像生活在家里一样。

客乡有亲如家人

人出远门最怕身体不舒服，有个头疼脑热的，往往更动念思乡之情。但是，樊剑鸣在泉佐野市农民射手矢一长家却处处受到亲人们的悉心照料。一次他患胃病卧床，还惊动了市长先生呢。当时，为了弄清病情起因，射手矢一长专门向市长作了汇报，市长亲自嘱咐农林水产课课长安排治疗，由市卫生课长出面陪小樊去市医院检查。医院院长亲自用中文询问病情，还动手连续拍了好几张X线片子，直到确证没有其他病变，才放心地露出了笑容。

樊剑鸣出院以后，主人一家进行护理，还每天给他吃两瓶牛奶。这种无微不至的照料，就是父母兄妹也不过如此。小樊身子得到康复，一再要求参加劳动，可主人仍只允许他干点轻活。

倾心相待互传艺

陈再兴，被安排在泉南市信达岗中农民松下光春的家里。半年来，他每干一项农活都像上了一堂课。一天，陈再兴和主人一起给暖房棚架打桩，想不到熟土层15厘米底下十分坚硬。他一问才了解到，这地底下原来都是黄石砂和石头层，只是每年采用秸秆还田，才培养出厚厚一层熟土。可见，日本农民是多么重视科学种田。在种洋葱时，松下光春专门给小陈讲了要注意调节土壤的酸碱度，使土壤适度地保持中性。他还把收藏的草木灰拿出来给小陈看，说，它是调节土壤酸碱度的宝贝。又有一次，松下光春教小陈搞嫁接，传授了黄瓜同南瓜、茄子和野茄子的嫁接技术以及洋葱的杂交知识，还向小陈赠送了书籍和小工具。

主人倾心待客人，客人也以心相报。8月20日，他们一起在暖棚里种黄瓜。陈再兴听松下光春说，这里每垅种一条瓜，垅头宽度25厘米，他忙想起马陆种棉花采用宽窄布局效果好，便建议放宽垅和垅沟，每垅可栽两条瓜。主人一听，欣然采纳，使土地的利用率提高了40%。这个布局改革的成功，由松下光春向泉南市"农业普及所"技术人员作了介绍。技术员当即跷拇指称好，并考虑推广到洋葱等其他作物。

（原载《解放日报》1981年12月24日。系徐士兴、施心超合作）

嘉定用现代航测查清土地现状

嘉定县采用现代航空测绘手段查清全县土地利用现状，最近通过了市有关部门的验收。

经过反复查核，嘉定县控制面积为493.38平方公里，加上长征公社在市区有"飞地"1.73平方公里，全县总面积计有495.11平方公里。航测图件表明，在这些土地总面积中，耕地占68.38%；园地占1.1%，林地占0.11%，水面占9.69%，堤岸占2.24%，沟渠占3.19%，交通用地占10.53%，厂矿用地占3.19%，居民点用地占10.53%，特殊用地占0.28%。这些情况，为制订农业区划、编制土地规划和生产规划，加强土地管理，促进科学种田，提供了比较确切的基础资料。

嘉定县进行土地查核，前后已有三年时间。在这以前，他们曾搞耕地实地丈量，结果未能达到理想效果。1980年以来，他们转而采用现代航测手段，搞出了二千分之一大比例尺航片影像图片，并按照层层控制的严密程序进行量算，其测绘精确度高，无遗漏重复现象发生。

（原载《解放日报》1982年12月20日）

植根乡间沃土的体育之花

——记嘉定县黄渡公社许家大队的体育活动

芒种那天的黄昏,嘉定县黄渡公社许家大队操场上,太阳灯把场地照得通明。许家大队和黄渡中学的男子篮球比赛正在激烈地进行。大约有400名男女老少,在操场边上为运动员们喝彩鼓劲。

球场上,一位身穿深蓝色运动衫的15号运动员,动作敏捷,频频得分。他就是许家五队的体育积极分子孙华明。孙华明今年26岁,从小喜欢篮球。初中毕业回到队里,开始时做生活没有心思。后来团支部根据他的特点爱好,吸收他参加篮球队。从此,他接受教育的机会多了,组织性、纪律性也大大加强,劳动态度也有了明显好转。1981年底,他还当上了生产队长。孙华明的转变,使人们悟出了一个道理:开展体育活动,不但能丰富人们的生活,而且能启迪人们的思想。

长期而广泛的体育活动促进了广大社员的身体健康。许家大队七队有一个社员,原来有心脏病,体质很差。1981年,他参加冬泳,每天游100米。这样锻炼了一冬春,体质明显增强了。过去天一冷,队里总是他第一个穿棉袄,现在即使是隆冬腊月他也不穿棉袄。多年来,许家大队没有发生过流行性疾病。每年征兵体检的合格率都是全公社第一。

许家大队的体育活动内容丰富多彩,除了篮球之外,还有拔河、乒乓球、羽毛球、康乐球、象棋、单杠、双杠、气枪、长跑、游泳、武术、跳绳等十多个项目。参加活动的社员多达413人,占总人口的31%。

人们常把美好的事物比作鲜花。许家大队的体育活动正像一朵初绽的鲜花,开放在农村的肥田沃土上。

(原载《解放日报》1983年7月14日。系施心超、陈炳兴合作)

农家女儿当了世界冠军——徐永久

3月初的一天,东方刚发白,上海市嘉定县嘉定镇上,几个穿运动服的姑娘有节奏地走在静静的马路上。走在最前面的就是被誉为"当今世界走得最快的姑娘"——徐永久。

徐永久是1983年全国"十佳"运动员之一。她是来嘉定参加1984年全国春季马拉松和竞走比赛的。这位22岁的选手是辽宁省金县杏树村公社人,父母亲和三个哥哥都是种田人。小徐读初中时就喜爱体育,跑、跳、打球样样都要试试。她每天从家里到学校要走五里多路,天长日久,练出了一双铁脚板。1980年她在省里的一次比赛中,获得1500米女子长跑第三名和3000米女子长跑第二名,被教练王魁看中,选进省体工队。她练了一年的长跑后,加入了省女子竞走队。

小徐身体素质不算好,身高只有1.62米,腿也比较短。但是她怀着一颗为中华民族争光的雄心,在王魁教练的悉心指导下,艰苦训练。有一次,她和男运动员一起冒着寒风参加17公里竞走训练。当她走到13公里上坡时,不小心一条腿拉伤了,钻心的疼使她几乎动弹不了。但她没有退缩,硬是咬着牙按照原来的速度走完了全程。在训练时间上,她分秒必争。就是去挪威途中客机在巴基斯坦卡拉奇暂停的1小时中,她还和队友们做了50分钟的原地高抬腿动作。到挪威后,我国大使馆的同志安排她们游览首都

奥斯陆的公园,她也没有忘记在大草坪上跑几圈。徐永久就是这样,凭着坚强的毅力,创造出一项项新成绩:

1982年8月在嘉定获得女子5公里竞走全国冠军;1983年3月也在嘉定,以49分4秒的成绩获得第五届全运会女子10公里竞走全国冠军;1983年9月24日,在挪威举行的第三届世界杯竞走锦标赛中,她力挫群芳,以45分13秒4的成绩获得冠军。她还与队友阎红、关平、于和平一起,以132分的成绩,获得这项比赛的团体冠军。

在成绩面前,徐永久没有停步,她深深地懂得,成绩的取得,离不开辛勤的汗水和科学的精神。她正抓紧训练,争取创造更好的成绩,向建国35周年献礼。

（原载《中国农民报》1984年4月22日）

国际初级卫生保健班在嘉定开课

　　世界卫生组织区域间城镇初级卫生保健讲习班，最近在嘉定镇举行。参加学习的有菲律宾、马来西亚、斯里兰卡等九个国家和地区的官员，他们相互交流了初级卫生保健和城市基层卫生保健工作的经验。嘉定县是世界卫生组织为实现它所提出的2000年人人享有卫生保健的目标而在我国建立的初级卫生保健合作中心之一。这样的讲习班，1980年和1981年已举办过两期。

（原载《解放日报》1984年11月18日）

手指染墨另一功　东瀛友人争相购

嘉定县政协委员许丽樗擅长指头书画。去年岁尾，他的指书条幅录唐人张继绝句《枫桥夜泊》，在苏州寒山寺被前来静听公历除夕钟声，以求消愁的日本友人一抢而空。今年，寒山寺管理机构又来信，请他再提供千张条幅，以供国际友人选购。

指书艺术在我国有1 000多年的历史。据史书记载，染墨指书始于北宋的司马光。78岁高龄的许丽樗，1928年毕业于上海艺大艺术教育系，受清代名家高其佩之启迪，利用公暇间隙，持之以恒磨炼指头书法技巧数十年。他能以食指巧妙变化，仅用指尖勿用指甲，笔笔有锋，留有螺纹。其书体七分正楷，三分行书。上海文史馆顾商地先生曾称"其作擘窠书，则大气磅礴，挥洒自如；作寸楷，则端正秀丽，饶有韵致。非积数十载之功曷克臻此"。

爱好书法艺术的日本友人，对许丽樗的指书画作品十分赞赏，日本文化界许多知名人士、日中友好积极分子在寓所客厅里都挂有他的作品。著名诗人西山谦三先生称赞许老的作品"诚属高雅秀丽，情趣无穷之佳作，即使用笔书就亦属难能可贵。有幸得此妙品，高兴万分"。

（原载《上海政协报》1984年12月15日）

全国县级农业银行中第一家
嘉定县农业银行启用微电脑

去年12月20日,嘉定县农业银行正式启用微电脑做账。上午9时开机,三个半小时就记完了机关团体柜的805笔账目。下午1时余,又花5分钟轧平了这个柜的全部账单,比平时在顺利条件下的人工轧账快了26倍。县级农业银行使用微电脑,这在全国还是第一家。

嘉定县农业银行营业部现有八台微机,今后将陆续上柜使用。届时,在那里长期存在的市郊同行中少见的繁忙景象将完全得到改观。

(原载《解放日报》1986年1月16日)

拉·甘地在马陆

去年12月23日,一个由40多辆轿车组成的车队,取道沪嘉高速公路,来到嘉定县马陆乡。在一辆豪华的"凯加拉斯"轿车内,走出了一位身穿黄色白翻领上装的中年人。他,就是印度总理拉·甘地。

印度总理在市长朱镕基、冶金工业部长戚元靖陪同下来到马陆,即受到乡长曹抗美、乡农工商联合社董事长严永嘉以及嘉定县县长李宝林的热情款待。在外贸食品厂,他仔细地观看了由当地出产的蚕豆、蒜苗、刀豆的速冻陈列品,看望了正在加工香菇、切削荸荠的农民。他热切地问道:"这些产品提供给什么人的?""是通过什么渠道出口的?"在童车厂,他兴致勃勃地推起即将出厂的童车。在钻石烛厂,年轻的厂长赵文明向他赠送了两对30多厘米长的大红蜡烛,一对名为龙凤,一对名叫寿烛,祝愿他吉祥如意。总理笑容满面,一再道谢。当他得悉这些工厂都是和城市大工厂联营时,便问李县长:"乡村工业和大工厂联营有什么好处?"李县长说:"乡村工业同大工厂联营,产供销列入国家计划。农村有众多劳动力,大工厂有雄厚的技术,双方的优势都可以发挥。""是大工厂求你们,还是你们求大工厂?""这是双方自愿的。好像'自由恋爱'那样。"总理听了,和在场的人员一起,放声笑了起来。他说,中国在农业地区兴办这样的企业

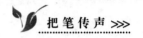

很有意思。

  最后,总理应乡长之邀,在一本精美的签名簿上,写下了他的名字。

(原载《上海郊区报》1989年1月1日)

嘉定大蒜制品列入国家星火计划

嘉定大蒜(白蒜)可加工成蒜油、蒜粉和大蒜蛋白,作为药品、食品添加剂。这种白蒜的综合利用,最近被国家科委批准列入国家星火计划。

白蒜是嘉定的特产,具有白、嫩、脆、辣的特点。近几年来,嘉定年产蒜头25 000吨,为国家创造了较多外汇。怎样把多余的蒜头更好地加工利用?上海光机所、中国大恒公司和娄塘工业公司联合建起了嘉定白蒜制品厂,把大蒜加工成蒜油、蒜粉,其中大蒜蛋白还可做化妆品,远销美国和联邦德国。

(原载《新民晚报》1989年6月21日)

怎样当好生产队长？

——嘉定县部分生产队长和农村干部专题座谈探讨

在新的形势下，如何当好生产队长，为人们普遍关心。最近，嘉定县委政策研究室、县农业局和《上海郊区报》嘉定记者站联合邀请部分生产队长以及领导生产队工作的负责同志进行了专题探讨。

到会同志认为：是不是一个好队长，关键在于能不能做到以下四点：

一是坚持走社会主义道路。外岗乡施晋村赵家生产队队长顾明智认为，衡量一个生产队长是否走社会主义道路，主要看他对完成国家计划的态度如何。这个生产队今年种植198亩水稻，68亩棉花，132亩小麦，100亩大蒜。无论是粮食作物还是经济作物都完成了村里下达的国家计划指标。近来，外地小贩高价收购大蒜，但他教育农民把大蒜全卖给国家。方泰乡黄墙村吴西生产队今年向国家交售小麦30 000公斤，比去年增加7 500公斤。生猪上市任务年底可超额完成。队长吴春华说，向国家多卖粮，多卖猪，是我们种田人的光荣职责。

对损害集体利益的事情不敢斗争就不是个好队长。嘉西邹家生产队有块人称"台湾岛"的土地，种植的毛竹连连失窃，队长周文达连续几夜只身防守，终于抓住了偷窃者，做了严肃处理。另一次,有人把稻田里的泥挑到自己的场地上,良田受到破坏。周文达也立即找这个农民谈话,事后那个农民就平整了大田,承认了错误。从此,这类侵犯集体利益的事情基本制止。

二是明确职责。政策研究室副主任沈文明说,作为一个队长,肩负领导农民发展生产和加强思想政治工作这两方面的任务。就生产来说,有六项任务:(1)在国家计划的指导下,确定农副业生产计划;(2)掌握生产措施,适时完成收种任务;(3)辅导农民学习新的农业科学知识;(4)努力完成国家下达的农副产品上交任务;(5)管好集体财产;(6)壮大集体经济。思想政治工作方面,要做五件事:(1)对农民进行社会主义思想教育,宣传国内外形势,传达党和国家的方针政策;(2)协助有关方面落实同农民直接有关的经济政策;(3)对农民进行团结友爱教育,及时调解民事纠纷;(4)帮助本队农民克服生产生活上的具体困难;(5)教育农民实行计划生育。

三是要为农民多办实事。方泰乡黄墙村吴西生产队队长吴春华说,他当队长两年多来,率领全队农民做了九件事:(1)安排好生产。他把四只脱粒机、一只大炮机轮番分到户上使用,轧一家清一场。每次大忙,他都安排得井井有条。(2)兴修田间水利设施。今年3月,耗资10 000多元筑起250米长的水泥明沟。(3)改良土壤。他每年都发动农民积聚优质自然肥料。今年这个队170亩水稻中,每亩施60担的在70%以上。(4)改良种子。这几年,他们由于改善了农民生产条件和使用优良品种,农作物产量不断提高。今年小麦普遍减产,他们队却亩产275公斤,比去年增加50公斤。(5)发展副业。前几年苗猪紧缺,他组织6个户专养母猪,不仅确保了本队的苗猪供应,还可支援外队。(6)改善道路和用电条件。他们耗资10 000元,筑了一条500米长的石子路,今年又用13 000元装了个配电间。(7)开源节流。两年多来,这个队把房租收入15 000元,用于生产队的集体福利和农田基本建设。(8)改善卫生条件。生产队把52只小粪坑全部集中加盖,并由专人负责,确保环境卫生和饮水卫生。(9)抓了宅风建设。该队基本上没有吵闹、没有赌博、没有偷电现象。

  四是要以身作则、艰苦奋斗。安亭镇火炬村陶家生产队队长陶文礼说:"当队长要有为党为群众办事的精神,还要自己做出样子。"嘉西胜利村邹家生产队队长周文达带头钻研农业技术。如何落谷下麦种,如何施过磷酸钙,连几个老种田也向他请教。在经济上他廉洁奉公,有个农民感谢他介绍了工作,送条香烟给他,他婉言谢绝。村里把他家属安排到企业他也不要。他的家教很严,儿子从不叉麻将,队里小青年叉了,经他多次教育,也都歇了手。

(原载《上海郊区报》1989年7月26日)

龙 潭 菊 香

清晨,步入嘉定汇龙潭公园,便见一座大型的花坛矗立于北草坪。它有5米高,由3 200盆菊花组成,顶端是一只佩戴领带的熊猫紧握鲜花,向观众频频致意。八只小熊猫佩戴领结、丝巾则在吹拉弹唱。花坛上,白色的大气球上悬挂着长长的标语,上写"热烈祝贺'熊猫菊展'开幕""中美合作生产熊猫领带"。噢!原来是外冈领带厂和汇龙潭公园主办的"熊猫菊展"在这里展出。

嘉定县已连续三年举办大型菊展。这次菊展场面壮观。我国现有菊花2 000多个品种,在这占地70余亩的公园里便展出了150多种,50 000余盆,为市郊之冠。在玉莲池,浮动着一个圆形的盆景,一只银灰色的海狮抬着头,嘴上顶着彩色气球,那便是海狮顶球。它面对濛濛的喷泉、弯曲的小桥,显得格外活泼可爱。在南草坪西端,竖立的一块蓝色的墙报上浮有九条菊龙,被称为龙壁花坛。它有18米长,3米高。这是园丁们把300多盆红黄蓝白小菊花的茎秆,穿过木板精制而成的。九龙菊壁正代表上海市参加在杭州举办的第三次全国菊展。在这个景点的斜对面,孔雀开屏的立体花坛由千余盆菊花组成,鲜艳绚丽的孔雀翩翩起舞。缀华堂内名菊荟萃,"红衣""金勾""春水绿波""梨香菊""龙盘蛇舞"等品种是今年全国评比的名菊。碎玉亭上挂着这样的对联:安定团结古疁山隽天衬树,清除污染汇龙潭清月逗人。

这里,蕴含着嘉定连年举办大型菊展的真谛。

(原载《上海郊区报》1989 年 11 月 12 日)

1990-1999

燕侠来到伲身边

"参谋长,休要谬夸奖;舍己救人不敢当……有什么周详不周详。"我国著名京剧表演艺术家赵燕侠,4日上午11点20分,在上海天蟾舞台由嘉定梅园业余京剧社举办的京剧茶座上,演唱了《沙家浜》中智斗的这段唱词。嘉定的戏友们为她那吐字清晰、清丽流畅的演唱风格所倾倒。

这位艺术家,身高1.56米,穿着红翻领的黑色大衣,颈部系着花头巾,真看不出,她已62岁了。她11岁时在上海学戏,15岁赴北京,16岁正式登台。以后,每年回沪演出。赵燕侠风趣地告诉嘉定的戏友:"我是北京镀金,上海出名。"八年前,她在这个剧场连演16场;这次是在人民大舞台演出。当晚是最后一场了。但是,她是到天蟾舞台来,给嘉定的朋友们予艺术上的指导。当她看到热烈欢迎的场面,连声感慨地说:"京剧有希望!"

赵燕侠一再告诉戏迷们"我不用小话筒,我就是用自己的本音。如果用了小话筒,就分不清谁的嗓子好和不好"。她观看了嘉定梅园业余京剧社的演出之后说:"那个社长唱得这么好,我没法唱。"这是过奖了。她所说的那个社长,便是邵初耀。他是上海地质仪器厂工程师,上海市梅兰芳艺术研习社领导成员,现在是梅园业余京剧社负责人。他演出的《西施》,给赵燕侠留下了颇有功底的良好印象。

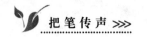

在这次京剧茶座上，赵燕侠30岁的闺女、赵派嫡传的张雏燕，演唱了《白蛇传》片段。她那明亮的嗓音，酷似其母，全场掌声不绝。

时钟敲过12点，梅园业余京剧社顾问鞠国栋、社长胡孟初向赵燕侠赠送了写有"高风超艺，剧坛师表"八个大字的条幅，祝贺赵燕侠在沪演出成功，感谢她对剧社的悉心指导。赵燕侠向梅园京剧社回赠了有"京剧之友"四个大字的条幅，还和嘉定的同志合影留念。

（原载《上海郊区报》1990年6月19日）

南翔的白鹤

相传梁代天监年间,常有两只白鹤飞到现今属上海市嘉定县的南翔这个地方,停留在一个农民挖出不久的一块巨石上,于是传为仙迹,僧人德齐便去那里建造寺院。唐代又有两鹤飞来。自从寺中建尊胜陀罗尼经幢后,鹤一去不返。宋代,寺院取名"白鹤南翔寺"。南翔遂因寺成镇而得名。后人把白鹤南翔视作吉祥如意、造福人民的象征。值此改革开放之际,南翔镇广播站自力更生开财路,广播电视得飞跃,好似古代南去的白鹤,给人民带来了幸福。

春 华 秋 实

当你踏进这个坐落于南翔镇东市、沪嘉高速公路南侧的广播站,站长瞿龙宝不禁自豪地向你讲述了"3∶1"的故事。所谓"3∶1",指的是南翔镇站的事业建设费收入中,创收和财政拨款的比例。1985年到1991年,这个站的事业建设经费收入,总共67.5万元,其中创收50.8万元,占75.3%;财政拨款16.7万元,占24.7%。

件件往事,历历在目。早在70年代后期,500瓦扩大机上的805管子坏了,每只仅80多元,也得向领导申请,甚至在1984年修了只土发电的柴油机,只27元,会计不予报销,幸亏镇长支持,才得圆满解决。不难想象,当时的广播网建设是低水平的:线路

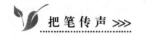

用5.5米水泥方杆,用户喇叭多数是8寸舌簧,入户率65%。但是,改革开放的春风,使站长瞿龙宝领悟了真谛:摆脱窘困现实的根本途径在于自己动手,增加收入,自强不息,发展事业。1985年丹桂飘香的季节,他们办起了广播电器修理服务部,由农村青年华根良承包,1986年就创利4 000多元,站里得了2 000元。这笔款额,微不足道,但给南翔镇站平添一线生机。接着,他们扩大服务部门,建起线路施工队伍,承办剧场放映录像,发展闭路电视。1991年创收净利8.8万元。全站工作人员增加到26人。全镇19个村、171个生产队全部通广播,8 208个农户中,安装广播的7 100户,入户率为86.5%,喇叭音响率98%以上,线路上全部用圆形7M杆,镇还用上电缆,用户大多装动圈喇叭。还有3 000多户安装闭路电视。形成了有线广播和有线电视并存的新格局。固定资产达12万元,有汽车一辆。全站宣传事业,也跻身于沪郊的先进行列。1991年,由于闭路电视的建设成功,县政府将南翔镇评为先进集体。近年来,还耗资8万元,在镇上购买商品房,分给家在农村的职工。至此,属于正式编制的七名职工,在南翔镇上都有了住房。不言而喻,全体工作人员的收入水平,都有明显提高。

一步一印

有位身材魁梧、头戴安全帽的中年人,观看着手中的仪表,通过对讲机联络道:

"把天线朝东转一转!"

爬在铁塔顶端的另一位中年人回答说:

"晓得了,这样正好吗?"

"再转一转,再转一转!"

......

时间,是 1992 年 4 月的一个周末。地点,在嘉定城中的一条小河畔。那天,阳光明媚,鸟语花香。南翔镇站的线路工程队,正在为嘉定光纤 CATV 科研示范工程施工。站在工地上指挥的,是站长瞿龙宝,塔顶上的那位便是线务组的许鹿良。

嘉定,是上海市的科学卫星城。这次由上海市科委建议建立嘉定县电台承担的嘉定光纤 CATV 科研示范工程,在国内是最先进的,且已列为国家科委的科研项目。这个示范区的建立,将为上海市光纤传输联网提供科学试点。南翔广播站线务组的八位同志把承担这项工程的机房外施工任务,视作自身的光荣。历经两个月的艰苦工作,前期任务基本完成。按县电台领导的意见,瞿龙宝主持和参与了这项承包工程的勘察、设外施工及验收。许鹿良,则天天都和同伴们一起架设钢绞线、敷设光电缆、进入用户装终端。工程线路平直,走向合理,标准很高,受到广播电影电视部有关专家的好评。

这个线务组,正是以这种高度负责的精神,配合沪嘉高速公路建设,搬迁了广播线,为发展当地市政建设,完成了第一期闭路电视的施工,为建设中学搬迁了线路,还完成了从镇区到各村节目线路的调杆调线。

它那一步一印的作风,为当地人民所称道。

1991 年秋天,上海染化一厂南翔分厂一只 35 千瓦的马达突然烧坏。这是全厂的"独生儿子",染料生产只得立刻停顿。当天,厂里把它送到广播电器修理服务部,要求明天取货。30 岁开外的老师傅华根良、彭建明连夜加班,把马达上原有的漆包线全部扒光,绕上了 30 多公斤的崭新的线,又经烘干处理,接电调试,达到标准。这时,东方微白,公鸡叫出了"喔,喔,喔"的报晓声,终于如

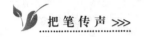

期交货,厂方恢复生产。

盛夏的一天,南翔镇管村浜角生产队正在给水稻灌溉的潜水泵突然停止了嗒嗒的声音,分明是马达线烧坏了。在那水稻分蘖发棵的紧要关头,一旦断水,这队100多亩水稻田便会土地皲裂,禾苗枯黄,好像人们没有饭吃那样的严重。广播电器服务部承接了这个损坏的水泵,也当夜修理。第二天,队里重新响起欢快的水泵声。

这一年,服务部修理的电动机、潜水泵、排风扇、电视机、扩大机,总共有7 000多台(次),支援了当地的工农业生产,为群众的生活提供了方便。

理 解 支 持

78 380元,这是线务组1990年总收入的金额数。按规定,每人可得奖金1 340元。然而,有关部门打了坝,理由是,收入超过了镇长,而且总数较大,一下子要发掉11 720元。

怎么办呢?镇党委主管宣传工作的领导出场讲话了。他去有关部门,讲明道理:年初既然签订了合同,就要兑现,以维护合同的严肃性。何况,这些钱也是他们用汗水换来的。这个部门的同志觉得言之有理,便予放行。

广播站创收到的钱,用于什么?收入多了,是否减少拨款?南翔镇政府做了这样明确的规定:广播站创收的钱,主要用于发展事业,也可适当改善职工生活;镇政府对广播站的一切拨款,不受创收数额增减的影响。自从兴办服务部以来,无论哪项经费的拨款,都有增无减。事业费,由1985年的1.5万元,增长到1991年的3万元;人头经费,由1985年的1.4万元,增长到1991年的2.8

万元。

在南翔镇站北隔壁,有个陈旧的千余座位的剧场,一度营业清淡,不能度日。1986年站长瞿龙宝便向镇长提出,接受剧场,兼营放映录像的业务。镇政府即予批准。老瞿便去深圳购置放映机、投影机,向县市录像管理部门办理申请手续,很快开门营业。由于加强内部管理,第一年便得净利2万多元,以后几年,尽管观看录像的热潮似已低落,然而始终保持着良好势头。1991年,便放映1460场,观众7万人(次),且因大多数观众来自去南翔打工的外省市籍青年,片子内容又属健康,所以也有利于社会治安,有利于当地经济发展。

开展经营活动,增加收入,是广播站自身发展和社会经济发展的要求。在这里,我们又一次看到基层广播部门的改革之路。南翔镇站抓住机遇,迈出了可喜的一步。然而,它好似古代的白鹤,刚刚起飞。它将昂起长颈搏击天空,飞向远方。

(原载《视听界》1992年第6期)

陈叔达的周日门诊

那是个周日的上午,嘉定中医医院三楼八室里,鬓发苍白的中医陈叔达正在这里主治儿科疾病。

杨浦新邨杨继军和他的爱人,是第三次抱了他俩15个月的儿子杨牧卿来治疗气喘病。牧卿生下7个月便得此病,在市区大医院就医,耗资1 000余元,没有治愈。前个周日,来这里就医时,气喘甚急,一吃饭即吐。第一次就诊一周,便能吃半汤盅饭,不再呕吐,气喘锐减。第二次,已几乎无喘,每餐进食一汤盅。今日再来就医,旨在根治。三次看病,医药费、车费,总共只花75元。

有个名叫亚历山大·斯密思的阿根廷的1岁男孩,厌食米饭面包,且有低热。这个洋娃娃分明得了疳热,系饮食失节,饥饱失度所致。经过数次治疗,孩子便胃口好转,饮食正常。

陈叔达,从少年学习中医儿科,行医至今已历50余年。他治疗病孩达数十万人,遍及上海、江苏、浙江、湖北、湖南、甘肃和新疆等省市。他"以自我是病家的子女自居"为幼儿治病,除每星期二、五门诊外,还特设周日上午门诊。

这天,他为62名病孩方脉诊断,涉及咳嗽、气喘、疳症、泄泻和惊厥等多种疾病。

陈叔达的周日门诊从不间断。今年1月10日,50年前被陈医师从死亡线上救活、现任嘉定区戬浜乡杨家村党支部副书记的叶志良,家有喜事,特邀"救命恩人"做客。那天正是星期日,为不负病家所望,他坚持看完病号才前去赴宴。陈医师的医德、医风和医术由此足见。正如卫生部中医司原司长吕炳奎为陈叔达《中医儿科传心录》一书写的序所说的:"他对中医儿科学造诣颇深,医术高明,闻名乡里……"

(原载《上海郊区报》1993年5月4日)

在黄山农家进早餐

连自己也没有想到,我竟然会在安徽省黄山市黄山区一个农民家里吃早饭。

时间:1994年5月19日上午7点30分。

地点:黄山区甘棠镇立新村汪家村民小组。

我是为参加长江三角洲广播新闻协作区第10届年会才到甘棠镇的。那天早晨,灿烂的朝霞,升起在绿山碧水的东方。我独自伫立在所旅居的广播电视培训中心门口那条宽阔的水泥马路上,向左望去,高山脚下的村落,磁铁般地吸引着我这个从事广播工作33年的农村记者。大约走了15分钟,一户农家大门上的对联映入我的眼帘:

想当年,打土墙,盖草房;看今朝,前楼房,后高楼。

主人叫陈大力,一套深蓝色的西服,把他打扮得十分精神,简直看不出他已是48岁的人了。我们的话题,从那副对联谈起。

大力的祖籍在皖北庐江县,父亲渡江求乞,才在这里定居。土改时虽然分到土地,由于集体化时都吃大锅饭,一天拿不到几角钱,以致长期居住土墙草房,直到1992年才盖了一幢新楼房,给大儿子结婚。1993年又盖了幢新楼,准备给小儿子成家。为了让幼辈不忘过去珍惜今天,所以贴上那副语言朴素、对照鲜明的门联。这里蕴含着社会大变革为他家老少提供施展才能、创造财富、改善生活的极好机遇。

大力从1983年到1987年承包10亩土地,在8亩水田里种植双季稻,每年售粮5 000多公斤,曾得到区政府的奖励,在两亩旱田里种植蔬菜上市出售。1988年起,他不但务农,还去村民委员会管理出租房产的事。他的大儿子前几年去汤口镇当驾驶员,小儿子在甘棠镇开发公司当电工。他的老伴和儿媳都是纯粹的农民。大力说,最近三四年全家纯收入年年超过一万元。

收入增加了,生活质量必然提高。大力全家都住新楼房,吃的、玩的也非往日可比。大力说,如今我们是"生长在山清水秀的黄山农村人,也想到大城市里看看花花世界"。大儿子夫妇曾去南京、上海、杭州旅游观光。全家住得好、吃得好、玩得好。

主人告诉我,他家的生活水平,在他所在的村民小组属于中等。有的人家一年收入三万到四万元。全组47户,15年前全部住草房,现在有24户住楼房,仍然住草房的只有一个独身户。

浓浓的谈兴,增进了友谊。主人向我这个不速之客发出邀请:在他家里吃早饭。我觉得有些突然,但是这可深一步了解他家的生活状况,所以欣然从命。他开启液化气灶,煮熟可口的辣椒豆芽肉丝,揭开砖头灶的锅盖,捧出一碗喷香的菜干烧肉,一碗入味的方块豆腐干,各人一碗雪白的大米饭。我想,这顿早餐,要超出我这个上海人的早饭标准了。大力不无感慨地说:"归根结底,就是这句话,现在生活这么好,全靠改革开放。"

在回归的路上,我不禁想起中共黄山区委常委、宣传部长郑明东的话:"改革开放15年,是我们黄山区改革发展变化最大的15年。"在陈大力家的所见所遇,在一定程度上,不正是印证了他的这一见解吗?

(原载《黄山日报》1994年7月2日)

菊花的品格

菊花,原产我国,是我国的传统名花之一,3 000年前的春秋时代已有栽培历史的文字记载。最近,花卉专家把它列为国花的候选花之一。

菊花在我的故乡嘉定也同样有着悠久的历史和颇高的声望。

在记忆朦胧的幼年,大人右手把我抱在他的怀里,左手提了朵铜钿那样小的圆形的黄花,一边给我逗乐,一边告诉我:"这叫菊花。"大约到十岁的时候,我和同村的弟兄到田野去割草喂羊,在纵横的阡陌上和行人往返的道路旁认识了许许多多又小又黄的菊花。但是,我只是把它们视为普通的野草,当作喂羊的饲料,割到了我的草篮里。

我小学六年级,是在当时的嘉定县南翔镇东市梢的怀少教育院就读的。那年秋天,在学校整齐清洁的走廊里,放着一盆又一盆美丽的菊花。它和学校礼堂里的讲坛右侧木柱上的"光明正大立身模范"八个大字组成的和谐协调又催人奋进的氛围,至今铭记心间。

菊花真正引起我浓厚兴趣的,还是在这改革开放的年代。

1988年起,嘉定每年举办菊花展览,逐渐发展为菊花节,且和国内著名的上海大众汽车厂、熊猫领带厂、上海通信电缆厂、嘉定照明电器公司等企业联办,以它们的名字命名。今年以上海太平国际货柜有限公司命名,称之为'94上海太平菊灯联展。那里的5万盆五彩缤纷的秋菊,红、黄、蓝、紫的激光表演,继承南北朝以来传统的姑苏灯彩,布满亭台楼阁的20多个景点和公园的自然地形、山水、建筑相融合,体现了动静结合、水陆空衔接、菊灯协调、声光吻合的特点,吸引着中外游客。和往年那样,一时之间,几乎形成一种空气,一种诱惑,如果谁没有到汇龙潭公园观看菊花,就好像是一大憾事,不得不挤点时间,去凑个热闹。

在汇龙潭,一位头发苍白的老人,津津乐道地和我倾吐他对菊花品格的思索。

老人说:菊花品格高尚,有着稳、诚、爽、容的优点。

在那百花争艳的春天,它只慢慢地长出嫩芽,待到秋风落叶、百花枯萎、朔风来临、寒若冰霜的时候,它却傲寒盛开。不正表现出它稳的性格吗?菊花的叶子,是缓慢地一片片生长的,反映了它自力更生的精神。它的花从现蕾、开放、盛开到凋谢,时间较长,让人们尽情欣赏,蕴含着它贡献于人类的诚意。

老人指着在微风中颤抖的菊花说:你看,菊花有白、黄、红、绿、紫、墨等色,而且花姿奇特清雅,如龙飞凤舞,或彩云浮飘,真是奇态万千,看上去艳丽无穷,但又富有精神,微微清香,教人心情舒畅,这便是爽。对人类而言,菊花何止观赏?它尚有明目清火、消热解毒的功能,可煮茶、作药、酿酒,有益补身、延年、益寿。换言之,人类的多项需求,它都可容忍。

我把他的话全部记入我的本子,细细咀嚼,觉得老人对菊花特性的研究似乎达到了炉火纯青的境界。倘若究其要领,菊花的品格,即为静雅、高尚和傲霜。这是菊花的神,是它的灵魂,是它的骨气。

古往今来,人们热烈地推崇菊花的品格,坚贞不渝地爱着菊花

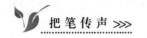

的品格。我国历史上第一个得到赏花真谛的是陶渊明。他将菊松连语,菊人并论,"以香比德,岁寒喻操"。诗人感慨地咏道:"三径就荒,松菊犹存。"他的"采菊东篱下,悠然见南山"成为千古名句;他的"怀此贞秀姿,卓为霜下杰"的诗句,是历史上最早赞颂菊花高洁性格的诗句。

文到此刻,似乎领悟到了嘉定连年举办大型菊展的用意。

有人说,嘉定种菊历史悠久,现在国泰民安,有条件办菊展。是的,嘉定种菊起于明代,据县志今译本载:"明南翔陆毅卿喜欢种菊,清张鸿图得子播种法,变化至数百个品种。"

作为科学文化城的嘉定,社会安定、经济发展,人民生活实现了小康。

然而嘉定举办菊展的真正用意,在于借用菊花的品格,倡导嘉定的风格。

嘉定风格,提出于 80 年代末期,其基本含义为:"敢于领先,乐于奉献,顾全全局。"不言而喻,嘉定风格和菊花品格的内涵是多么的吻合,这是运用自然界的美,激励嘉定地区人民群众建设美丽幸福新生活的高超一着。

我中学时代的一位校友给我讲述的故事耐人寻味。他现任上海市工艺美术学校副校长,高级讲师。该校校址便在汇龙潭公园东侧。连年的菊展,使这所学校的花卉写生课,坚持以菊花为主要对象。天长日久,学生的情操,受到菊花的陶冶,养成了刚毅坚强为国争光的禀性。1993 年,国画大师刘海粟选中的唯一的那份上海刘海粟美术馆的造型设计稿,作者竟是这所学校当年的毕业生王小峰。东亚运动会的立体画之一的变形东东鸡,也出于 1993 年毕业生的笔下,作者名叫薛雁(女)。

位于嘉定的一家研究所的朋友告诉我,他们的所长,对于菊花异常喜爱。有一次,遇到一个重要的接待任务,他下令在所内所有的道路上不许有一张树叶,而且要有序地摆上一盆又一盆的菊花,以显示这个研究所的精神。也许他正是受益于菊花品格的熏陶,驱使他顽强拼搏,在事业上创造了卓著的业绩,跃入了中国科学院院士的行列。

仍以本届菊花主办单位之一的上海太平国际货柜有限公司而言,只要嘉定办菊展,那里的职工都会光顾。尽管厂区空间较小,他们仍然利用房前屋后河畔的小块土地培栽菊花,在一些道路两旁放上盆菊,所有的办公室更是奇花争艳。这家公司的职工,所生产的货柜竟然雄居世界第一。太平公司的这一切,正是嘉定全貌的真实写照。是啊,这几年,嘉定摘取了一个个桂冠:全国小康县的第一位、全国教育先进县、全国体育先进县、全国双拥模范区……此情此景,能说菊花的品格和嘉定风格没有一点微妙的内在联系,甚至是那么一点微妙的内在的因果关系吗?

(原载《东方城乡报》1994年11月29日)

情满迎园

小雪的前一天,夜幕刚刚降临,我和几位朋友在嘉定迎园饭店小聚。所见所闻,令人肃然起敬。

"凯旋"和星级

我们就餐是在一间不过十三四平方米的凯旋厅里。那淡黄色的墙壁上,挂着四幅反映文艺复兴时期欧洲风情的油画。右边的屋角里放着一架25英寸的彩电。餐厅中间一圆形餐桌,上面罩着白色的台布,细长的高脚花瓶里插了束红色的鲜花。围着餐桌的是一只只半圆形的铁制靠背椅,餐桌上方的屋顶悬挂着水晶吊灯。黑白相间的大理石地平上光彩熠熠。

在这幽雅的餐厅里刚刚入座,服务员小姐便给我们每人端来了一小杯茶水、一条毛巾,后又给我们每人倒了一杯清香可口的百合汁。上来的一道道普通菜肴和点心,都是小盆的,既让我们尝到较多的品种,又不浪费。尤其值得回味的是千层蛋挞和千层酥两道点心,松脆香甜。席间,身材修长、嗓音圆润的服务员小姐,和她的艺友为我们演唱了《纤夫的爱》。这些就是迎园饭店服务宗旨的体现。

迎园饭店,地处嘉定城中路北端,是50年代末建造的。尽管是政府招待所,但在当时而言,已相当气派了,曾一度使嘉定人为有这家饭店而自豪。

历史的车轮推进到20世纪90年代,以卢德山为经理的全体员工,目睹竞争激烈的态势,一改以往的招待型为经营服务型,变领导满意为宾客满意,变政府扶持为自我发展、自我滚动,明确提出以"安全、舒适、经济、高效、文明"为其新的服务宗旨,内部设施做了很大改善。在豪华套房里,有冲浪式按摩浴缸、柚木家具、全羊毛地毯、全进口卫生洁具、小吧台、小冰箱、大型彩电,全店电话全部改为程控。大小不同的餐厅,有的富有民族特色,有的充满异域风味。今春经上海市旅游局考核,评定为二星级涉外饭店。从一个招待所发展为旅游涉外星级饭店,成为嘉定对外的一个窗口,在沪郊是少见的。

桌布和机票

我踏着红色的地毯,只见4号楼大厅东边墙头挂满一只只新颖的电钟,显示了世界各大城市的不同时间。经服务员小姐电话联系,我乘了新装的自动电梯上楼,拜访了中日合资上海加纳时装有限公司副总经理高巍。这位不过30岁光景、身高约有1.75米的日方代理人,一见面,便对饭店大加赞扬。

我们的交谈,是从桌布开始的。加纳是家年产可达45万条时装裙子的公司,注册资金100万美元。但在正式开业的前一天下午,发觉在开业典礼上所要使用的台子上没有台布覆盖,还缺少茶杯。饭店服务员得到这个信息,马上给了他20多条清洁的桌布和40只茶杯,他们的开业典礼终于热烈隆重圆满成功。

高巍和他的来自日本的助手,在这家饭店已住了一个多月,每

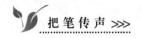

天晚上总要 7 点钟左右才能回到饭店。可是不管怎么晚,餐厅的工作人员总是耐心等候,让大家吃到热菜、热饭,还应日本友人的口味烧煮清淡的菜肴。高巍说,这一件件小事,正反映了服务人员对我们旅客的关心,可说达到了体贴入微的境地。今年 10 月初的一天,有位身材颀长、梳着长波浪黄头发的比利时姑娘来到迎园饭店飞机票处购买一张去北京的机票,票价是 960 元,还要收取手续费 30 元,但她身上的钱一时不够,眼眶里顿时流出了焦急的泪水,公关部的陆勤闻声赶来,问清了缘由,毫不犹豫地帮她支付了这笔钱。比利时姑娘右手擦着晶莹的泪珠,左手捏着中国民航的机票,操着僵硬的普通话,连声说:"谢谢,谢谢你!"

红烧肉和暗访

今年 5 月的一天,来到嘉定演出《党的女儿》的总政歌剧团的演员,来到迎园饭店共进午餐,唯独有位主要演员的座位面前,放了碗红烧肉,她诧异地问服务员:"你们怎么知道我喜欢吃肉的?"原来,迎园饭店的员工得悉总政歌剧团要到饭店下榻的消息,都欢呼雀跃。前厅部赵经理从上海仙霞宾馆了解到,这位女演员演出前有吃一小碗红烧肉的习惯。于是,她在嘉定演出期间,厨师每天都专门为她烧煮。对于年龄大、有糖尿病的演员也单独烧菜。舞美人员布置好舞台,往往直到午夜才归,饭店破例提供夜宵。出于由衷的感激之情,演员们主动和饭店大联欢,翩翩起舞,引吭高歌,那位爱吃红烧肉的女演员唱了《思念》,饭店职工唱了《边疆的泉水清又纯》等歌曲,互表敬意,倾吐友情。

或许有人会问:"迎园这样高的工作水准,平时能不能达到?"在那里我听到了一个暗访的故事。今年 6 月 29 日的午夜时分,一辆黑色的轿车开到了迎园饭店的门口,几位衣冠楚楚的宾客刚刚下车,礼仪小姐一边口说:"先生,欢迎光临!"一边热情地把他们引入了接待大厅。他们一进入4409房间,便电告总机话务员:"明天上午8时叫醒我们。"第二天上午7点半,他们已经会客,但是服务员仍按时通知他们。8点半光景,客人才到总经理办公室,亮出他们的身份:上海市旅游管理局来暗访检查的人员,表扬迎园饭店是名副其实的涉外星级饭店。

七千元和安全感

1993年9月的一天,晚上9点半光景,门卫人员陶嘉祥引导客人到1号楼服务大厅登记住宿,在休息厅里,陶嘉祥突然眼睛一亮,在咖啡色的沙发上见到了一只绿色的小提包。凭着他的经验,判断里面肯定是一叠厚厚的钞票。他心想,现在失主一定心急如焚,便在那里等候了10多分钟,不见有主,即将小包交给了正在服务台工作的小张和小王,自己便离开了大厅。就在两位小姐快要下班的时候,有位说:"打开看看,包里到底有些什么?"拉开拉链,数一数,里面有人民币7 200元,还有3张从上海到沈阳的飞机票和1只计算机。她俩连忙报告总值班室,并按照饭店当班领导的意见,把它锁进了保险箱,待后处理。

再说失落钱包的是辽宁省抚顺石油化工总公司赵金焰。当晚,他在那只沙发上稍坐片刻,便回201房间休息。时至午夜,他突然醒来,摸摸钱包不见了,急忙询问刚上班的服务员和总值班,都说不知。他在床上辗转反侧,坐卧不安。翌日清晨,时针刚过4点,他便到大门口向陶嘉祥商借黑板。老陶问明缘由,便安慰赵金焰说:"不要着急,我已把这个包交给总服务台了。"赵金焰顿时

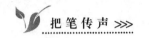

如释重负,连连拱手说:"不知怎么谢你才好!"陶嘉祥说:"谢什么?这是应该的。"

为了发扬这一拾金不昧的精神,饭店总经理卢德山在全体职工大会上表扬了陶嘉祥,奖励了他人民币 100 元。

这类失而复得的事,在迎园饭店屡见不鲜。有金项链、BP 机、手表和外币等,保安部门都及时归还了主人。来到这里的客人,都有一种安全的感觉。

美食和厨师

金风送爽,菊花飘香。在嘉定菊花节里,从 10 月 26 日到 11 月 5 日,这家饭店举办了首届美食节。这在一般的星级宾馆也属新鲜。

他们推出了"相逢秋月迎园宴""轻歌曼舞菊花宴""赏菊相逢合家宴""迎园百花宴"等十个特色宴会套菜以及近百种点心和几十种酒水,荟萃了广、川、淮、扬、京、鲁和海派七大菜系的佳肴。开幕式上,宾客品尝了烹饪大师高手的代表作,啧啧称赞。

39 岁的年轻厨师陆明,凭着他睿智的头脑、娴熟的技能,自 1984 年以来,在嘉定先后为胡耀邦、江泽民、朱镕基等党和国家领导人烹饪过;在海外,分别为喀麦隆总统保罗比亚、扎伊尔总统蒙布托以及澳大利亚参议院议长、法国总理操勺烹调。去年春天,他受嘉定区人民政府的派遣,前往欧非国家考察。现在他是涉外一级厨师,迎园饭店餐饮部经理兼厨师长。在这次美食节上,他烧煮的水晶河虾仁、菊花烤蚧斗、千鹤拜寿和龙凤赏丽菊等菜肴,色香味形俱佳,滑嫩爽口,富有民族特色。

这家涉外星级饭店已有 6 名一级厨师、12 名二级厨师,且都持证上岗,其中有63名员工完成了上海旅游专科学校的专业培训,还有达到A、B级水平的英语人才。较高的人员素质,是优质服务的前提。曾假座迎园饭店集会的上海市工艺品进出口公司给这里的评价是:"二星级的牌子,四星级的服务。"全国新华书店城市发行研讨会送给这里的锦旗上,则写了"心系宾客,情满迎园"的赠言。

(原载《东方城乡报》1994年12月15日)

舞姿轩昂　情真意切
广州芭蕾舞团倾倒嘉定观众

广州芭蕾舞团日前到嘉定演出。这是第五届上海国际广播音乐节组织的祝贺演出活动之一。

以国家一级演员、著名舞蹈家张丹丹女士为团长的广州芭蕾舞团，自1993年底建团以来，已排练了三台半节目，为国内同类剧团所罕见。1995年全国舞蹈比赛中，囊括了全部芭蕾大赛的一、二、三等奖。

这次他们在嘉定演出的九个节目，都是该团的精品。这里有由柴可夫斯基作曲、100多年来被人们誉为"古典芭蕾百科全书"的《睡美人》双人舞和由德尔特维茨作曲的《巴赫塔》；有用现代芭蕾舞手法表演的大型古典舞剧《葛蓓莉娅》双人舞；有以我国梁山伯与祝英台这对千古恋人故事为题材的《化蝶》。倪怡华和苏鸿的娴熟技巧，把我国著名作曲家杜鸣心作曲的《秋思》表演得情真意切。

（原载《东方城乡报》1995年12月7日）

星 光 灿 烂

——嘉定区方泰镇星光村两个文明建设纪实

她是一颗星,一颗沪郊大地上两个文明建设的明星。

在沪郊西北部,在嘉定区,在方泰镇,她是那么明亮,那么耀眼。

这里,宾馆式的兴星实业公司办公楼矗立在村的中央。两车道的水泥路通往四面八方,通到每个村民的家门口。村里的六家企业,兴旺发达。夜晚,一盏盏自控路灯照耀如同白昼,使人仿佛置身都市……

这里,又有了小集镇的雏形。高大漂亮的厂房,青青的假山,绿色的小池,弯曲的走廊,红柱蓝瓦的六角亭,设备齐全的歌舞厅,漂亮舒适的幼儿园,苍翠欲滴的草坪,宽大的停车场,使人目不暇接,心旷神怡。在那水声潺潺的小河旁,还有供人品味的小饭店,任人购物的店铺……

这里的2 100亩土地,养育着1 614个生灵。凭借着他们辛勤的劳动,创造了价值2 600万元的固定资产。

新年钟声悠悠,传来振奋人心的捷报,1994年村工业产值突破3亿元,比上年翻了一番多,创利税2 000多万元,职工人均收入6 000元。

村兴星实业公司在1992—1993年度被评为市劳模集体,村党

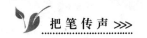

支部荣获"上海市农口系统"先进党支部,村荣获嘉定区标兵村、文明村,党支部书记陆其林被评为市劳动模范。

她叫星光村,在沪郊西北部放射着灿烂的星光。机遇千载难逢,但机遇对谁都是平等的。他们抓住机遇不放,拼命发展自己,壮大自己。

《吕氏春秋》一书说:人虽智,而不遇时,无功。勤劳、智慧的星光人,祖祖辈辈生长在江南鱼米之乡,但世世代代在饥饿和死亡线上挣扎,他们一直盼望着能摆脱贫穷,走向小康。然而,这只是梦想。这梦想好似死灰。他们虽徒然不停地在这死灰中翻寻,企图找出一点余烬来,把致富的火星吹旺,但岁月流逝,他们的美梦总不能圆。

解放后,勤劳能干的星光人创造了粮食常年亩产达1吨、皮棉亩产超50公斤的高产纪录。肚子是吃饱了但年终分配时每个劳动日仅得几角钱。

这使星光村的党支部成员意识到,单一的农业经济、大锅饭的生产体制、原始的操作方式,是不能摆脱贫穷的。

无工不富。1969年,星光人顶着"四人帮"掀起的妖风,毅然办起了综合加工厂,到1978年利润还不到10万元。平地一声春雷。党的十一届三中全会的春风,驱散了满天阴霾。只有发展农村经济,才是社会主义。星光人认准目标,开始到市区大工业搞来料加工,到1984年,村办工业已赢利43.6万元。

机遇终于来了。1984年下半年的一天,当时任工业大队长的陆其林向党支部汇报说,同本村有协作关系的上海工业缝纫机厂急于扩大生产,寻求合作伙伴。听到这一喜讯,党支部全体成员无不欣喜若狂,一致建议争取与其联营。

然而几天过后,工方却以星光村交通不便,资金不足为由加以拒绝。这如同一盆冷水当头浇下,使星光村的"父母官"们火热的心一下冷到了脚后跟。

怎么办?村党支部召集村两套班子成员及厂长连夜商讨对策。陆其林说,现在与本村争着和工业缝纫机厂联营的还有两个村。论条件,我们只有一个协作关系的优势,其余的道路、资金都不及别人,但我们可以创造条件,争得这个联营的机会。

"对呀,何不向邻近的赵巷村借一块土地,把厂房办到公路边去。"有人突然献计,原来星光村与赵巷村仅一河之隔,但赵巷村紧靠嘉黄公路,却无路通到星光村。"可以。应该下这个决心。否则绝不可能与工方联营,村级经济也发展不起来。"陆其林欣然赞同。当时全村只有10万元的家底,建厂得再借40多万元,有一定的风险。但如果联营成功,全村的经济便一举翻身。"干,只要产品有销路有效益,风险再大也干!"党支部毅然拍板。

在当时方泰乡党委政府的支持下,有银行、工商、土地等部门的有力配合,星光人的胆略和决策感动了工业缝纫机厂,得到他们"同意联营"的承诺。说干就干,仅三个月时间,一个投资56万元,占地27亩,建筑面积达2 346平方米的崭新厂房,便在嘉黄公路旁拔地而起。

1985年1月,工农两家喜结良缘,正式建立上海工业缝纫机厂嘉定机架分厂,陆其林任厂长,当年创利76万元,收回了全部投资。这一年,连同原来的老厂赢利,全村共有工业利润105万元。这在当时是一个了不起的数字。

从此,星光村的经济如同芝麻开花节节高,由2个厂逐步发展到6个厂,到1991年,工业产值达2 199万元,利税达500万元。社会主义的市场经济为星光村的发展又一次提供了机遇。1992年底,陆其林和领导班子成员在工方的支持下,果断决策,将村办

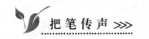

企业与联营单位变加工型为经营型,实行双经销。上海工业缝纫机方泰机架厂也改制为上海工业缝纫机股份有限公司方泰分厂。

为了提高产品质量,村实业公司拨款200万元,改机架主机由陈旧的油漆为静电式喷涂流水线远红外加热新工艺,此新工艺在全国同行业中首家采用,不但改善了环境,保护了职工的健康,而且大大节约了成本,使喷涂质量提高了六倍,为双经销奠定了可靠的质量基础。

1992年,分厂只有8 000万元产值,1993年分厂集工业缝纫机生产、组装、销售于一体,能生产九个型号的工业缝纫机的400多个零部件,产值跃升到1.2亿元,1994年又上升到1.5亿元。

再说十多年前那个综合厂,早已改制为新泰金属制品有限公司,是上海农村最早实行现代企业制度的厂家之一。1986年,该厂与上海易初摩托公司合作生产摩托车机件;从1994年7月1日起,又自己生产经销125型摩托车叉机件,使该厂年创利达300万元,声誉鹊起。

这些年来,新泰金属制品有限公司在发展的过程中,先后分出了汽车配件厂、汽车空调附件厂等四个子厂,这些厂创利润100万元到200万元不等,与老厂连成一片,成了村里的新型工业区。那新颖的办公楼、拱形的厂房,犹如耀眼的新星,是那么深情那么明亮。

农业是基础。这里的农业规模经营和农机服务队搞得有声有色,令人刮目相看。

星光村的工业蒸蒸日上,农业也欣欣向荣。他们坚持改革,在稳定中求得了发展。

方泰地区曾流传这样的话:"方泰牌楼高又高,方圆十里不结桃。"意思是说,这里的土地贫瘠农作物不易栽培。星光村离方泰镇不足两公里,土质也不会好。但善于战天斗地的星光人,早就使土地长得花好稻好,瓜果满园。

随着村办工业的迅速发展,如何坚持农业的稳产高产,就成了摆在村党支部面前的重要课题。党支部毅然决定以工补农使农业稳定发展。

早在1983年,他们就投资5万元,成立农机服务队,增添了2台拖拉机。以后拖拉机增加到8台,联合收割机5台,解决了全村1 800亩农田的开沟、麦子收割、稻田翻耕、水稻直播和部分水稻的收割问题。农机服务队自负盈亏,但他们每年只向农户每亩收24元的服务费,不足部分自己解决。他们买来10吨大卡车2辆、5吨和4吨大卡车各1辆,为村企业运送货物,按标准收费。随着资金的积累,农机服务队又买来车床10台、冲床2台、包床和铁床各1台,加工缝纫机零配件和摩托车配件。1994年,农机服务队总产值达260万元,其中运输服务和农机耕作110万元,工业加工150万元,赢利30万元。

农机服务队的电工还负责全村的民用电、脱粒机用电,路灯的维修和保养。村里建了无害化粪池后,农机服务队给各生产队负责收倒马桶的人支付工资,每人每年工资4 000元。

随着改革的深化星光村逐步向农业的适度规模经营推进。1989年,村里出资21万元,办起了星光农场。开始只有237亩耕地,占全村耕地面积的14.16%,1993年,农场的面积扩大到855亩。去年,村里除农户的口粮田外,其余耕地全由农场经营,面积933亩占全村耕地面积的56%。

农场实行科学种田,夏熟推广配方施肥,氮、磷、钾化肥有机结合,合理使用;对人粪利用机械喷施。村里还架设了6 000米长的植保专用干线,配置电动喷舞器21台,使全村实现了植保电气化。

因此,全村麦子和水稻单产一般都比同年散户农民种植的高出10%以上。去年夏熟在严重自然灾害的情况下,麦子亩产仍达280公斤,单季晚稻530公斤,创历史最高水平。

现在,农场的土地由24个大户承包,由场里统一规划,统一供种,统一植保,统一灌溉,统一施肥。去年,星光农场交售给国家的粮食达74万余公斤,比1991年增长45.65%。

村里投资20万元搞"菜篮子"工程,年饲养母猪50头,产鲜鱼2000公斤,肉鸭5000羽,葡萄1000公斤。

抓村容村貌,提高人的素质,改善全村人的物质文化生活,星光村的精神文明建设同样辉煌。

星光村在抓经济发展的同时,狠抓精神文明建设不放。党支部响亮地提出精神文明建设的目标,社会治安稳定,社会风气良好,环境清洁优美,文化生活丰富,基础设施齐全,坚持四项基本原则,引导农民走社会主义道路。

党支部把提高人的素质放在精神文明建设的首位。从1993年起,党支部建立了学习中心组,组织党支部成员、村民委员、正副厂长、会计和全体党员系统地学习邓小平文选和社会主义市场经济理论,并邀请区委宣传部负责同志、镇党委正副书记作学习辅导报告,用革命的理论武装村里骨干的头脑。他们还组织中心组成员观看曾乐、包起帆等同志的事迹和廉洁奉公的共产党员的录像,对新时期党员进行形象教育。

对村民开展普法教育,以法治村,组织村民参加了镇"二五"普法活动,参加率达90%以上,考试合格率达98%。他们制定了村规民约,在全村范围内严禁迷信和赌博活动;对赡养老人问题以及邻里纠纷矛盾,一经发现,便及时教育解决。几年来,全村85%以上的农户被镇评为"新风户"或五好家庭。

实行综合治理,确保社会平安。白天,他们组织老人成立日防队巡逻;夜晚,由企业的青壮年组成联防队在村里值班。对在村办企业工作的200多个打工仔打工妹,党支部在政治上关心他们,在生活上照顾他们,与本村职工同样对待,还为他们专门建造了住房,把他们的孩子送进幼儿园,使他们安居乐业,遵纪守法,不搞计划外生育。这几年,星光村没有发生重大事故和非正常死亡,也没有妇女大月份流产和计划外二胎。1994年3月,星光村荣获上海社会治安综合治理委员会颁发的1992—1993年度先进单位奖状。

改变村容村貌是精神文明建设的重要内容之一。这几年,星光村舍得逐年投入,使精神文明的硬件建设跃上新水平。1986年,他们投资25万元,筹建日供水600吨的自来水厂,让家家户户喝上了自来水。1991—1993年,他们又先后投资上百万元,在全村铺设了4.5万平方米的水泥路和1.5万米长的下水道,通到家家户户,村民雨天出门可不用穿套鞋,家里的污水流到阴沟里。1991年竖起100根电线杆,全村电灯、电话、广播三线更新畅通。1993年安装了46盏路灯,天黑即亮,照耀全村,犹如银河降落,全村职工上下班行路安全。路灯天亮即熄,自动节约用电。他们投资数万元,在全村建了10个无害化粪池,消灭了农户家屋后的粪坑、粪缸,每个生产队派出2人为农户收倒马桶。村里出资,向每户赠送液化气设备,村民用上了燃气,现正在建设液化气站。这一切,使星光村整洁美观,焕发着现代农村的朝气。

星光村十分关心残疾人。村里投资47万元,办起福利企业汽车离合器厂,不仅解决了全村30多个残疾人的就业问题,而且每年为全村创利几十万元。1991年,福利厂干部还带领残疾职工乘飞机游览杭州。1993年,他们拨出资金,重建幼儿园、托儿所和老年活动室,使全村近40名婴幼儿入托入园,老年人可读报娱乐。

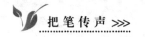

全村 260 名老人享受退休金：每人每月享受 30 元，春节每人另外发 80—100 元；全村合作医疗费实行统筹：农民医疗费可报销。这一切，又使全村的百姓深切地感受到社会主义制度的优越性。

　　星光村的两个文明建设确实灿烂。但星光村的领导却认为这仅仅是个开端。他们确定以发展外向型经济作为三年建设的突破口，新年伊始，星光村与外商的合作项目已取得突破性进展。我们深信星光村将越发辉煌。

（原载《东方城乡报》1995 年 1 月 28 日）

早春二月读华章

——上海市嘉定工业区散记

乙亥年立春刚过,2月中旬的一天,我走访了上海市嘉定工业区,这里生机勃勃的建设场面,敢于并善于用大手笔写改革开放篇章的人们的形象,深深地印入我的心坎,胜似读了篇千古观止的好文章。

那里,一个个矗立的风格各异的住宅群错落有致,欧美式的厂房拔地而起,宽阔的水泥路纵横有序,光控的路灯昼夜伫立,田间的木牌,意味着工程破土在即。尽管猪年春节才过了几天,寒冷依旧,这里却已呈现热气腾腾的繁忙景象。嘉定区党政领导到工业区现场办公。在这里落户的企业董事长、总经理亲自在现场指挥生产或同海内外客人洽谈商务。操着各地方言的工人,有的在高楼上砌砖粉墙,有的在大厂房里手持火花飞溅的电焊机安装设备,有的则在田野开机钻探。房产受理人员接待着选购各式房产的顾客。一幅幅画面构成了那篇佳作的动人情景。这只能在1217年嘉定建城以来778年后的今天才能展现。

建于1992年8月的嘉定工业区是经上海市人民政府批准的市级工业区,占地24.8平方公里,是嘉定老城区总面积4.74平方公里的5.2倍。全区规划为以工业生产为主,集居住、商务、旅游、娱乐等城市综合功能为一体的经济新区。中共中央政治局委员、

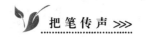

书记处书记吴邦国同志任上海市委书记时为工业区题写了区名。首期开发的6.72平方公里,经过两年开发建设,区内的道路、雨水、污水、自来水、通信、煤气管线和电线已形成区域网络,地面已清理无任何障碍,实现了"七通一平"。已有43个工业项目落户,总投资3.2亿美元,内有12个项目破土动工,近期内还有7个项目开工。闻名于世的日本富士通、中日小糸车灯、伊藤忠、美国开利、德国ZF等公司也赶来进驻。在招商引资过程中,工业区充分利用嘉定科技和安亭汽车城辐射优势,注重进驻项目的技术含量和行业导向,形成了以上海采埃孚转向器有限公司、上海小糸车灯有限公司、上海汽车制动系统有限公司等组成的汽车配套行业和以富士通将军公司、胜狮冷冻货柜有限公司和美国开利冷冻运输公司等组成的冷冻器具行业。由上海市科委、嘉定区政府联合创办坐落于该区域的上海嘉定民营技术密集区,已有24家企业注册开业,总投资0.25亿元。目前有的正在进行设备调试。投资者分别是在加拿大、美国、新加坡等国的留学生、科技企业家、国内科研院所、大专院校和科技人员。这里正成为促进科技与经济紧密结合,发展民营高新技术产业化、商品化、国际化的示范区。

高 起 点

上海嘉定工业区这篇大文章仅仅做了两年半,便成绩斐然,令人回味无穷。追溯开拓者的足迹,在于富有哲理地撰写这篇文章,亦即遵循事物的客观规律,极其聪明地处理了开发建设中的诸多纷繁复杂的矛盾现象。

"人无远虑,必有近忧"。古人这一含有思辨色彩的格言启迪着这里的开拓者。在建设实践中,必须正确选择起点高低的不同思路。嘉定是享誉中外的名镇,上海市的科学城,高等学校、高科技研究所和中试基地坐落在境内,人才荟萃,交通便捷,经济发达,正如国家副主席荣毅仁所说的:"这是一块风水宝地。"嘉定工业区位居嘉定城南端,与整个大上海一起面向太平洋,背倚发展潜力巨大的长江流域经济带,有着广阔的发展前景,为中外有识之士的理想投资场所。因此,建设这个旨在高速度地发展嘉定经济的工业区,完全有必要有可能不搞低水平,坚持高起点。地方党政领导邀集同济大学和上海市规划局、市计委、环保局等部门的专家商讨与制订高标准的规划,提出了"面向上海,面向浦东,面向高新技术,面向二十一世纪"的战略目标,随即付诸实施。在讨论规划时,一度主张路面宽度为12米到15米,如今,呈现在人们面前的主干道叶城路为40米路面,其余分别是12米到30米,使之有宽阔的空间和绿化地带。通信设备,平均70平方米的建筑面积,即可安装一部程控电话,全区规划20 000门程控电话,已开通2 000门,到6月底可达10 000门。容纳住宅小区车辆的数千平方米的停车场将建四处,目前已建两处。学校、菜场、商店等配套设施的分布已作了安排。开发总公司总经理汤文华自豪地说:"我们的起点,至少向前看了20年,可以造福后代。"因而吸引着中外有远见的企业家。毕业于加拿大曼吉尔大学的工程硕士张启华,一到嘉定工业区,目睹此间道路宽阔,基础设施配套,政府是下了决心的,必定像当年的深圳那样很快崛起,断定在此投资不会吃亏。于是改变初衷,携带欧美90年代开发的融电脑与通信技术为一体的高新技术,在开发区内的民营技术密集区独资建立上海捷华通讯电子有限公司,生产、销售由加拿大母公司开发研制的泰立电脑电话处理系统。如今该公司一面代销母公司的可视通信系统系列产品,一面调试自身的设备,力争尽早投产。张启华的这一举措,印证了高

起点建设工业区的演变。

强弱互变

1992年初秋,汤文华凭着嘉定县政府的任命书来开发区出任开发总公司总经理,领导仅给他2 000万元人民币的启动资金,要他把当时列为县级工业区的8.7平方公里的土地建成为嘉定经济发展的新区,对外开放的窗口和基地,工业发展的龙头和嘉定的头号实事工程。可是这么一点钱,简直是杯水车薪,根本无济于事。造一座大桥尚且要723万元呢!怎能搞开发?他和他的伙伴们按照"以土地为资本,以工贸为主导,以市政为基础,以房产为先行"的开发方针,选定以房地产为突破口,配上优惠政策,以聚集资金。他们投资开发房产,经营民用商品房,利用预收款搞市政建设,等生地变成熟地后,再将土地批租所得款贴回房产工程款,达到滚动开发的目的。他们很快筹集到近2亿元资金,第一年就投资1.5亿元,进行基础设施建设,第二年又投入1.5亿元,如今,区内市政基础设施已初具规模。规划区有20米以上的道路9条,总长34.6公里,目前已贯通道路16.5公里。整个区域内规划新建和拓宽桥梁41座,现已完成21座,另有4座正在施工中。伴同道路的延伸,雨、污水管道随即排上,至今已埋设雨、污水管20.98公里。且已形成了拥有高层、多层住宅以及公寓别墅的30万平方米的生活区,既满足消费者的需求,又体现了层次之"高"。这里坐落着"居千秋福地,兴万世家业"的侨友苑,"全套豪华装饰,设备齐全"的怡景花园。在这个花园的警卫室,遇见了一位年逾古稀姓邵的老人,言谈之间得悉他在上海市区有自己的住房,去年却耗资36万元在这里购买了一套106平方米的三室二厅二卫A型房,老人十分满意。他说,这里的房子已经全部高标准装修,进口地板、程控电话、金门防盗,设备一流,离高速公路近在咫尺,嘉定汽车站将迁到这花园的对门,交通非常方便。他和老伴就住在这里。来自市区和港台地区以及日本的买主居多,也有当地农民。此情此景,令人看到工业区领导运用强弱互变规律从而以弱取胜的业绩。

诚 虚 扬 弃

诚虚的扬弃,对工业区而言亦属重要谋略,开发总公司党委书记王其明告诉我,总公司从成立那日起,全体人员便以"诚"作行为准则,待人处事以诚相见,服务周到,反对虚假,因而为嘉定工业区树立了高大的形象。中美合资上海嘉滨美东工业开发有限公司常务副总经理李国红对嘉定地方官员、工业区领导和工作人员的热忱款待深表感激。她说,这个公司是上海市第一家生产美国标准厂房的企业,总投资 8 500 万元人民币,占地 103 亩。由于它是工业区的第一号工程,难题接踵而来。幸亏这里的领导和有关人员对本公司诸如在"七通一平"上的特殊要求,同海关关系的疏通和周围农民关系的协调,都极其负责地及时妥善安置,终于使 1993 年 8 月动工的这个美国工业村,于 1994 年 12 月竣工,建筑总面积为 25 711 平方米的两幢钢板结构的厂房巍然屹立。这位副总经理已接待了 132 家企业洽谈购房业务。

这个工业区盛传着另一个以诚取胜的故事。1993 年初,台湾华歌尔制衣公司执行董事黄添近和总经理王有任前来考察,负责招商的一位毕业于国防科技大学的青年,听了他们的自我介绍,随口便说:"华歌尔公司世界闻名,专做高档内衣。"台商顿时刮目相看,说他们跑了许多工业开发区,只在这里听到有人知道"华歌尔"

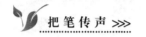

的名字,可见这里人员素质之高。在实地考察期间,这位青年和他的同伴向台商介绍了优惠的投资政策、优良的投资环境,提供详尽的资料,安排星级宾馆,因此台商断然决定在此建造奇丽尔制衣有限公司。有人询问台商为何来投资,他们答道:"嘉定人好,服务到家。"如同这家台商那样有感于良好服务加上优越环境而来的投资者与日俱增。嘉定工业区成了中外商贾向往的热土。

文到此间,一位英国作家的名言,在我的脑海突然浮现:"要获得事业成功,必须奋斗,而不是乞求。"嘉定工业区的成功,属于聪明杰出的嘉定人。

(原载《农村论坛》1995年3月15日)

方泰镇承包合同都作法律见证

法律服务走向承包粮田

今天下午,上海市嘉定区方泰镇法律服务所主任李正泉前往星光村检查对粮食承包户实际面积的丈量情况,开始给承包双方办理见证手续。

入春以来,这个村的发包方(即村民小组)和承包方(即承包户)在承包粮田的实际面积上发生矛盾,因此镇里的法律服务所要对有争议的承包粮田重新丈量。

方泰镇法律服务所对粮田承包合同实行见证起于1992年。那年,全镇有177户承包,面积达6 182亩,承包田在粮食总面积中的比重由1984年的不足1％上升为34.34％。这给履行合同带来了复杂性。因此镇政府确定从当年起由当地法律服务所给所承包合同依法见证。该镇规范了农田承包合同的内容,既写明承包的面积、期限、双方的权利和义务,又对不履行合同现象的处理办法作了规定,还规定了担保人的责任。这样的合同,由于经过法律服务所见证,双方都放心。到1994年,承包户发展到189个,其中外地农民120户,种植了73％的承包田。

两年来,方泰镇的种田承包合同基本上都能顺利地得到履行。去年,安徽省巢湖县一位承包户未按合同交售国家定购任务就出走他乡,法律服务所得悉后,立即会同担保人及有关部门找到当事人,追回了所缺的全部稻谷。去年,该镇承包户超额完

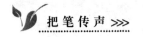

成国家下达的粮食定购任务,遵纪守法,履行合同已在外来承包户中形成风气。

(原载《人民日报》1995年4月12日。系施心超、马文标合作)

嘉定黄拔山获联合国"发明创新科技之星奖"

近日,嘉定区农业局植保站农艺师黄拔山,收到了联合国技术信息促进系统中国国家分部发明创新科技之星评选委员会颁发的《创新科技之星奖》证书,表彰他在"水稻条纹叶枯病发生程度预测模型及防治技术"方面作出的卓越成绩。这一项目的学术论文已被列入联合国粮农组织国际农业情报体系的数据库 AGRIND(农业科技文献索引)的录送计划。

1959 年毕业于南通农校的黄拔山,一直从事农作物病虫害的预测预报及指导大面积防治工作,经长期调查观察,终于摸清了该病的发生过程和流行规律,所写成的题为《水稻条纹叶枯病的发生与防治技术》的论文,先后在农业部《植保技术与推广》和联合国粮农组织农业部《国际农业科技文献》发表。

(原载《东方城乡报》1995 年 6 月 10 日)

中国小康之首——上海嘉定

嘉定区在上海市西北部。全区有 18 个镇和 1 个市级工业区，总面积 458 平方公里，耕地 2.6 万公顷，人口 48 万人。

嘉定区是我国沿海对外开放最早的地区之一，经济建设和多项事业不断跃上新的台阶，显示勃勃生机。1995 年预计全区国内生产总值 74 亿元，人均国内生产总值 1.54 万元，工农业总产值 240 亿元(1990 年不变价)，其中：工业总产值 233 亿元，占工农业总产值 97%。居民生活水准提高较快。1994 年经中国社会科学院、国家统计局等部门综合评估，嘉定被列为全国 80 个小康县(市)的第一位。

值此改革开放的年代，嘉定经济建设和社会事业的发展得力于自身的诸多优势。

嘉定镇是闻名遐迩的科技城。上海大学、上海科技管理干部学院以及国家级的原子核、光学精密机械、硅酸盐、计算机、航天等类高科技研究所和中试基地坐落在这里，拥有中、高级教学科研专业人才 5 000 多名。雄厚的科技力量为嘉定经济的发展注入了无穷的活力。

嘉定有一个著名的汽车工业城。中国大陆第一辆小轿车，就诞生在区内的安亭镇，坐落在安亭镇的上海大众汽车有限公司是大陆第一流的汽车生产企业，年产轿车可达 20 万辆，一大批汽车工业企业已成为嘉定区的骨干企业,具备了相当的生产能力。

今日的嘉定,拥有实力雄厚的工业生产体系。它已形成了汽车及配件、电光源、通信电缆及设备、新型包装材料、化工和精细化工、新型材料六大支柱产业。现在有工业企业近3 000家。占地24.8平方公里的嘉定工业区是以发展科技型产业为主的市级工业区,初具规模。各镇开发的工业小区、私营经济区即将成为全区的经济增长点。

嘉定的市政设施,向来让人羡慕。嘉定城区离上海市中心仅32公里,离虹桥国际机场、上海火车站、吴淞港口均为25公里。全区拥有55条等级较高的公路。中国大陆第一条高速公路——沪嘉高速公路从上海市中心直通到嘉定城区,204国道、312国道、沪宁高速公路、沪宁铁路和沪杭铁路外环线贯穿嘉定全境。境内河道纵横、四通八达。空运、海运、陆运构成了嘉定的立体交通运输系统,物资进出方便。区内电力供应充沛,有各等级变电站27座,目前还在兴建一批新的变电站,能充分保证生产和生活用电。嘉定在市郊率先使用管道煤气,如今煤气供应充足,有容积为5.4万立方米的煤气囤与全市联网,能满足生产和生活需要。嘉定使用程控电话,在市郊最早。电话交换机总容量已达15万门,电话中继传输实现了数字化,电话可直拨世界各地。水资源十分丰富,现有自来水厂32座,日供水量30.7万吨,引进长江水的第二水厂正在加紧建设。众多现代化的建筑群令人流连忘返。

为了进一步改善投资环境,海关、商检、中行、外运等为外向型经济服务的部门都已在嘉定设立了分支机构。外商来嘉定投资办厂,手续简便,一周内可完成立项,一个月内可批准建立,领到执照。截至1995年8月31日,全区共批准建立三资企业871家,总投资20.24亿美元,协议利用外资15.33亿美元。共有31个国家

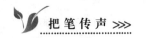

和地区的外商来嘉定投资。1994年协议引进外资在上海市郊各区县名列第一。

　　星罗棋布、历史悠久的人文景观,是嘉定重要的旅游景点,吸引着中外游客。嘉定、南翔两镇是上海市的历史文化名镇。嘉定的秋霞圃、南翔的古猗园两座明代园林蜚声江南。孔庙规模之大驰名大江南北。兴建中的嘉定东门外的哥士摩乐园、南翔的环球乐园、黄渡的上海环美乐园和浏河岛风景区的高尔夫球场,将为嘉定增添海外风情。

　　形势大好,形势逼人。中共嘉定区委和区人民政府决定继续保持良好势头,为全区经济的长远发展打好坚实的基础。到2000年,工农业总产值900亿元。在"九五"期间重点做好三篇文章,第一篇是加速发展,使嘉定真正成为上海的一块新的生产点。第二篇是优化规划,充分展示上海对内对外开放的门户形象。第三篇是搞好服务,就是为全市科教兴市、汽车工业发展配套、工业转移和疏解、丰富城市居民"菜篮子"以及国家和上海的大市政建设服务。做好了这三篇文章,嘉定必将更加富裕、更加漂亮、更加清洁。

(原载《远东经济画报》1995年第6期)

"七·七"访花家桥

日寇侵华八年,罪行罄竹难书。仅嘉定区惨遭日军杀害者就达1.66万余名,年均2 075名。在卢沟桥事变58周年的7月7日,我们冒着阴雨,寻访了遭受日军惨无人道蹂躏的花家桥。

它坐落于嘉定区江桥镇丰庄村,现名花家桥生产队。

在村农业主任郁荣生带领下,我们走进了上海园林管理局花木公司的传达室,遇见了78岁的郁同康。他老泪纵横,向我们诉说他全家七人被日军杀害的情景。

那是1937年(民国二十六年)11月6日,一队日军突然包围了花家桥,将村中未及逃出的老幼22人集中关押在一幢有围墙的房子里(当时称"交圈房子")。仅有一个姑娘和她母亲逃出。9日上午,日军将关押的20个村民一一拉到村边用刺刀捅死踢入水沟,鲜血染红了名叫大池头的小溪水。当场死了19人,只有20多岁的农妇沈凤南遭刺而未死,所以人称死掉"十九个半"。郁同康的父、母、弟、妹七人都被杀害。10日,日军将花家桥25间房子烧成一片焦土。正在上海学生意的郁同康得此噩耗赶回家中,面对此情此景,悲痛欲绝。郁同康的祖父祖母对他说:"家里只有你这条根了,你要当心身体。"那晚,他在半夜里梦见父母,便惊叫起来,祖父母把他抱住,规劝道:"现在我们要把你当做小儿子看待了,只有你这条根,你不要悲伤,要争口气。"同康说:"我也当兵去,打日

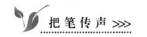

本鬼子。"两位老人一再劝说:"好好叫(冷静些),借点铜钿给父母弟妹落葬。"

在金沙江路边一幢楼房下的走廊里,我们走访了年已82岁的郁秋生。当他听说我们是来了解当年日军杀害村民的史实的,便放下手中编制篮头的活,滔滔不绝地讲述当时日寇犯下的血淋淋的罪行。

秋生老人屈指算来,1937年11月9日被日军杀死19人,逃难在外时被日军枪炮打死三人(即郁春宏、郁金娣和郁爱珍的祖母),另有在逃难中得急病(如小囡出痧子)而死亡的,合计死了30人,占当时全宅总人口100人的30%。在死者之中,最老的84岁,最小的只有两岁。那时只要逃过苏州河就安全了。如果苏州河不摆渡就跑不过去。来不及逃的差不多都被日军杀死。宅上23户,死得最多的是郁同康一家。那天,被杀死"十九个半"中的"半个人"沈凤南被日军脸上戳了一刀,肚皮上戳了一刀。她忍着疼痛,假装死去,后来爬到棺材脚跟,又到花家桥西边躲避。解放后,她那遍体鳞伤的照片曾在嘉定博物馆展出。

谈到村上妇女有否被日军奸污时,郁秋生老人说:"也有的。那些人现在都死了。"他讲了村上一只机灵草狗的故事。有天,日军拖了个村上的妇女,那只狗顿时汪汪大叫,日军便噼啪一枪,要打死那只狗,谁知那只狗爬到这个日军的头上去了。日本人一吓,又是一枪,也没有打中。然而那妇女却乘机逃跑了。有时日本人在外面还没进宅,便被那只草狗发觉,它尾巴翘得笔直,急奔村民家中,妇女们都知道日军快要来到,连忙躲藏在一间房子里,用衣柜藏没,结果没有被日军发现。郁秋生说:"日本鬼子实在是罪行滔天,所以我经常念叨(诉说日军罪行)的,把这段历史告诉下一代。"

在日军杀害"十九个半"人的遗址，郁荣生同志介绍说，50多年前日军关押我村民的那个围墙已经拆除，代之而起的是两层楼房，那个水沟和小溪都已填平，种上了绿油油的蔬菜。可是水沟畔的一棵朴树依然存在，它是那场惨案的见证。荣生主任沉痛地告诉我们，当年日本军国主义所以入侵中国，主要是旧中国政治腐败，经济落后。我们一定要牢记这段历史！

(原载《东方城乡报》1995年8月10日)

腹隐机谋　决胜千里

——记上海新陆牧工商总公司总经理陆荣根的经营之道

陆荣根本是普通农民,现今成为中国家禽协会常务理事。本文围绕他在经营活动中巧用机谋,不断取胜的主题,介绍了他在市场经济大海洋中用计搏斗,从而使他所创办的新陆牧工商公司成长、发展的故事。全文简要地叙述了新陆公司沧桑变迁的概况之后,多侧面地谈了陆荣根的经营谋略。

金秋的江南农村。沉甸甸的稻穗随风摇曳,肥壮的禽畜惹人喜爱,现代化的企业在商海遨游,充满勃勃生机。

1993年10月29日,在陆荣根家一个宽敞整洁的接待室里,英国内布拉斯加州农业部长席思曼(Sitzman)对着陆荣根大加夸赞:"你们饲养的乌骨鸡,在我们美国从未见过;你开创这么大的事业,是很不容易的。"

丹桂飘香的9月,丝绸之路的起点——陕西省西安市,一个点缀着鲜花的会议室里,在热烈的掌声中,公布中国家禽业协会领导成员的名单,陆荣根再次当上了常务理事。

陆荣根生于1945年5月初,是上海新陆牧工商总公司董事长兼总经理,他那结实的身体,炯炯的目光,显露出办事精干,智慧过人。他那说话利索、出口成章的口才,在中共第十三次代表大会举行的记者招待会上,令中外记者们信服。

党的十一届三中全会以后,这位普通的农民,成了上海市郊的首富、上海市劳动模范、全国科技致富能手、十三大代表。

新陆总公司是陆荣根在新陆禽蛋生产合作社的基础上发展起来的。因它在我国新的历史时期,由陆荣根创办,故而取名新陆。1984年建社时,固定资产1.6万元,以单一的养鸡为业;现今有固定资产1 500万元,牧工商全面发展,自办企业八家,联营企业四家,在中华大地,已和24个省、市、自治区有贸易往来。1994年,全公司销售总收入7 785万元,连续几年每年人均利税超过1.6万元,固定资产1 634万元。实为沧海桑田,面貌大变。

新陆总公司坐落在上海市近郊的嘉定区黄渡镇泥岗村。

相传战国时代,楚国考烈王为诸国纵长,命令春申君黄歇统率各诸侯的军队,在今上海市郊外的苏州河摆渡过河,向西讨伐秦国。后来,人们把黄歇渡江的地方称为"黄歇渡"。经历代相传,演变为"黄渡"。它成为嘉定、闵行、青浦、昆山诸毗邻区县的集镇。在这改革开放的年代,它一跃而成为中外商贾云集、经济繁荣、名闻华夏的好地方。这里造就了胸怀韬略、腹隐机谋的企业家陆荣根。

岂 能 无 计

"竞争如战争,市场如战场"这句话蕴含着陆荣根的艰辛和以谋取胜的心情。为求新陆的生存和发展,他借以"用兵之道,以计为首"的格言,指导着自己的经营活动。

谁都知晓,养鸡就要饲料,饲料的原料是粮食。陆荣根的企业开张之初,按有关方面规定,无论是计划饲料粮还是非计划饲料粮,都由粮食部门供应。但是陆荣根竟什么也没有买到。他内心之痛苦,不言而喻。突然,他一拍前额,若有所得,自言自语道:天

无绝人之路。他先帮国营和集体鸡场为国家代养青年鸡,从中获取饲料粮。按照当时的规定,代养一只蛋鸡,可得 7 公斤饲料粮。"新陆人"饲养的鸡长得快、饲料省、产蛋率高。一时间陆荣根的企业竟拿到 1 万多公斤饲料粮。

略有舒心之际,他不无感慨地思索,现在正处于由计划经济向市场经济转变的阶段。对于他所从事的事业,毕竟是有人理解和支持的。但是光靠代人饲养,企业前景不会广阔。他随即赶往河南省驻马店饲料公司商购,定购全年所需的 2 000 多吨饲料粮,之后逐步增多,一年买到 3 万吨。连当地工商、税务、粮食、银行、邮电和铁路等部门也都极为支持。陆荣根的企业获得了饲料粮,便加紧生产全价饲料,一方面供应本企业的养鸡之需,另一方面向社会提供。现今,新陆公司全年能产饲料 6 万余吨,销往上海、江苏、浙江、河南诸省市。

1991 年春雨潇潇的日子,在沪郊某县,忽然有人说,"新陆"的饲料质量不高,不要买它。更有甚者,气势汹汹,说:"三个月里把它赶回老家去!"面对这般责难,陆荣根泰然自若,浓眉微转,沉思片刻,计谋顿生。"请大家把我们的饲料拿回去试试,如果效果不好,每公斤饲料赔偿四元。"在一个普通的农民家里,他向几个养鸡户推心置腹地说明了新饲料的质量和特点,然后提出这一建议。两个月过去,这个县的乡间,人们交口称赞陆荣根的饲料呱呱叫。原来,在合理的饲养条件下,使用这种饲料喂养的鸡,每 1 公斤到 1.1 公斤饲料便可长 0.5 公斤肉;而且鸡的毛羽光泽,屠宰之后毛孔小,胴体细洁。然而当地的饲料料耗比它高 15%,生长期比它慢 10 天。真是不怕不识货,就怕货比货。如今,在这个县里,陆荣根办起三家联营饲料厂,年产 1 万吨。其规模还在扩大之中。此间,陆荣根更领悟了《孙子兵法》开头"计篇"中"兵者,国之大事,死生之地,存亡之道,不可不察"这段话的真谛,感慨地说,那不愧为至理名言!

敢 与 强 争

"现在加拿大、泰国、美国、德国都有浓缩饲料打进上海,对你们企业有没有威胁?"新陆公司所在地的一位领导出于关心,向陆荣根提出了这样的疑问。

"对事业没有信心的人,是有威胁的;对事业充满信心的人,是没有威胁的。"陆荣根的回答多么斩钉截铁,富有气魄!

陆荣根觉得,无论是外国公司还是中外合资公司,他们信息齐全,资金雄厚,科技人才多,这是我们所不及的。但是,在饲料的质量上可以决一高低。

《孙子兵法·谋攻篇》说:"知彼知己者,百战不殆;不知彼而知己,一胜一负;不知彼,不知己,每战必殆。"为取得胜利,陆荣根先把一家合资企业的饲料拿到新陆公司和他们自己的饲料作对比性试验与饲养对比试验,又博采众家之长,根据20多年的实践经验,及国内畜禽品种生理、发育、营养特点,对自家的浓缩饲料和全价饲料作了改进。有了新的配方,便拿到饲料厂生产,在实验鸡场试验,取得资料再作调整,如此多次反复,直到满意为止。同时他还把住原料关,对不同品种、不同产地的原料,坚持先化验,后投产;又把好操作关,安装微电脑,精确投产;再是把好包装关,采用双层包装,还投入防霉剂。因而确保饲料质量高于对方。在价格上,他有着"既要饲料价格低,又要经营有效益"的辩证思考,力主价格相等,质量超过对方;质量相等,价格低于对方。因此,他放弃了含腥味的鱼粉,选用营养成分高、单位成本低的原料,每吨饲料成本降低50多元。他自己建厂生产骨粉,成本又有降低,饲料质量也有

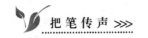

提高。如今,新陆饲料分鸡、鸭、猪3大类20多个品系,粉状粒状全价饲料、浓缩饲料和新型蛋白饲料,用于喂养禽畜,具有提高生产性能,增强抗病能力,降低饲料消耗等优点。1993年10月12日,由上海市七名专家组成的鉴定委员会,认定新陆家禽浓缩饲料"多项指标已达到国内外先进水平,产品质量可靠,价格低于同类产品10％左右"。鉴定委员会主任、上海市畜牧局副局长、高级畜牧师王永康欣慰地说:"我前几年希望看到的中华牌饲料,今天终于看到了。"

走过了这段历程,陆荣根自豪地告诉笔者:"竞争一定要选强手,要盯牢国内外有一流水平的大企业。正是同大企业进行了竞争,促进了我们企业的发展。"

人 弃 我 取

一个树叶飘落的日子,陆荣根在上海市场上看到养殖业的产品价值明显跌落。鸡每公斤由往日的5.3元降到4元,鸡蛋每公斤由4.8元降到4元。经深入了解,得知这次价格低谷来势猛、范围广,是全国性的。这原来是全国各地大幅度增产的禽蛋本来是出口的,但是我们的主要输出国家,突然提高了出口标准,比国际上规定的标准还高得多,因此大批大批的禽蛋转为内销,再加上国内改革的深入,经营机制的急剧转换,所以,禽和蛋充斥市场,价格低落。迫于这一情势,许多饲养者把鸡杀的杀、卖的卖,大肆淘汰。然而,陆荣根安然自若,稳坐泰山。他的策略是:"人弃我取,人进我退,人无我钻。"他想,人家都不养,如果我养成功了,不就独家打开局面了?因此把这次低潮视作本公司进一步发展的契机。他分析了市民的消费趋势,发现市民由于生活水平的提高,越来越喜欢购买鲜美可口、食药兼备、小家庭一次吃完的鸡。随即向广东引进肉汁鲜美、皮色光滑、体型小的优质石岐黄鸡,还发展富有食补药用价值,肉汁尤为鲜美的高档丝毛乌骨鸡。同时扩大饲料销售。待到第二年市场复苏,人家方知转产,他却陆续抛出,顺利地越过低谷,获得了较高利润。

在陆荣根看来,养殖业上每隔两三年出现一次低谷,低谷过后必定会出现高潮。他正确地把握这一客观规律,发扬敢于拼搏的精神。有一年下半年,市场上出现"星波罗"销售呆滞的苗头,陆荣根便决定淘汰本公司的"星波罗",向一家合资企业大公司购买美国AA种鸡,由于对方考虑到竞争等因素,没有达成协议。在这紧急关头,陆荣根突然得到信息,说北京的艾维茵鸡和AA鸡一样,都是由美国家禽育种专家亨利·赛格里奥培育出来的,而且是AA鸡之后育成的新品种。陆荣根想,既然是出于一个人之手,晚育成的总要比先育成的有着更多的优势。于是,他赶到北京家禽种公司,购买了1万多套父母代,9 000套祖代,后来艾维茵鸡就成了新陆公司的当家品种。当人家发觉市场信息变化,准备淘汰"星波罗"的时候,新陆公司鸡种的转换已经完成,而且苗鸡远销南至广东、广西、贵州,北到新疆、内蒙古、黑龙江的诸多省市,创造了令人兴奋的效益,让人刮目相看。

招 聘 贤 才

走进新陆公司,便被一幢朝南向阳的新建筑所吸引。里面住了操着各地口音、言谈彬彬有礼的中年男女。陆荣根介绍说,他们是引进的科技人员,这幢楼房是专门为他们建造的住房。共有八套,每层两套,每户一套,每套两室一厅,煤卫齐全,49平方米,各

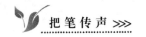

人都配了只液化气灶。

陆荣根把招聘人才视作新陆公司生存发展的重要谋略。环顾中外的市场态势,陆荣根察觉到,当今企业界的竞争,说到底是人才的竞争,只有提高职工的素质,才能加快企业发展步伐,但是本企业开天辟地的人员原来几乎都是农民。他们不谋私利,艰苦奋斗,为企业做出了积极贡献,然而他们文化程度低,在先进的科学技术面前,往往显得束手无策。竞争激烈的市场经济,迫使企业迅速向"科技、生产、经营"一体化的方向转化,因此在选送知识青年进中专、大学培训的同时,又公开招聘人才。

那是在1992年6月21日,沪郊的天气十分炎热。陆荣根亲赴嘉定人才交流市场挂牌设台,坐镇招聘,那天来自天南海北的47名科技人员向陆荣根报了名,最后择优吸收了8名。他们大多有实践经验,受过高等教育。后又吸收了几位。现今,新陆公司的275名职工中,科技人员占10%。

好不容易招到了科技人员,就要设法留住。他宣布,根据不同的贡献,将给予优厚的待遇,对于他们的生活暂时作了安排,让大多数科技人员住在整修一新的平房里。与此同时,他决定投资50万元,建造宿舍楼,使引进的科技人员安下心来,潜心效劳新陆。

有位工程师,得过国家科技一、二等奖,曾任奶牛场场长、饲料厂厂长,到新陆公司后,任总经理陆荣根的科技助理。1992年上半年,受陆荣根的委派,他前往天津、山东等地考察,发现中国科学院广东分院微生物研究所研制成的微生物蛋白饲料质量高、价格低。陆荣根得悉后便与他赶到广东谈判,引进了这一新的技术。这位科技助理又按照陆荣根的规划,负责筹建微生物蛋白饲料厂,为节省能源,还在厂区建造了烘干设备。现在新建工厂已经投产,当年产量达5 000吨。

深 谋 远 虑

孙子说"上兵伐谋",意为用兵的最高境界是用谋略胜敌。在这市场经济的激烈竞争中,陆荣根深谋远虑,从本质上把握企业腾飞的大趋向。

新陆公司本来只以饲养家禽和饲料加工为业,现在竟然养起猪来了。全年可饲养肉猪2万头,种猪1 000头。

提起养猪,本公司曾有人反对,说:"人家怕亏本,不愿养猪了,我们为什么要养啊?"

陆荣根力排众议,坚持养猪。原来他是用长远的眼光,全方位地看待这件事的。

他要多创利润,新陆公司每年生产的大量饲料,他想通过养猪来消耗,从中获利。按照他们的生猪饲养能力,全年消耗全价饲料4 000吨,平均每吨利润80元,等于32万元,消耗酵母饲料500吨,每吨利润400元,获利等于20万元,合计52万元。

养猪本身的利润,陆荣根摸索到的公式是:(养猪最高峰利润-低谷期利润)÷2=平均年份利润。也就是高峰期每头猪利润50元,低谷期略有亏本,平均年份每头实际得利20元,新陆公司是大规模养猪,效益十分显著。

他要占领市场。20世纪50年代到70年代,上海市规模养猪最多的是近郊地区。现在,近郊养猪量越来越少。因为上海市区范围在扩展,成片土地被征用,仓储业发展迅速,至于远郊农民随着就业门路的扩大,觉得养猪利薄,花力太多,也不愿饲养。过去,上海从安徽、四川等地购进的大批猪肉,往往皮厚、膘厚、冻肉多,市民并不欢迎,何况当地农民外出就业,饲养量下降,而人民食肉

量不断增加,从外省市购进大量猪肉,费用高,利润低。

基于上述的思考,陆荣根决定养猪。

1993年,新陆公司上市猪肉将近1万头,由于肉色鲜红,肉质又嫩,光泽鲜艳,销路很好。从5月份起,他们在黄渡镇上设摊销售,日销20头,按照原有约定,交售给食品收购站2000头;其余销往邻近县(市)。以后陆荣根加紧发展瘦肉型猪,实现种猪、肉猪、屠宰、小包装配套生产经营以扩大自销,同时打开外销门路。

其实,陆荣根对发展新陆公司,胸有宏略。他正着手发展第三产业。新陆北依312国道,南靠建设中的沪宁高速公路和苏州河,地理位置优越。他正在发展水上码头,全公司年销售总收入定要突破1亿元。

总之,陆荣根的思路是,市场竞争激烈,因此不仅要了解已有市场,还要了解潜在市场;不仅要了解生产者,还要了解经营者,更要了解消费者;在经营上不仅要抓住大客户,稳住老客户,还要寻找新客户,不怠慢小客户。此外,还要开辟联营点,开辟新项目,借助外力,增强实力。

"敢于竞争,勇于攀登",是新陆的精神。

"巧用计谋,占领市场,畅销中华,走出国门,壮大新陆",则是陆荣根今日的心声。

(原载施心超、钱明、吴康主编《走向大市场》,上海社会科学院出版社1995年10月版)

法 华 塔 情

清晨,每当拉开窗帘,一座巍然屹立的宝塔摄入我的双眸。金色的霞光,洒满了古色古香的塔尖和塔身。它显得那么高大、质朴、威严。它像一位饱经沧桑的老人,在诉说着时代的变迁。

宝塔名为法华,又称金沙,建于南宋开禧年间(1205—1207)。《嘉定镇志》称:"据传其时邑人科名寝衰,便建塔,取名法华,以冀得到佛般智慧……昭示士人进取。"嗣后居然科第不绝,儒风不衰。前后拥有进士192名,且有状元3名——康熙年间的王敬铭,乾隆年间的秦大成,同治年间的徐郙,占全国114名状元的2.6%。邑人重阳登塔,晴日眺望松江佘山和昆山,尤令青少年咀嚼唐代王之涣"欲穷千里目,更上一层楼"的韵味。南宋嘉定十年(1217)建县至今人文荟萃,代不乏人。当代又出了全国人大常务委员会副委员长胡厥文、国务院副总理兼外交部长钱其琛。

法华塔是嘉定人民的瑰宝和骄傲。它经受了789年风雨霜雪的摧残。元至大元年(1308)起,几经修缮。两壁嵌着清康熙三十九年(1700)《重修法华塔记》和《重修法华塔捐助督工碑记》各一方。近40年间,因塔身向东南倾斜而未能开放。

如今当我仰望窗外,见那古塔身旁高高的脚手架上,悬挂着白底红字的条幅:"复原古塔放光发华"。上海市文物管理委员会和嘉定区人民政府拨出巨款,正联袂修塔。据悉,法华塔将恢复四面

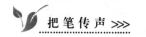

七级砖木结构楼阁式的古老风姿,同时建好塔院,以便将它所在的一段大街修复为明代式街道,让古塔同南端的孔庙、汇龙潭公园组成独具风格的旅游小区。至去年底,这座总高40.83米的宝塔,中心移位已由120厘米纠到不足6厘米,塔身整体已经"站直"。今年1月30日和3月30日,在法华塔的地宫和六层壁龛发掘出上万件宋、元、明代的珍贵历史文物。那些具有较高艺术和研究价值的宝物,代表了嘉定灿烂历史文化的根和源。为了给子孙后代留下一份珍贵史料,嘉定区政府郑重发布了《嘉定法华塔地宫、天宫入藏品征集公告》和《嘉定法华塔修复工程募捐公告》,向海内外各界人士和社会团体公开征集足以体现当今嘉定社会政治、经济、文化、科技等地方特色的,足以反映上海、中国乃至海外先进水准的文献资料、工艺美术品和工农业产品及其模型,经选入藏法华塔的地宫和天宫。

整修法华塔的信息激起海内外游子的怀念深情。他们以赤子之心,略尽微薄之力,以寄桑梓之情。

我不禁想起当年侨居美国的著名人士顾维钧先生思念法华塔的情景。96岁时,他凝神观看了女儿顾菊珍拍摄的法华塔的录像片,兴奋异常。97岁时,他欣然写下"露从今夜白,月是故乡明"的对联,馈赠嘉定县博物馆,表达了老人对故乡宝塔的深沉怀念之意。

清新迷人的微微春风越窗拂面。在这弘扬热爱家乡、热爱祖国的崇高精神的今天,我领悟着复原法华古塔的深层内涵。

(原载《旅游时报》1996年6月23日)

这里没有"小太阳"

——记嘉定区嘉西少年军校

当今,不少家长视自己的孩子为掌上明珠,但由于教育方法的不当,最终把他们培养成了"小皇帝""小太阳"。望子成龙心切的家长们又难以摆脱这种困境。谁能帮助他们?嘉西少年军校的实践给了我们一个很好的回答。

那日走入嘉西少年军校,只见操场上集合着许多身材不一的学生。他们身穿特制的迷彩军装,胸佩由火炬与八一图案组成的校徽,在嘹亮的军歌声和震天的口号声中迈着整齐的步伐,正向领导和来宾们汇报表演。小军人神态端庄,动作利索。

这些小天使原是嘉西中心小学的学生。学校为了促进学生整体素质的提高,培养跨世纪的人才,与解放军某团联系办起了嘉西少年军校。这所学校不同于一般学校,它以班排连营的军校建制为基本形式,以弘扬服从命令、吃苦耐劳等优秀军事文化为价值取向。开办两年多来,办出了自己的特点,即以一所学校为单位,平时分散训练与集中训练相结合,面向所有小学生。

少年军校聘请区武装部、教育局和驻军领导担任学校的校长和名誉校长,营以下单位的首长由部队官兵和学校班主任担任。少年军校制订了《军校学员守则》《军校三大纪律八项注意》等十多项制度,编写了《嘉西少年军校国防教育系列教材》《教育和训练系

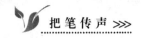

列方案》等教材。办校两年来,学校先后开展了远足、拥军实践、军事夏令营、军营一日生活、小军人系列争霸赛、队列与射击、战地救护包扎等各类活动 80 多次。通过锻炼,提高了小军人的各种素质。据少年军校领导介绍,学生的行为规范遵守程度明显高于未进军校前。按时到校、上课专心、遇见老师立马打招呼、回家洗衣叠被的人越来越多,出门要家长接送的人越来越少。学生看电影、瞻仰烈士陵园等远足活动,经常要走上十里八里,但没有一个人叫苦喊累。他们还自发组织起了拥军优属队伍,为部队和军属搞卫生、演节目。1994 年以来,在区教育局组织的行为规范明察暗访中,少年军校连续三次金榜题名,今年 4 月,又被推荐为市行为规范示范学校。胜利村一学生在 1995 年初转入少年军校时,品德较差,不守纪律,还动辄以拳试规,文化成绩很差,参加少年军校训练以后,他以小军人的光荣感、责任感鞭策自己,一年后,行为举止文明了。

(原载《东方城乡报》1996 年 7 月 22 日)

东西合作潜力大　双方受益好处多

"东西合作"是党中央和国务院为加速我国经济建设所作出的一项重要的战略决策。它是备受关注的重大课题。作为东部经济发达的上海地区,其合作的现状如何?请看嘉定区的回答——

　　嘉定区参加"东西合作",与云南楚雄协作,以水泥厂技术改造等10多个项目为起点,至今已和中西部地区11个省区联办经济协作实体100多家,注册资金3亿多元。中西部地区来到嘉定办企业的有安徽、山西、河南、青海、甘肃、新疆、贵州、四川和吉林9个省(自治区),占中西部地区21个省(区)的42.9%。这类企业分布于嘉定区江桥、马陆、安亭、南翔、黄渡、方泰和嘉定7个镇,尤以江桥、安亭更为集中。

　　嘉定区在中西部地区办企业涉足四川、陕西、内蒙古、河南、云南和江西6省(自治区),其中以四川最多。

　　合作的企业性质,为数最多的是全民(或集体)和全民(或集体)的合作。也有部分私营和全民或集体企业的合作。

　　合作项目的类别有企业类的(有重工业、轻工业、尖端工业和一般工业),有经营类的,有运输类的,也有事业类的。合作的范围涉及第一、二、三产业,以贸易居多。

　　合作的形式有特殊的(支援三峡开发)、联合的、独资的、租赁

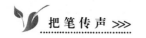

的多种。"东西合作"，双方受益。尤其是中西部来投资，为嘉定带来诸多好处。

支持了骨干产业 嘉定的工业有桑塔纳轿车配件、电光源、通信电缆及设备、包装材料、化工和精细化工、新材料六大骨干行业。在形成和发展这些行业的过程中，也得益于中西部在嘉定区兴办的企业。贵州航天集团和安亭镇联办的上海红湖消声器厂，以5 428万元的注册资金，建起2万平方米的厂房，拥有包含众多高中级技术人才在内的258名职工，生产汽车消声器。1995年提供5.6万套产品，占大众厂桑塔纳轿车20万辆总产量所需消声器的28％，创利600万元。1996年大众厂要求他们生产10万套。

带来了先进科技 凹制印刷是嘉定工业的缺门。1994年10月投产的上海运城制版有限公司，技术力量雄厚，拥有先进的制版设备，采用欧美国家刚刚掌握的无软片雕刻制版技术，制造凹印版辊，满足了国内用户要求，填补了国内空白。

引进了资金，增加了收入 中西部到嘉定开办企业，实际上给嘉定引进大量资金，增加地方财政收入。全区向这类企业征得的税金1994年达0.2亿元，1995年达0.3亿元，其中全年缴税100万元以上的企业不下5家。

利于市政建设及劳动力安置 据统计，嘉定农村人口在中西部企业任职的达2 000人。相反，对中西部投资者来说，也收到不少好处：如四川省民营企业——希望饲料集团，1994年3月到嘉定区马陆镇，用0.1亿元的投资，以当地一家很小的饲料厂为基地，合资建立上海饲料公司，同年5月投产，到1995年底，固定资产增加到近0.4亿元，利税累计0.4亿元，1995年销售产值2.3亿元。现在，他们在华东地区建了14个公司，全国建了46家公司，年产300万吨，成为全国最大的饲料集团之一。

嘉定去中西部办企业，对自身主要好处有：第一，为本企业的更大发展创造了条件；第二，利用对方劳力优势、资源优势、市场优势，壮大本地企业的力量；第三，提高产品在市场的占有率；第四，吸收中西部文明。例如，嘉宝实业股份有限公司在陕西省兼并宝鸡灯头厂后，投资600万元于1995年2月投产，利用"嘉宝"技术和管理优势，年底总产值1850万元，占有着陕西、甘肃和四川的灯头市场，对宁夏、新疆、内蒙古也产生影响。现在宝鸡分公司正向年产10亿只灯头、1.2亿元产值、1200万元利润的目标奋进。

事实表明，嘉定和中西部的合作，实质上起了互补作用，彼此得益。其成功的关键是一个"准"字，即市场要找准，管理要上标准，各方面关系要摆正。

（原载《上海科技报》1996年8月23日。系施心超、周佳德、吴洪奎合作）

建设上海主题公园娱乐园

嘉定崛起旅游城

今年游客可超四百万人次

上海市嘉定区建设的"主题公园娱乐区",已引来众多中外宾客,今年到嘉定的游客总量可望突破400万,比上年增长四倍。如此迅速的发展,是嘉定区委、区政府审时度势、拓展经济发展思路带来的结果。

嘉定是上海市郊经济最发达的地区之一。按照全市"九五"计划和2010年远景规划,它将成为城市大工业疏散基地、人口导入基地和休闲度假基地,并被确定为上海市"主题公园娱乐区"。因此,该区在建设科技城、汽车城的同时,提出了建设旅游城的远景目标,把发展旅游业作为新的经济增长点。这个区近年来积极招商,投资30亿元建设以现代主题公园为特色的大型娱乐设施。上海环球乐园、上海梦幻乐园、上海高尔夫俱乐部、东方巴黎高尔夫乡村俱乐部、上海美丽华度假村、名生垂钓俱乐部等均在今年开张迎客,使旅游业呈现一派蓬勃景象。不久,金马度假村、哥士摩乐园等也将破土兴建。嘉定区同时充分发挥以法华塔、孔庙、汇龙潭、秋霞圃、古猗园为代表的传统景点的支撑作用,在嘉定镇整修明清园林式商业街,使之成为集旅游、购物、休闲为一体的江南水乡新景点,为历史文化名镇增添了春色。

嘉定区利用紧靠上海市区而又有秀丽田园风光的优势,注重发展观光、休闲农业,为旅游业开拓了新的领域。马陆的葡萄园、唐行的草莓场、封浜的现代化蔬菜园艺场、望新的水产良种场、朱家桥的华东第一肉鸽场、安亭的非洲鸵鸟养殖场等,都将成为观光旅游的大好资源。

(原载《人民日报(华东版)》1996年8月28日。系施心超、沈云娟合作,施心超执笔)

嘉定区经济发展一马当先

速度与效益并举　综合效益指数名列沪郊榜首

在国家宏观调控偏紧的情况下,嘉定区的经济仍持续、快速、稳定地增长。今年1—8月,全区实现国内生产总值63亿元,同比增长37.9%;完成工业产值200.2亿元,同比增长40.2%;产销率达97.8%,同比增长1%;实现工业利润9亿元,同比增长37%;批租土地11幅,批准建立"三资"企业115家,协议吸收外资3.8亿美元;财政收入8.8亿元,同比增长40.2%。农业在土地不断减少的情况下,夏熟粮油总量比丰收的去年略有增加:小麦亩产达295公斤,比去年增7公斤;油菜籽亩产达115公斤,比去年增5公斤;粮油全面完成了合同订购任务。全区的综合效益指数达130.1%,名列沪郊各区县榜首。

嘉定区的经济发展之所以会在沪郊一马当先,区长潘志纯向记者谈了如下几点体会:

坚定不移地把经济工作放在各项工作的首位,思想早发动,工作早安排,措施早落实,是嘉定区成功的经验之一。今年是"九五"计划的开局年,早在去年底,区委、区政府就明确提出了开好局、迈大步的口号。各部门和各镇都制订了扎实的措施,有些还用签约的形式,把任务层层分解,落到实处,在保证快速发展的前提下提高经济运行质量,不准掺水分。今年,该区对村以下企业和私营企业上报的工业产值,都按95%折算后统计,从而保证了速度和效益的可靠性。

积极有效地推进机构改革,把开拓进取、有能力、有魄力的干部放到关键岗位上,是嘉定区经济一马当先的经验之二。今年第一季度换届选举,区委、区政府选拔政绩突出、政风优良的干部担任书记、镇长,并且很快进入角色;在机构改革中,撤并了一些局和部门,建立了几个大口委,不但保持了工作的连续性和稳定性,而且进一步理顺了关系,激发了各级干部搞好工作的热情,形成了你追我赶、争创一流工作的新局面。1—8月,全区有14个镇、局工业产值超过5亿元,其中有3个镇超过20亿元:马陆镇达29.53亿元,南翔镇28.16亿元,安亭镇20.61亿元。另外,黄渡镇、封浜镇、戬浜镇、曹王镇和方泰镇等5个镇都超过了10亿元,保持了良好发展的势头。

适时调整工业布局和企业经济结构,实现存量资产优先配置,加大科技投入,是嘉定区经济快速发展的成功经验之三。为实现区工业由布点分散向市、区、镇三级工业区逐步转移和集中的战略目标,该区批准的"三资"企业项目,基本上都落户在各级工业区内。与此同时,该区新组建了上海嘉定工贸(集团)有限公司和上海大华电器(集团)有限公司两家企业集团,并通过关、停、并和资产转让等形式,改造了一批集体小企业,减少了亏损面。此外,区政府拨出科技发展基金1000万元,扶持高新技术产品的开发,增加了技改项目的贷款贴息,落实了总投资1.2亿元的星火计划项目14个。该区还大力开展以"降低成本、提高产品质量、扩大销售"为中心的企业管理达标活动,提高了经济效益。

历年的大量投入也是嘉定经济快速发展的又一经验。今年开工投产的外资企业就有150家,其中胜狮冷柜、嘉日钢板等一批重

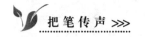

大项目相继投产,已成为该区工业发展的重要支撑。

潘志纯区长表示,今年还有四个月,全区要自我加压,全年一定要实现国内生产总值100亿元、工农业总产值320亿元的计划目标。

(原载《东方城乡报》1996年9月18日)

政协委员提案落到实处
嘉定法华塔一展风姿

嘉定区政协委员多次提议整修的法华塔已一展风姿。12月6日,上海市文物管理委员会和嘉定区人民政府隆重举行法华塔修缮竣工典礼。建于南宋开禧年间(1205—1207)的法华塔,是上海市现存最古老的一座文峰塔,在将近800年间,古塔历经几度重大整修。这次整修对倾斜120厘米的塔身作了斜偏加固,清除1924年修塔留下的钢筋混凝土外墙,恢复法华塔四面七级、砖木结构、楼阁式的明代风韵。全国政协常委、市老领导杨堤,副市长龚学平和嘉定区委书记王忠明剪了彩。

(原载《联合时报》1996年12月20日)

迎"八运"盛会　展辅城形象

嘉定体育中心下月底投入使用

为迎接第八届运动会,展示上海市西北辅城的崭新面貌,嘉定体育中心经过近两年筹建,已进入竣工验收阶段,6月底可投入使用。今年10月间,来自祖国各地参加八运会的足球健儿,将在这里激烈角逐。

被嘉定区政府列为去年实事工程的体育中心,位于沪嘉高速公路嘉定入口处东边约300米处。其规模和功能在上海仅次于八万人体育场,在国内领先于区县级同类设施。它的规划用地约200亩,总投资约1.5亿元。按"总体规划,分步实施"的原则,中心内逐步兴建体育场、游泳馆、体育馆、网球俱乐部、少体校、训练房等标志性城市公共体育设施。即将竣工的嘉定体育场,占地约85亩,整体造型为环形建筑,可容纳观众1.8万人,各类竞赛用房布局较为合理,可满足田径、足球等大型竞赛的需要。体育场的内场,有标准的400米塑胶淡红田径场和标准的草坪足球场。嘉宝网球俱乐部也将于今年8月底竣工;集健身房、小型溜冰场、微型高尔夫球场和健美房于一体的康乐城,已和港人签约合作,目前正进行设计;建造保龄球馆的计划在同港人谈判;运动员住所将建成星级宾馆;覆盖体育中心总面积25%的绿化建设计划也在加紧实施。

(原载《东方城乡报》1997年5月28日)

足 疗 之 光

——嘉定区中医医院足反射疗法专科门诊见闻

在嘉定,从法华塔下沿着古老的石子路面朝南步行,不过1000公尺,便到了南门钓桥北堍,设于一幢崭新的两层楼里的嘉定区中医医院足反射疗法专科门诊就在此。

踏进简陋的治疗室,映入我眼帘的白色墙壁上,悬挂着足部按摩的穴位示意图。有位身穿白衣的男士,正手持木质按摩器为一名戴着金边眼镜的女子在两脚的底部检查全身的疾病;有位身材修长的白衣女士为来自上海市区、自幼双目视物不清而如今视力已有明显提高的一位青年进行第28次足部按摩治疗。

足部按摩疗法,在我国古代便已有之。唐宋时代,它传入日本,后到欧美诸国,深受欢迎。唯在我国,由于封建意识的影响,这种很有医疗实用价值的方法,逐渐被排斥于正统医学之外。可喜的是,近年来随着国门的打开,盛行于海外的足部按摩医术返回我国。1991年7月以来,中国足部反射区健康法研究会经卫生部批准、民政部注册后正式成立,其地方组织也纷纷应运而生。嘉定中医医院足反射疗法专科门诊正是在这样的历史背景下建立起来的。

这里的临床实践表明,足反射疗法对心血管、神经、呼吸消化诸系统以及眼科、妇科、男性科的许多疾病都有较好疗效。

我登门访问了嘉定镇西塔城路某号三楼一位因交通事故后颅脑外伤而瘫痪的男性病人,他现年43岁。从1997年2月25日起,足反射疗法专科门诊室的男医生上门对他进行诊治,三个月后,原先瘫痪的左腿不但能灵活地伸屈,且能不用手杖便可走下楼去上街理发;不能动弹的左臂可自由地摆动;他那歪斜的嘴巴已恢复正常,口水不再外流。

在门诊室里,我遇见了一位名叫海峰的小学二年级学生。他是因多动症、视力差、上课时注意力不集中而来接受足疗的。经过将近20次治疗,现在能比较安稳地听课,双目看得清,老师讲的内容听得懂了。期中考试结束了不及格的历史,他提高了嗓门告诉医生,数学得了79分!在这两个多月里,他长高了7厘米多。医生告诉我:"足疗确实有开发智力、促进生长的功能。"

炎热的一天,门诊室里来了一位30岁开外的金发女郎,她身材高大,穿着薄薄的裙子,是在上海一所大学任教的美国人,名叫海伦。她先天性嘴巴歪斜,面神经瘫痪,慕名前来做足反射按摩,两位医生为她治疗了10多次就恢复了正常。

病人的满意是对医生工作的肯定,更是对足部反射疗法的肯定。嘉定中医医院足反射疗法专科门诊,现有两名医生,男的叫吴振生,是专科门诊负责人;女的叫李雪珍。他俩都是中国足反射区健康法研究会会员。六年间,两人为四万多人(次)病家进行了足部治疗,并对医疗实践进行了理论探讨,合著的《应用足反射法防治青少年近视34例疗效观察》被评为1993/1994年度全国足反射学科优秀成果二等奖(该届无一等奖)。吴振生的《足反射法治疗痛风15例的疗效观察》一文获1995/1996年度全国足反射学科优秀成果三等奖。两人合作的《38例缺血性脑血管意外足部按摩治疗方法的探讨》在1997年第二期《双足与保健》杂志发表。今年4

月,吴振生参加了在曼谷召开的'97年国际中西医学术交流研讨会。

改革开放,使足疗之光在神州大地重新点燃,它将越发灿烂辉煌!

(原载《联合时报》1997年7月25日)

嘉定党员干部畅谈学《报告》体会

连日来,嘉定区广大党员、干部认真学习讨论江泽民同志在十五大所作的政治报告,表示要在邓小平理论的伟大旗帜指引下,把建设有中国特色社会主义事业全面推向21世纪。

区委副书记、区长王荣华说:十五大把邓小平理论和马克思列宁主义、毛泽东思想一起确立为我们党的指导思想与行动指南,而且写进了党章,这是近20年来改革开放的实践得出的科学结论。有了邓小平理论指引,建设有中国特色的社会主义必将从胜利走向更大的胜利。

马陆镇党委书记姚顺兴认为,在邓小平理论指引下,马陆镇的经济建设和社会发展取得了突破性进展。"八五"期间,各项主要经济指标平均增幅达50%以上。1995年被评为全国乡镇之星,去年被国家建设部列为全国小城镇建设试点镇,今年8月又顺利通过了市卫生镇验收。去年,社会总产值达61亿元,比上年增50%,上缴国家税收1.3亿元,同比增26.4%,外贸拨交额达14.8亿元,同比增95%。

南翔镇党委书记傅一峰说,党的十一届三中全会以来,靠了邓小平理论的指引,我们党的工作"上了道,开了窍,顾虑消"。党的十四大以来的五年,是南翔镇历史上经济发展最好的时期。1996年同1992年相比,社会总产值达50.3亿元,增长5.5倍;工农业总产值达 41.2 亿元,增长 4.4 倍;财政总收入达 1.09 亿元,增长 2.8 倍;全镇经济增长幅度年均 50％以上。实践证明,走邓小平指引的路,我们就无往而不胜。

封浜镇党委书记张永达认为,把邓小平理论写进党章,也表明社会主义初级阶段将是长期的。封浜镇根据邓小平关于初级阶段的理论,对于 242 家集体企业进行转制,建成了大华电器和利华冷气机两个集团有限公司,注册资金都在 5 600 万元以上,同时办起了 39 家股份合作制企业,从而推动着全镇经济的发展,对国家的贡献越来越大。1988 年到 1996 年上缴国家的税金逾 2 亿元,是 1978 年到 1987 年上缴税金的 2 倍,相当于 1978 年两个封浜镇工业资产的总和。

黄渡镇党委副书记、镇长叶遇华认为,把邓小平理论写进党章,表明以江泽民同志为核心的党中央是我党成熟的领导集体,更体现了党中央坚定地高举邓小平理论伟大旗帜的决心。党的十四大以来,在邓小平理论旗帜的指引下,黄渡镇的经济和社会各项事业得到迅速的发展。1996 年全镇经济总量在全区各镇的排位,由 1992 年的中等偏下上升到第四位,获得了嘉定区政府颁发的贡献杯、新风杯、流动杯和致富杯等奖杯;1995 年荣获上海市"标兵乡镇"称号,1996 年获"上海市二级卫生集镇"荣誉。大家表示,要坚定不移地走邓小平指引的有中国特色的社会主义道路,从胜利走向更大胜利。

(原载《东方城乡报》1997 年 9 月 24 日)

"锦田庄园"岁末撩开面纱

封浜镇积极探索都市农业新模式

以为菜篮子工程做贡献而闻名沪上的嘉定区封浜镇,正积极地与上海投资咨询及实业公司联手,营造取名为"锦田庄园"的都市绿洲,在探索都市型农业新模式上迈出了可喜的一步。

封浜镇位于曹安路国道旁,拥有目前上海最大之一的蔬菜园艺场,以及具有70年历史的原始生态园林黄家花园与优质的地下矿泉水等。这些优势吸引了上海大基实业有限公司和上海高进投资咨询有限公司,双方一拍即合,于今年2月实质性启动开发,年末首期开发的部分项目对外迎客。

规划中的锦田庄园由现代观光农业、度假休闲和商务会务三大板块组成,主要有丛林观鸟、休闲马术、锦湖陶艺、酒会草坪、天然矿泉浴场、中央会所、运动竞技、锦田花园、蔬菜园艺等十大景点。

受到市农委、市计委、市旅游委支持与关注的锦田庄园,体现了三个明显特征:一是现代农业的示范作用。它将以上海市著名的现代化蔬菜生产基地之一封浜园艺场为基础,扩大引进海外的农业新品种、新成果、新技术等,以加大科技投入,提高科技含量,还设想荟萃现代科技与古典园林风范的各类种植节、收获节。二是倡导绿色生活,体现回归自然。如在生态园林黄家花园内观鸟、品茗、听雨、会友。如边喝天然矿泉水、边在温泉游泳池里嬉戏,如品尝庄园自产的无公害果蔬、美酒等,使人们在喧闹的都市生活中能够与大自然亲近。三是体现了多功能与综合性。如既有高级别的商务会务中心,又有中高档的各种体育、休闲项目,包括休闲马术、高尔夫、门球、桌球等,既有现代化的矿泉浴场、迎风划草、凭湖垂钓等,又有参与性极高的自制美酒、自制陶器、自种果蔬、自采果蔬等。

据赵云飞董事长介绍,锦田庄园的建设分两期实施,占地面积约150公顷。首期开发约70公顷,建设面积6万平方米,约需3年时间,目标基建成具有都市型、观光型、休闲型的农业园。

(原载《东方城乡报》1997年9月24日)

嘉定鼓励非公有制经济健康发展

嘉定区积极完善和调整所有制结构,在加快国有和集体经济发展的同时,鼓励支持和规范非公有制经济的健康发展。目前该区非公有制经济的净资产在全区资产中的比例有较大增长,并与公有制经济混合增长,使全区经济实力不断壮大。

据统计,目前嘉定区总净资产为 132.4 亿元,其中非公有制企业净资产 69.1 亿元,占 52.19%。个体工商户和私营企业各有一万余家,5 年来分别增长一倍和 51.8%。有 94% 的个体工商户和 68% 的私营企业从事以商业贸易、餐饮、修理、咨询、服务为主要内容的第三产业。

5 年来,嘉定区个体、私营企业累计上缴税收 7.1 亿元。其中,1996 年上缴税收 2.7 亿元,占全区财政收入的 21%,而 1992 年仅 0.17 亿元,占财政收入 4.6%。今年 1 至 8 月已达 2.3 亿元,又比上年同期增长。

(原载《解放日报》1997 年 10 月 13 日)

依托科技城　面向海内外

嘉定工业区花果满枝

日前,上海冶金研究所与韩国大宇集团联合投资 2 000 万美元的项目在嘉定工业区落户,至此,该区的中外企业已有 388 家,其中外资企业 123 家,内资企业 265 家,协议引进外资近 7 亿美元,今年工业产值可达 100 亿元,同比增长 54%。

嘉定工业区是市级工业区,占地 24.8 平方公里,分首期开发小区、戬浜开发小区和马陆开发小区。首期开发小区 8.4 平方公里,由嘉定工业区开发总公司负责开发;戬浜开发小区 5.25 平方公里,由戬浜经贸发展总公司负责开发;马陆开发小区 7.5 平方公里,由马陆开发有限公司负责开发。

嘉定区嘉定镇是上海大学科技学院和高科技研究所的所在地,沪高速公路从嘉定镇东侧出口,204 国道穿镇而过。建在嘉定镇旁边的工业园区具有得天独厚的优势。它紧挨沪宁高速公路和沪宁铁路,距虹桥国际机场和吴淞港口仅 25 公里,背倚潜力巨大的长江流域经济带,成为中外客商理想的投资风水宝地。区委、区政府为工业区制订了"面向上海、面向普通、面向高科技、面向二十一世纪"的发展战略,请同济大学、市规划局、市统计局、环保局一道,制订了高标准的发展规划。到去年底,区政府在首期开发区共投资 5 亿元用于基础设施建设。至今,2.2 平方公里的区域"七通一平",6 平方公里的区域"六通一平";以 40 米宽的叶城路为主干

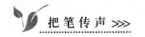

道的12条道路长达22公里；规划的2万门程控电话已开通1.2万门；区内建有高层、多层住宅及公寓别墅60多万平方米；形成道路、雨水、污水、自来水、电、通信、煤气配套的网络。全区道路、生活区、厂区，绿化初见成效，主干道两旁四季常青，100米宽的绿化带正悄然形成。

良好的投资环境和发展前途，使国内外客商纷至沓来。闻名于世的日本富士通、中日小糸（MI）车灯、伊藤忠、美国开利、国际电话电报、德国ZF等跨国公司和台湾震旦集团等15个国家及地区的客商相继在工业区落户，其中3000万美元以上的项目有4个，1000万美元以上的项目有14个。1994年，美国一位客商看准嘉定科技城和安亭汽车城的辐射优势，投资5000万美元，于次年7月投产，为桑塔纳轿车提供20世纪90年代世界先进水平的制动钳，去年提供了20万辆的制动钳。这样，在工业区形成了上海汽车制动系统有限公司、上海小糸车灯有限公司和上海采埃孚转向机有限公司等汽车配件行业；形成了日本富士通将军（上海）有限公司、上海开利冷冻运输公司和上海胜狮冷冻货柜有限公司等冷冻器具行业。由市科委、嘉定区政府在工业区联合创办的上海留学人员企业已达90家，总注册资金达460万美元。复华高新技术园区吸引了美国环球、美国摩根等一批著名企业前来投资。这些园区正日益成为促进科技与经济紧密结合，发展高新技术产业化、商品化和国际化的示范区。

（原载《东方城乡报》1997年11月12日）

菜盆上的标签

杭州西湖,碧波萦绕的孤岛西南角,有家闻名的楼外楼菜馆。它创建于清道光二十八年(1848),至今已有149年的历史。孙中山、鲁迅、周恩来等名人曾前去品尝杭城风味。

11月13日晌午,我们一行慕名步入了这家菜馆宽敞的琼玉厅。只见顾客满堂,座无虚席。

衣着庄重款式入时的服务员小姐端来一道道佳肴。那鹅蛋形菜盆的边沿上,贴着大约5厘米长、1厘米阔的白色纸质标签,上面写着顾客所在的宴厅、菜肴的名称、掌勺厨师的代号。

坐在我们邻桌的,是有着学者素养的美国朋友:凯文和他的夫人。品尝佳肴之余,他们不禁赞叹菜盆上的标签。

凯文笑容满面地说:"这样做(指菜盆上贴标签),是你们国家进步过程中出现的一个好现象。"夫妇指着桌上的"西湖醋鱼"和"虾仁豆腐羹"说,这两个菜特别味美可口。

凯文还回味无穷地问道:"如果我今天在这里知道某号厨师菜炒得好吃,下次再来时,能否仍请他炒?"

"完全可以。"楼外楼副总经理龚顺英坦然地回答。

这位精明的女经理告诉我,他们在菜盆上贴标签,出于历史发展的需要和现实的呼唤。

1996年,楼外楼菜馆试行菜盆贴上标签的新办法,让厨师同

顾客直接见面,而且把顾客的评价作为对厨师实绩考核的重要依据。1997年1月起正式实行。龚经理自豪地说,这个办法真正灵,"菜肴质量明显提高",《意见簿》反映菜肴质差的内容显著减少。全店厨师无一为菜肴质量扣奖金。

诚然,在菜盆标签的背后,有着优质原料的支撑。楼外楼的菜肴在烹煮之前,对其原料先作科学的处理。比如西湖的鱼,他们买来之后,先盛放在笼里饿养两三天,让它们吐掉肚内的气味,再由5号厨师烹煮成富有宋代"叔嫂传珍"美名的西湖醋鱼,贴上标签,端上餐桌。

在琼玉厅,我和我的朋友在品尝美味、领略佳景之际,再次咀嚼着今日继承和发扬祖国灿烂文化遗产的真谛。

(原载《嘉定报》1997年12月18日)

"诚"的结晶

——上海嘉定工业区一瞥

始建于1992年8月的嘉定工业区,1994年9月经上海市人民政府批准为市级工业区。中共中央政治局委员、国务院副总理吴邦国同志任上海市委书记时为工业区题写了区名。它占地24.8平方公里,是嘉定老城区总面积4.74平方公里的5.2倍。这里分为首期开发小区、戬浜开发小区和马陆开发小区。全区将建成以工业生产为主,集居住、商务、旅游、娱乐等城市综合功能为一体的经济新区。工业区的产业发展战略为"二、三、一",其中工业占70%以上。

嘉定工业区以吸引大集团、兴办大项目、形成大产业为重点,发挥"集聚效应"和"规模效应"。到1997年9月,已有中外企业387家落户工业区,其中外资企业122家,内资企业265家,协议引进外资6亿美元,工业产值已达70亿元,全年可达100亿元,比1996年的65亿元增长54%。预计到2000年工业总产值达200亿元,占全区工业总产值1/4。

外资企业来自美国、日本、新加坡、澳大利亚、德国、英国、加拿大、瑞士、瑞典、法国、印尼、马来西亚、汤加王国等国家和中国香港、台湾、澳门等地区。投资额在1 000万美元以上的项目有13个,3 000万美元以上的项目有四个。闻名于世的日本富士通、伊

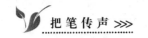

藤忠、美国开利、德国 ZF 等跨国公司和台湾震旦集团都已进驻工业区。

由上海市科委、嘉定区政府联合创办的上海留学人员嘉定创业园区,在园区注册的留学人员企业已达 90 家,总注册资金 460 万美元。它已成为国内汇集留学人员最多、成效显著的园区。一大批来自美国、日本、加拿大、德国、澳大利亚等国的中国学子,在园区内施展才华,建功立业。

工业区高度重视生态的平衡。该区负责人已为它定位:以大气环境和地面水环境为其工作重点,将重点保护生活居住区。只有少污染和无污染的一类企业才能靠近生活区,经过改造符合国家环保标准的二、三类企业依次远离。绿化上,在工业小区之间、工业区与生活区之间、主干道和主要道路两侧以及大河旁,分别建造 10 米到 200 米宽的绿化带,厂区、居民区的绿化面积将达到总面积的 30%。为改善水环境,对项目地区河网的整体地面水系统进行综合整治。这套规划正在努力实施。

工业区开发总公司从成立那天起,全体人员便以"诚"作为准则,待人处事以诚相见,服务周到,反对虚假,因而为嘉定工业区树立了良好的形象。毕业于加拿大著名学府曼吉尔大学的硕士研究生张启华,在海外有兴隆的公司和美满的家庭,可是在 1994 年,他第一个进入嘉定工业区叶城路西段的高科技园区,独资办起了上海捷华通讯电子有限公司,自任董事长、总经理。这同园区对他坦诚友好的接待密切相关。当他刚进园区考察时,园区领导在介绍嘉定投资环境、对留学生优惠政策的同时,作了协助办理一整套注册手续、提供用房和用车等条件的承诺,张启华由衷感激。因此他把研制多年、领先美洲的"泰立"智能化电话管理系统带到园区进行汉化处理。现在,这项高科技的产品已被沪宁高速公路、上海隧道公司、上海石化股份有限公司以及北京等地的数十家大型企事业单位使用。他决意把自己开发设计和生产的重心，从加拿大移到嘉定。

这个工业区盛传着另一个以诚取胜的故事。1993年初，台湾华歌尔制衣公司执行董事黄添近和总经理王有任前来考察，负责招商的一位毕业于国防科技大学的年轻职员，听了他们的自我介绍，便说："华歌尔公司世界闻名，专做高档内衣。"台商顿时刮目相看，说他们跑了许多工业开发区，只在这里听到有人知道"华歌尔"的名字，可见这里人员对信息的重视。最后，两位台商欣然到此投资。"嘉定人好，服务到家。"这就是他们的印象。

（原载《联合时报》1998年1月2日）

太空番茄味更美

利用发射卫星搭载作物种子进行太空育种是一项航天新成果。经过太空育种的番茄味道如何？上海市嘉定区徐行镇上的江南春园艺场给了人们明确的答案：太空番茄肉头细腻、入口滑爽、甜度低而适当。

去年11月27日上午，江南春园艺场在塑料棚里所种的216棵太空番茄枝上首次采摘了将近200只橘黄色的番茄，用圆盘秤称了大小不同的八只，最大的一只0.4公斤，平均每只0.225公斤。

负责这项科学试验的上海农学院植物科学系95届毕业生徐兰告诉笔者，作为晚秋品种培植的太空番茄生长茂盛，目前每棵平均结果15只。他们将在今春继续试种，以进一步探索它的生长规律和潜在优势。

江南春园艺场种的太空番茄，由参与卫星发射的中国空间技术研究院上海科学仪器厂提供种子，是在去年7月间下种的。

(原载《联合时报》1998年1月2日。系施心超、庄风合作)

农行嘉定支行存款额超过五十亿元

截至1997年12月15日,中国农业银行嘉定支行的存款额超过50亿元,达50.25亿元,按全区总人口47万人均分,每人超过1万元,居于市郊农行各支行前列。这是在地方政府和社会各界支持下,全行职工实践"信誉至上,竭诚服务,高效廉洁,文明办行"宗旨的可喜成果。

1979年恢复的农业银行嘉定支行,是国家一级企业。现有520名职工、670台电脑,分布于全区28个网点。近几年来,他们牢固树立"存款立行、效益兴行"的经营战略思想,坚持以经营为中心,以效益为目标,改革内部机制,加快向国有商业银行转轨,大力组织存款。同时积极帮助企业投资理财,义务培训金融人才,吸引了当地名闻遐迩的大企业,因而1996年末存款额便达42.5亿元,为恢复时的57.5倍,1997年存款额比上年增长18%。他们正在实现经营稳健、管理严谨、实力雄厚和效益良好的国有商业银行的道路上迅跑,为嘉定地方经济新的全面发展做出了贡献。

(原载《东方城乡报》1998年1月3日)

努力建设上海水平的寄宿制高中

嘉定第一中学易地新建工程启动

嘉定区政府投资 1.1 亿元的嘉定区第一中学新建工程日前启动。这是嘉定区建设上水平的寄宿制高中采取的一大举措。

嘉定素以"教化"著称。一流城市需要有一流教育。嘉定区委、区府领导在卓有成效地抓好经济建设的同时,认真落实市委、市政府关于在城乡接合部建设寄宿制高级中学的要求,决定将位于嘉定镇北大街的嘉定区第一中学迁至环城线以北、嘉行大道西侧的菊园小区,把它建成高起点、高标准、现代化,建筑风格富有特色,能作为上海市一流教育的标志性建筑,体现上海水平的寄宿制高级中学,并把这个项目列为本世纪嘉定区社会口最大的项目,使嘉定教育的硬件与社会发展相匹配,更好地为政治、经济发展服务。

嘉定区第一中学是一所拥有 70 年历史的上海市重点中学,近几年,每届高中毕业生升学率稳定在 90%—95% 之间。1991 年以来,数学知识应用竞赛连续六年获三个团体冠军,是全市唯一的六连胜学校。

(原载《东方城乡报》1998 年 1 月 16 日)

嘉定去年人均国内生产总值达二点六万元

嘉定区人均国内生产总值1997年比1992年增长3倍以上,2000年又将比1997年增60%。这个从中共上海市嘉定区第二次代表大会上传出的信息,集中地反映了嘉定撤县建区五年来的经济发展,处于市郊的领先地位,也规划了未来的奋斗目标。

最近五年来,嘉定区各级党组织在邓小平理论和党的基本路线指引下,认真贯彻党的十四大和市第六次党代会精神,坚持速度与效益相统一,总量增长与结构优化相统一,保持了经济发展的良好势头。

1997年,该区人均国内生产总值达到2.6万元,相当于3 170美元,比1992年增长3.27倍。国内生产总值完成125.1亿元,比1992年翻了两番;工业总产值完成396.1亿元,比1992年增3.6倍;外贸产品解交额完成90亿元,比1992年增长5.3倍。

产业结构调整取得明显成效。非公有制经济异军突起,成为全区重要的经济增长点。五年批准外资项目901个,协议吸收外资22.2亿美元。全区非公有经济的实收资本已占全区六成半以上,工业产值占全区七成以上,出口创汇占全区八成以上,成了全区再就业的重要渠道。

嘉定工业生产的经济效益也逐步提高,1997年全区工业利润

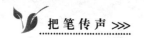

达 16.5 亿元,比 1992 年增长 1 倍。全区财政总收入 15.9 亿元,比 1992 年增长 4.4 倍。

为动员全区党员和干部群众进一步解放思想,争取新的发展,在中共嘉定区第二次代表大会上,潘志纯同志以《抓住新机遇,迈向新世纪,为交出嘉定两个文明建设满意答卷而奋力拼搏》为题,代表中共嘉定区第一届委员会作了报告,要求到 2000 年,嘉定区国内生产总值将达 240 亿元,人均 4.2 万元,继续保持上海市郊的领先地位。

(原载《东方城乡报》1998 年 1 月 24 日)

去年嘉定经济发展居市郊之首

最近五年来,嘉定区经济发展居于沪郊领先地位。全区的国内生产总值,1997年比1992年翻了两番,人均已达3 170美元。

去年,嘉定区国内生产总值完成125.1亿元,人均达到2.6万元,相当于3 170美元,工业总产值完成396.1亿元,比1992年增长3.6倍;外贸产品解交额完成90亿元,比1992年增长5.3倍。产业结构调整取得明显成效。非公有制经济异军突起,已成重要的经济增长点。五年批准外资项目901个,协议外资22.2亿美元。全区非公有经济的实收资本已占全区六成半以上,工业产值占全区七成以上,出口创汇占全区八成以上,成了全区再就业的重要渠道。嘉定工业生产的经济效益也逐步提高,1997年全区工业利润达16.5亿元,比1992年增长1倍。全区财政总收入15.9亿元,比1992年增长4.4倍。

在最近举行的中共嘉定区第二次代表大会上,嘉定区已提出到2000年,"全区国内生产总值将达240亿元,人均4.2万元,继续保持上海市郊的领先地位"。到那时,国内生产总值比1997年增长80%,人均增长60%。

(原载《上海经济报》1998年2月6日)

动 力 之 源

——记上海三樱包装材料有限公司的员工培训

暮春,一个星期天。

有位已近不惑之年的学者,时而捏着彩色的白板笔洋洋洒洒地在白板上挥写教学提纲,时而操作幻灯机娓娓讲解,时而又组织学员联系企业实际讨论教学内容。

56名学员分成八个小组分坐在银灰色的长方形桌子旁,聚精会神地领会这位学者所述的《工作改善与品质管理》的内涵。

这位学者,是来自台湾的大学教授、台湾谊威管理顾问公司的李汉雄博士。他是应邀来沪向上海三樱包装材料有限公司课长、部门经理和正副总经理讲学的。

那天足有七个小时的教学活动,倍受学员称道:李教授讲的课,观点超前、实用性强,对强化公司管理很有用处。这在一定的意义上体现了公司领导在教室里标出"知识就是力量"那句名言的真意。

上海三樱包装材料有限公司坐落在嘉定区封浜镇曹安路边。它是由台湾地区台中市三樱集团在大陆投资创办的。聘请学者教授来三樱公司向中高层管理人员上课,这是第九次了。在这之前,每月举行一次。三樱的这一教学活动起于1997年8月。几乎在同一时间,他们开始了对全体员工的有系统的培训。

有件事总经理陈子荣一直牵挂在心。

1997年夏,一家企业的业务员看了三樱公司的食品包装卷膜,本想预订,但一看三樱车间凌乱无序,故没有签订购货合同。

此情此景,使这位当年的日本近畿大学毕业生、三樱公司新任总经理痛下决心:立即对全体员工进行有计划的系统化培训,以员工的在职教育为抓手,通过提高员工素质,来重塑企业形象。

这一工作,由新设立的企业策划室主管,整个公司的员工培训分为中高层管理人员和生产第一线工人两个层次进行。企划室对于中高层管理人员、基层干部、一线工人、新进员工和业务员分别制定了专门的教育计划。对于管理人员,主要提高业务管理能力,开拓提高产品质量、占领市场的道路。他们先后聘请中国纺织大学企业管理系教授和来自台湾的教授、博士讲解了《主要的角色与功能》《沟通与人际关系》《工作教导与部属培育》《行为激励理论与员工士气提高》和《品质管制有效实施方法》。对于一线工人的培训,侧重增强敬业精神,提高文化程度和技术素质,达到公司标准化管理的目的。这类培训班已办了10多期。

经过几个月系统化的全员培训和公司各部门的大力整顿,三樱公司的面貌焕然一新。园内花儿盛开,芳草青青,风景如画。车间和办公室物品整齐,空气清新,没有灰尘。美国马克安地公司工程师对三樱公司倍加赞赏:"我们到过世界上的许多工厂,像你们那样的整洁,还是第一次看到。"日本客人踏进了三樱的车间,在机器下面摸不到灰尘,钦佩此间的管理水准之高。

诚然,这一优美的环境,都是由三樱的全体员工创造的。那里的300多名员工仪表大方,遵纪守法。各生产单位实行全员产品质量管理,使产品质量很快得到提高。仅以制袋为例,不良率从7%下降到2.5%。各种产品的不良率由1997年初的20%下降到

现在的8%左右,低于总公司的规定指标。

  崭新的企业形象,吸引着众多的客商。本文前述的那位不愿向三樱购货的业务员,1997年12月得悉三樱明显改观,便再次赶来实地考察,当天同总经理陈子荣签订合同,购买500卷食品包装卷膜,以后每次签订1 000卷,共已购去3 500卷,计140万元,成为三楼公司的客户。如今,三樱公司生产的复合积层软膜、铝箔膜及聚丙烯等的九类产品,以其技术水准过硬而悄悄地抢占市场,除销售上海、广东、北京、天津、福建、四川、浙江、广西、内蒙古等20多个省市自治区外,还远销新加坡、法国、西班牙、比利时等国,深得各知名大型厂商的肯定。经过全体员工近一年的努力,公司1997年的营业额比1996年增长80%,今年1—4月营业额全面完成了预定指标,比上年同期增长50%。

  值此知识经济时代悄然到来之际,人们不禁醒悟:三樱公司实践着我国近代教育先驱黄炎培先生"办职业教育,不但着重职业知能,而且还要养成他们适于这种生活的习惯"的教育思想。正是这样的员工培训,才不失为三樱占领市场的动力之源。

(原载《联合时报》1998年6月13日。系施心超、史婉平合作)

制订目标　落实责任　全民动手

嘉定区内河道河岸净河面清

群众形象地称赞说：一周一个样，三周大变样，河水见太阳

借此世界环境日之际，从嘉定区传来好消息，该区经过上下努力、全民动手，第一阶段河道整治初见成效。共投入劳力2.3万个工日，整治河道1970条（段），长158.1公里，清除河坡垃圾41191吨，水花生1337.4公顷。基本做到了河岸净、河面清。群众形象地称赞说：一周一个样，三周大变样，河水见太阳。

统一思想，加强领导。去年，嘉定区四套班子领导分别视察了本区的水环境情况，大家感到，整治河道直接关系全区人民生活质量、投资环境，关系抗灾能力乃至经济和社会生活的可持续发展。今年，区人代会确定把嘉定建成花园式的城市，并建立了以区长王荣华为组长，分管水利、卫生和建设的三位副区长为副组长，有关职能部门负责人参与的河道整治领导小组，区长和分管副区长先后召开了两次会议作专题研究。各镇也相应建立组织，号召群众齐心协力一起干。目前全区参与河道整治的家庭达80%以上，各镇（街道）领导带头参加义务劳动，团区委组织的青年突击队和区妇联组织的"星期六家庭志愿者"都争相投身河道整治。5月27日，由周丽玲、沈永泉、花以友三位副区长带队，分三路对全区第一轮河道整治情况进行了检查。区人大、政协的领导也参加了这次活动。

精心组织,标本兼治。按照区里的安排,安亭镇率先进行河道整治的试点,并在区人大会议上把此事列为1998年的实事工程。4月14日,区政府在安亭镇召开了河道整治现场会,既推广了安亭整治河道的经验,又提出了全区整治河道的总体目标和1998年的任务。要求从4月份到年底分五个阶段切实实施1998年的目标,做到全面清除河道水面飘浮物、水生植物及两岸垃圾,镇村河道完成200万立方米淤泥的清除任务;完成一条区级河道的整治、疏浚;在嘉定中心城区实施一段城河的样板段建设,完成沿河石驳、绿化建设和河道疏浚等。然后,再花3—5年时间,把全区河道轮流疏浚一遍,落实河道责任制,实现全区河道"底深、面清、岸净"的目标。同时,区政府又层层落实了责任制,加强了考核力度。

落实责任,形式多样。区政府按照整治目标任务,层层落实有关责任单位,如镇村河道整治、区级河道整治和城河样板段建设分别由区农委、水利局、环保局、建委、市政环卫局和各镇政府负责;同时,各镇村河道整治任务也分解到村及有关单位。在实施中,有以生产队长、放水员等组成专业队伍整治的,有以企事业单位职工、村民组成的群众性队伍整治的,也有部分经济实力较强的村将整治任务承包给外来人员的。戬浜、封浜等镇实行短期突击与长效管理相结合,在每个村设立一名清洁员,建造了数百个垃圾箱(房)。

依法治水,长效管理。为了巩固和发展第一阶段河道整治的成果,该区正以宣传贯彻《中华人民共和国防洪法》《上海市河道管理条例》等水事法律法规为契机,落实依法治水和河道长效管理措施,切实做到标本兼治,堵住污染源。安亭镇明确了镇村河道的管理权限:镇级河道由镇政府出资并委托镇排灌站实施管理,村级河道由其流经的各行政村出资,委托排灌站负责管理。该镇在各村建立了垃圾站。全镇共建垃圾房239间,设垃圾箱1100只,垃圾桶456只,新建厕所2座。有一支154人组成的专职清扫队伍上岗尽职。为了切实实施上述水事法律法规,嘉定区在建成墅沟水闸之后,投资1400多万元的盐铁河水闸也即将上马,还将疏通同宝山区相接的祁连河,为配合苏州河整治在嘉定区河段建立的7座水闸已陆续动工。

(原载《东方城乡报》1998年6月13日。系施心超、罗勇伟、闵抗合作)

完善健全优抚特殊保障机制

嘉定区对优抚对象实行五保障

嘉定区新成街道木勺口居委党支部书记邵玉新、主任潘秋英、副主任张梅华,日前向本居委内七户烈军属和退伍军人,每户赠送100斤西瓜。

嘉定区现有革命烈士直系亲属、因公牺牲军人直系亲属、病故军人直系亲属138户,伤残军人和在乡老复员军人802名。为了做好这五类特殊对象的优抚工作,嘉定区委、区政府对他们实行五保障:

生活保障。嘉定区通过对在乡复员军人每年按原工资10%左右提高退休退养待遇,发放助耕费,年终进行一次性补助等办法,使享受定期抚恤和定期定量补助对象收入逐年提高。经济条件较差的朱家桥镇,1996年人均收入3 900元,但75名享受定期抚恤和定期定量补助的对象中,年收入最高的达8 460元,最低的4 860元。

医疗保障。嘉定区通过合作医疗报销40%,镇、村或企业报销45%,个人自理15%的办法,解决不享受公费医疗的优抚对象的医疗费用。两年来,全区共为优抚对象报销了195万元医药费。

经费保障。全区筹集镇级拥军优属保障金572万元,已为1 250多人(次)优抚对象用去381万元。

政策保障。保障优抚对象职工在同等条件下,享有优先上岗的权利。两年来,受政策照顾不下岗、优先培训先上岗和安排其他企业的合计有166人。

服务保障。1996年开始,嘉定区发动机关、学校、村(居)委、企业单位与优抚对象结对包户服务。全区还积极扶持优抚对象发展生产。两年来,有2 100人(次)为513户烈军属收种农作物1 130亩,发放助耕费18万元。南翔镇扶持12名优抚对象种植香菇、饲养家禽家畜,每户全年增收8 000元以上。

(原载《东方城乡报》1998年7月27日。系施心超、谢志音、张锦良合作)

再现辉煌

——嘉定区徐行镇范桥村艰苦创业的事迹

嘉定区徐行镇范桥村位于嘉定镇东部,嘉罗公路北侧,中科院上海原子核研究所就在它的境内。

新中国成立后,这个村的农业经济曾一度闻名沪上。1958年10月23日,刘少奇同志视察了当地的徐行人民公社,现今范桥村所在的大队。之后,陈丕显同志也曾去该地调查,和农民一起进餐。

改革开放以来,范桥村党支部、村委会把工作重心转向经济,把兴办村级工业企业作为本村经济迅速发展,农民奔向小康的关键所在。70年代和80年代交替之际,这个村只有草织、修船、缝纫、农机修理、运输和小五金加工之类的小组,当时的总资产只有15万元。然而时至今日,范桥村有村办企业11家,其中外资企业1家,联营企业5家。村办企业总资产2 197.4万元,净资产993.4万元,其中村级资产882.9万元,全年获净利润151万元,全村既无内债,又无外债,企业无一职工下岗。自1984年以来,范桥村连续被评为嘉定区文明单位,1996年被评为区五好党支部,1997年被镇评为星级基层党组织,各条线工作也多次分别被评为区、镇先进集体,现正在创建文明示范村。

不吃毛笋要吃人参

80年代后期,范桥村的企业发展到8家,企业越办越多,村干部的压力却越来越大,往往为产值、利润指标、企业管理、职工和企业干部的分配而伤透脑筋。尤其是联营企业,工农方双重领导,工方管产量、质量,农方管产值、利润,往往为细节问题纠缠不清。有家联营企业1988年账面利润曾达到63万元,可是到年终,村里只分到利润5万多元,真正成了乡下人吃毛笋——壳多肉少。为此,村党支部、村民委员会认真商量,分析利害关系,会同工方领导反复磋商,最后达成协议,联营企业由工方实行利润单向承包,每年定额向村里缴纳净利润。企业的主要领导由工方委派,企业的经营管理,人、财、物由工方委派的厂长全权负责,村干部负责帮助协调好地方上的事务,不干涉企业内部的经营管理,因而大大调动了工方的积极性,密切了工农双方的合作关系。

1993年底,村分别对3个微利薄利企业进行转制,采用了流动资产有偿转让,固定资产租赁的形式,彻底打破了大锅饭,放手让承包人自己寻饭吃。同时,消除了集体企业的弊病——厂长在位时像铁桶,厂长一走便成为大漏洞。通过转制,确保村的投资收益,避免了投资风险,调动了承包人的积极性,承包人收入和职工分配都有提高,村的集体收益得到保障。从1996年起,每年村里在集体工业净收益达到150多万元,印证了张守忠同志"不吃毛笋吃人参"的观点,这是一个具有超前意识的、行之有效的正确思路。

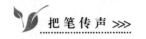
把笔传声

借鸡生蛋生财有道

开办任何一个企业,都需要一笔数额不小的投资。范桥村自有资金原本不足,然而企业还是一个又一个地矗立了起来。他们靠的是什么?除了靠雷厉风行的工作作风外,还采用借鸡生蛋的谋略,依靠外部力量的支持。

1988年底,上海长虹绣品三厂厂长来范桥村考察,准备筹建上海长虹绣品厂嘉定分厂,征用土地4.6亩,建造厂房1800平方米,总投资80万元,按协议规定,工方出资60%,农方出资40%,即农方需出资32万元,可惜范桥村工业企业刚起步,村自有资金不足。村里几位主要领导会同工方领导反复商量,最后决定由范桥负责贷款,工方给予担保,两年不分利润,以保证收回投资,还清贷款。

为了使分厂工程早日上马、早日投产,村里几位主要领导全力以赴,从项目申请、土地审批、招标施工到贷款资金的到位、营业执照的审批等环环紧扣,切实办好,确保分厂于1989年10月份投产。到年底,分厂创利25.5万元,次年创利62.9万元。从建厂到投产的两年中,分厂收回投资,还清贷款。1991年分厂创利65.2万元,借来的一只"鸡"顺利产"蛋",为范桥村的经济发展,闯出了一条新路。

1994年,因建造杨浦大桥需要搬迁部分工厂,杨浦区集管局领导及上海佳丽针织印花厂厂长来范桥考察,准备征用土地建造上海佳丽针织印花厂厂房,第一期工程征用土地28亩,建造厂房7000平方米,总投资500多万元,按协议规定,农方出资100万元和28亩土地作投资。经双方协商,工方考虑到农方资金不足的实际困难,垫支农方100万元投资,联营厂三年不给农方分利,第四年(即1997年)起联营厂每年定额交给农方净利35万元,工农双方通力协作,分厂当年顺利建成。

借鸡生蛋,成了范桥村的生财之道。

注重投入农业丰收

范桥村的领导始终把农业生产作为首要的大事来抓。村建立了农机服务队,健全农业服务体系,每年投资10多万元添置农业机械,增添农业基础设施。现今农机服务队拥有大拖拉机10台、联合收割机8台、浅耕机8台以及配套的水田耙、开沟机等农业机械。还有大机口4口、地下渠道6公里、地下暗管350亩,保证了农作物的及时收种。多年来,该村都取得水稻亩产超千斤,小麦亩产超600斤的好收成。

1991年范桥村对全村土地作了一次调整,村民除分足6分口粮田、0.2分自留地外,其余土地由村的粮食合作农场统一管理,承包给种田能手。同时开发葡萄、茭白、藕、西瓜的种植和虾、蟹的养殖,提高农田的产出和经济效益,全村土地没有一分抛荒。

范桥村的干部对农业的重视,不是挂在嘴上,而是付诸行动。每逢农忙季节,村干部都参加劳动,张守忠坐镇农机服务队全面指挥调度,抽调四名年轻干部驾驶手扶拖拉机顶班下田收割、犁田,同其他拖拉机手一起,冒着烈日高温,并肩作战,为争时间、抢季节一直坚持到收种任务的全面完成。

乐为村民多办实事

范桥村的干部想群众所想,急群众所急,量力而行,突出重点

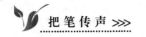

地为村民办好事。

村里投入大量资金,为全村825户家庭装上自来水,90%的农户用上液化气,烧饭炒菜不用柴;电话普及率达到85%,通信联络不出门;建造无害化粪池746个,消灭了朝天粪缸;办好村合作医疗卫生室,治疗小病不出村;翻建老年活动室,让老人有自己的活动场所;扶贫帮困,为群众排忧解难。

1998年初,村里投资60万元,调换全部低压线路,新增农用变压器6只,将全村所有的电力线全部翻新重架,民用照明线路全部用专线送到每家每户,电表统一标准,规范安装。

今年6月,村里决定将从村民委员会到各村民小组的农机路,全部浇筑成白色水泥路,全长4 600米,主要干道宽2.5米,总投资90万元,经3个工程队的艰苦奋战,到8月底全部完工。近日已开始验收。

范桥村的第三产业也快速发展,村民自发办起了多家建筑装潢、饮食服务、修理和杂货之类的店铺,有的还进城办起了商店、饭店、酒家、歌舞厅。目前,全村拥有私人汽车40余辆,有120多户在嘉定镇买了住房,部分村民的家庭净资产超过百万元,约有近百户买了VCD、摩托车、空调、微波炉已不足为奇,有一户竟以聂耳牌钢琴作为女儿的嫁妆。

保持党的优良作风

现任村党支部书记、村民委员会主任兼上海万荣实业有限公司董事长和总经理的张守忠,是一位有着丰富经验的农村干部。他从1954年起先后担任农业合作社会计、大队长等职,1973年起任村(当时称大队)党支部书记,在支部书记的岗位上,连续奋斗了

26个春秋。他和党支部一班同志始终保持着艰苦奋斗的作风,范桥村党支部和村民委员会的领导成员,多年来始终保持党的廉洁勤政、艰苦奋斗和密切联系群众的优良传统。

范桥村党支部和村民委员会的办公室,简陋而陈旧。这是一幢三上三下建于1976年的旧楼房,外墙白色的石灰早已泛褐,屋顶上青瓦间偶见青草在摇曳,楼上整洁的办公室里,六张木质办公桌拼凑成长方形的台子,两旁是一把把黄白相间的藤椅,在后窗南侧,站立着一个本色的旧书橱。这里的现代化设施,要算是放在屋角的一台春兰牌立式空调。办公室东隔壁是一间大的会议室,里面全是旧钢椅。然而,抬头看看四面的墙上,挂满了由区、镇等部门颁发的奖状和奖牌。不少到这里来的热心人,总要问:"为啥不像像样样造一幢办公楼?"主人爽快地讲:"我们的目标是先发展生产,再改善生活。房子旧一点不要紧,坐在这里办公我们安心。"

楼下,村的财务办公室里,洁白的墙上挂着一排玻璃镜框,那是"范桥村村务公开专栏",专栏内简单明了地公布了《村干部廉洁自律条例》《经济发展规划》《村办企业目标实现情况》《村财务收支表》等,接受群众监督。

范桥村领导对贫困的农民一直牵挂在心。30岁开外的张兴生身患尿毒症,换肾脏耗资巨大,区镇民政部门给予资助,村里支出8 000元,还为他建造了三间宽敞明亮的平房。当年参加过抗美援朝的邵其飞,自己年老多病,儿子低能,房屋年年失修,村里资助他造了三间平房。

党的光辉照耀着范桥人的心,干部群众的艰苦奋斗,赢得了范桥村今日的辉煌。

(原载《东方城乡报》1998年8月24日)

海外留学人员群飞嘉定

上海留学人员嘉定创业园区建立三年来迅速发展壮大,效应日见明显。目前已成为全国规模最大、留学人员回国创办企业最多的园区。

由上海市嘉定高科技园区和上海市回国留学人员服务中心共同创建的这个园区,到7月底留学人员创办的企业已达120家,注册资金有800多万美元。其中15家企业是今年来自美国、加拿大、日本、比利时和芬兰等国的留学人员创业的,投资额75万美元。另有10家企业正在申办之中。1991年毕业于美国史蒂文斯理工学院的博士生、在美国波士顿市任斯宾尼斯股份有限公司董事长兼总经理的李依群,今年带来了由他最新发明的领先世界的无源固态磁场传感器入驻嘉定园区,创办了仪表技术有限公司。他将在这里进行科研、中试和生产,填补国内空白,向国内销售产品。在波士顿市的两位留学生都以计算机网络技术的项目进入园区,目前正在办理审批手续。

进入嘉定高科技园区的企业,已有九家被认定为上海市高新技术企业。在留学人员企业的法定代表中有博士生30名、硕士生44名。专业分布于电子仪表、通信、计算机网络设计、新材料、生物医药、环保、CI设计以及金融投资等领域。在现有的留学生企业中,属于科技成果转化和研制开发高新科技产品的占30%,生产出口产品和国内需求产品的占20%,会计事务、设计事务、金融投资等咨询服务型企业占50%。

(原载《工商时报》1998年9月2日)

弘扬民族文化　陶冶爱国情操

嘉定区中小学推广京剧教育

嘉定区将在全区中小学中逐步推广京剧教育，并把它列为学校艺术教育的重要内容，以弘扬中华民族优秀文化，陶冶学生的爱国情操。

按照区政府领导意见，区教育局委托区教师进修学院日前举办了第一期京剧师资培训班，来自全区中小学的近50名音乐教师参加了学习。

学员们分别观看了反映中小学京剧教育的录像和当地的梅园京剧社、疁城中学学生的演唱，聆听了《怎样欣赏京剧艺术》《振兴京剧　从娃娃抓起》等讲座。

(原载《新民晚报》1998年9月8日)

超 越 甘 泉

——记嘉定区外冈自来水厂

在人类文明史上，人们从饮用河水到饮用井水是一个进步，饮用自来水是一大进步。自来水厂员工把向人民群众提供质地优良的水视为自身的天职，是更大的进步。

上海市嘉定区外冈自来水厂员工在尽其职责的过程中，所显示的崇高精神，则超出了甘泉本身所包含的价值。

夏日的一天，我驱车前往，采访了这家水厂。它位于市西北边陲的 204 国道东侧，邻近江苏省太仓市。

这是一家只有 25 名员工、占地近 15 亩的镇级水厂，1975 年创建，现今日供水能力 1.5 万多立方米，用户遍布 25 平方公里。

1997 年 7 月 24 日，亲临视察的副市长左焕琛，对这家水厂各方面的成绩深表赞赏，对它"能在原水条件较差的情况下，保持较高的水质合格率"尤为满意。

空间赖于营造

进入外冈自来水厂，我便被五彩缤纷的花园所吸引。在那小桥流水、鸟语花香的院子里，大红的月季、淡红的杜鹃、叶儿长长的紫玉兰、星星点点的桔子树都鲜花吐艳，松柏、黄杨、枇杷、桃树枝

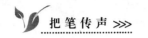

叶繁茂,碧绿的草坪铺满庭院。这里绿化面积达3 795平方米,合计5.75亩,占全厂总面积40.2%。主人告诉我,他们营造了美好的环境,给了百姓信任感,让员工产生了自豪感,从而迸发出提高水质,搞好服务的激情。

质地优良的水,源于水厂道道工序员工的辛勤劳作。这家厂把取水口建设列为首要的位置。在后花园的盐铁河西畔,有座南北向的弓形钢骨小桥,它有5.2米长、1米宽,上面装有铁栏杆。瞭望宽阔的河道一览无余。取水口外围,装有层层尼龙网,它和桥下一扇5米阔的网状铁门,有效地阻挡着水面杂物的入侵。

这个取水口,原先周围杂草丛生,高墙阻挡,管道进水,长期淤积,水流量小。厂里领导呈请镇长批准改造。他们投资10万元,施工月余,终于在1997年1月中旬,建成了这个兼具使用和观赏价值的取水口。两旁的墙壁上还工工整整地写着"水厂重地、两百米内严禁停车"的红色楷书。

我饶有兴趣地又观看了一道道工序。在进水泵房,我摸了摸上部栏杆不觉有尘,躺在地上的一根根粗大的泵管,所载杀菌的氯气、净化的明矾,溶解于水流入过滤池。我伫立池上石阶,凝神细望,双眸所及的,是那过滤的水不倦地从石英沙中冒起,满池的水,清澈见底。这就是滚滚流向千家万户的成品水。

走下铁扶梯,我俯身望去,正巧瞧见出厂水的总水表,上面标明:从今年1月7日到6月22日下午2时30分,总共供水142.55万立方米。据嘉定区卫生防疫站1998年5月25日发出的对该厂水质的检验报告称:细菌总数、大肠菌群、浊度、色度、余氯和肉眼可见物等7项指标,全部符合国家标准。

如此优质的水,出于员工规范细致的敬业精神。

在制水车间,我遇见了车间负责人李亦星、工人朱敏琴和卫生学校毕业的新工人包英姿。这个车间,共有八人,分四个班次,昼夜作业。她们凭借电脑和勤跑多看,控制水量变化。春雨绵绵的3月,原水混浊。当她们在澄清池里眼见水的浊度稍高,立即取样化验,相应加大净水剂用量,水遂转清。用她们的话说:"池里清爽得连引线(指缝衣的针)也能看得出。"

去年6月,水质检测发现自来水的含氯量,每毫升只有0.4,低于国家对夏季自来水含氯量应不低于0.5的规定。经逐一查测排污管子,系大量附属物留存、底阀受阻所致。厂里领导连忙组织行政人员和施工队共七八人,跳下水池整夜劳作,把底阀杂物捞得一干二净,疏通管子,水中的含氯量骤然恢复正常。

在这家水厂,我忽然发觉那幢三层高的办公楼里没有厕所。道理何在?那是水厂设计建造这幢楼房时领导决定的。这楼紧靠水库,为避免粪便水的渗透流入,故将厕所建于远离办公楼约有40米的西北角。此间,显露出水厂员工为制优质水所创造的优美空间而作的努力,可谓到了用心良苦的地步。

天职融于奋斗

在水厂的宣传栏下,我凝视的一张光荣榜上,是党支部公布的最近批准入党的两位预备党员的名单。加上去年11月入党的一位,在较短的时间里,吸收了三名新党员,这意味着外冈水厂员工精神面貌产生了质的飞跃。

怎样看待共产党员的理想和水厂员工的天职?副厂长管雪琴等新党员的回答是开门见山的:中国共产党是中国的执政党,她是为全国老百姓谋利益的,目标是建设中国特色的社会主义,最终实现共产主义;水厂员工的天职是向百姓提供优质的自来水,我们

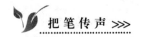

的理想和责任,不是体现在空谈之中,必须通过个人实实在在的奋斗来实现,简言之,水厂党员的理想和责任,是通过带领全体员工制造优质水的劳动来体现的。正如有的同志以其朴素的语言所说:"自来水关系到老百姓的生活和生产。老百姓要优质的水,我就要为百姓服务,碰到吃苦的事党员就要冲在前头。"

1997年秋天的某晚10点,风雨交加,雷声隆隆,外冈地区大树倾倒,水厂电源中断,一片漆黑,供水突然停止。龚丁虎接到告急电话,二话不说,即穿上雨衣准备出门。贤惠的妻子心疼地责备道:"这样大的雷雨,你出去太危险!"丁虎坚定地回答:"这个你没啥讲头的,这是我的职责。"他边说边推木兰车,握着摇摇晃晃的龙头,从北龚村南龚村民小组的家中赶到了相距三公里的水厂,娴熟地推上开关,接通电源,恢复供水。

我不禁问起,党员干部带领员工踏实苦干的事迹,水厂的同志异口同声地讲到今年春节前夕的一次抢修。

那天清早,雨雪不断,气温降到摄氏零度以下,嘉定区葛隆交通检查站警长王忠明和交警李兆畅驾着摩托车巡逻。在204国道和嘉(定)安(亭)公路的三叉口,他俩突然发现一辆装满活鸡的两吨货车翻倒在地,机油流满10米长的路面,路面上的水已结薄冰。据交警判断,这一事故的酿成同地下水管损坏有关,且有20多辆机动车停留,有碍车辆通行,何况当时正值春运高峰,怎能处理迟缓?交警赶紧电告水厂。不到五分钟,党支部书记兼厂长许德林和共产党员范文兴(办公室主任)等八人赶到现场。他们发现地下深处的一根总水管爆裂,水冒流不停。这根水管涉及外冈镇西、南两片7 000个居民和许多中外企业、党政机关、中小学校的生活生产,应迅速检修,但挖掘较大的路面需经公路管理部门同意,而且这三叉路口路面到底归谁所辖,尚不明确。这时,厂长果断下令,先在路面刨开一条小沟,让水从沟中流去,不使路面结冰,以保车辆行人安全,这个意见得到交警的支持。水厂员工随即手挥铁锹开掘水沟,引水外流,在漏水处打起红白讯号旗,以示警戒。翌日晨,征得公路主管部门同意,水厂领导和员工又冒着雨雪挖掘4平方米的路面,修复300毫米口径的水管,撒上三五吨黄砂石子,浇上10包水泥。那位警长倍加称赞:"水厂同志为民排难,责任心很强。"

在外冈镇街头,我遇见了一位西装革履的中年人。他告诉我,1997年12月的一个子夜,他起床一脚踏在地毯上,惊觉冰冷潮湿,连连惊呼:"哎呀,坏了!"他仔细查看,见到水正从楼上滴滴答答地流下,便急告水厂。远离工厂的施工队副队长唐道明接到厂部电话,立即骑了两用车赶赴现场,发现水管裂开,便把阀门关掉截断水流。唐道明告诉我,那晚这个楼上有9户人家漏水,当他回到家里已是早晨4点多钟了。那位中年人赞叹不已:"水厂员工心想群众,工作负责,精神可佳!"

上海振华轴承厂磷化车间的女主任滔滔不绝地给我讲述了水厂员工的事迹。她们车间位于外冈镇东市,承担着桑塔纳汽车轴承的磷化处理任务。由于厂内自产自来水杂质多,磷化的轴承表面色泽不一,产品无法出厂,今年3月初只得停产,幸好由外冈自来水厂员工突击一周铺设了一条新的自来水管道,将清水送……

(原载《中国供水节水报》1998年10月10日。文献不完整,故以省略号结尾)

花甲农妇说承包

白露前夕的9月2日,嘉定区封浜镇太平村朱家村民小组(原称生产队)的田野里,成片的水稻正在抽出嫩绿的穗子,青青的丝瓜依然挂满棚架。在菜田里劳动的人员中,有位耳戴金环、身材中等的老年妇女。她,便是王秀英。

我之所以要拜访她,不是要她追溯1936年出生之后,曾翻穿过日本人在她住宅旁筑起的铁丝网而贩米度日的苦难情景;不是让她诉说积极参与土改、分到1.7亩土地时的喜悦心情;也不是要她叙述从农业合作化时起,先后担任生产队长、政治队长、妇女队长以及加入共产党的经历,而是要她介绍1980年率领全队农民实行联产承包的景况,以及由此给朱家村民小组带来的变迁。

紧靠沪宁铁路、交通闭塞、土地分散的朱家村民小组,本是上海市郊区实行联产承包责任制的试点单位,又是"本郊区第一个全部作物联产到劳的生产队(见《解放日报》1981年6月23日头版头条消息)"。而我国改革是从农村开始的,农村的改革又始于联产承包。换言之,我心想借助朱家村民小组这个小小的社会组成单位,看看邓小平建设中国特色社会主义的理论对乡村的巨变所产生的影响。

屈指数来,朱家村民小组实行联产承包已经整整18年了。思维敏捷的王秀英对当时的情景历历在目。那是在1980年秋天,中共中央《关于进一步加强改善农业生产责任制的几个问题的通知》传达到了封浜。时任妇女队长的王秀英和队里的干部商量决定实行联产承包。但是有的农民顾虑"吃二遍苦",表示很不理解。然而大多数农民说:"像我们这样的地方,搞定额难受,分大组难统,干脆责任到劳,联产计酬吧!"于是从秋播开始,全队153亩耕地,按劳动力分成47股承包,同时定下各种作物的包干指标和超产减产的奖赔办法。农民的生产积极性为之大为提高。1981年,三麦、油菜产量和上半年农业收入都比上年同期明显增加。承包的所有农户和劳力全部超产得奖。当《解放日报》披露了这一消息,市郊等地领导和农民闻讯赶来参观,王秀英应邀去本社和市郊兄弟单位介绍经验,对农村经济体制改革起到了示范和推动作用。

"土地联产承包,确实是朱家农民摆脱贫困,走向富裕的幸福大道。"这是王秀英在其60多年的生活实践中得出的结论。承包18年,弹指一挥间,朱家小组沧海桑田。

提起变迁,王秀英展眉张口道:首要的变化是人们思想的飞跃。以前,由于受穷光荣思想的束缚,这里许多人不敢想富,不敢讲富,更不敢冒富。联产承包之后,这里形成了勤劳致富光荣的氛围,确立起广开门路求富的观念。因而实行了适度规模经营承包责任制。现今,这里除留作口粮田外,其余土地全部承包给专业户种植,故而财富明显增加。1997年这个组仅卖给国家的粮食达15.5万斤,比1980年增长86%,总收入为14万元,增长3.4倍。

我访问王秀英的时间,在上午九十点钟,正值万里无云,阳光普照大地。可是在朱家村民小组,我没见到一名身强力壮的中青年。这是什么缘故?王秀英说:这也是联产承包出现的好现象。原来,刚实行承包时,全组的49个劳动力全部在"104工厂"——种田,现今,60个劳力则全部进入镇村二级企业事业单位和外贸

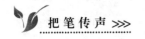

企业工作，好多人担任了厂长。这些外出的农民，主要在大忙季节回家突击参加农业劳动，平时种田的，就是以年老退休的农民为主。

那天，我是在当地广播电视站站长李明杰和播音员高玲娟陪同下，乘坐镇党委派的桑塔纳轿车，在平坦的水泥路上转了好几个弯弯才到达朱家村民小组的。一个村民小组，能有轿车直通，这显然蕴含着这个小组的农民生活质量的提高。王秀英乐哈哈地说："我们这条水泥路也是联产承包之后才筑起来的。"现在，这个村民小组里有的户买起奥拓牌轿车，有三分之一的户买起摩托车，有33户安装了电话，彩电、洗衣机户户都有。至于住房条件的改善更是喜出望外。1980年这里24户中只有4户建造楼房，现今36户，家家建了楼房，而且有19户迁入在南翔或封浜两个集镇所购的宽敞新楼。

从王秀英所介绍的朱家村民小组的变迁，我看清了他们富裕的源头，在于实行了土地联产承包。这正是嘉定乃至上海农村实现小康的缩影。在以江泽民同志为核心的党中央领导下，我们上海市郊必将建设成为具有中国特色、时代特征、上海特点的城乡一体的都市型社会主义新农村。值此秋分前夕，我不禁想起刘禹锡《秋词》"自古逢秋悲寂寥，我言秋日胜春朝"的意义了。

（原载《东方城乡报》1998年11月27日）

嘉定基层民主建设有声有色

嘉定区把村民自治与村务公开活动结合起来,有力地促进了农基层的民主建设和两个文明建设。

拥有48万人口的嘉定区,农村人口占60%,加强农业和农村工作始终是各级的重要任务。该区从1991年开始以"民主选举、民主决策、民主管理、民主监督"为主要内容,在农村基层开展创建村民自治示范村、示范镇和达标村、达标镇活动。这些活动与村务公开结合起来,层层制定基层民主管理的配套办法。迄今,全区已制订村民代表会议制度实施办法和村务公开制度实施办法。镇(街道)制订相应的实施细则,已有19个单位制定村民代表会议制度实施细则,17个单位制定村务公开制度实施细则。许多村在镇(街道)指导下,通过村民代表会议制定了自己的实施细则,且由村民代表会议监督,逐条执行。

村务公开,民主管理工作,在嘉定农村基层开展得生动活泼,有声有色。全区已全面坚持依法民主选举村民委员会干部制度。1996年村委会换届选举时,村委会候选人基本上都由10人以上村民联名推荐,由村换届选举小组民主确定。全面建立村民会议和村民代表会议制度。村民代表基本上都由村民小组会议民主推选产生。全民实行村务公开制度,各村普遍建立村务公开栏,公布村委会三年任期目标、村财务收支情况、干部的劳动报酬和村民普

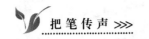

遍关心的热点问题等。村委会还向村民会议及村民代表会议报告工作。部分村通过有线广播和印发书面材料发送到户,让所有村民了解村务。全面制定村规民约,不少镇通过村民代表会议制定上符合政府法律和法规,下适应村情民俗,既管村民、又管村干部的村民自治章程,印发各户,共同遵守。

嘉定区深化村民自治活动,使广大干部群众增强了民主意识,民主管理逐渐成为基层的自觉行动。村民从村委会做的工作报告和公开的村务中得知干部长年付出了辛勤劳动,大家心里明白,干部得到了清白,大家提高了群众对干部的信任度。目前,全区17个镇中已有4个镇创建成村民自治示范镇,有10个镇也通过达标镇验收,247个村有17个村被评为示范村,233个村被评为达标村。

(原载《东方城乡报》1998年12月2日)

顾维钧遗物捐赠嘉定

我国近代著名外交家顾维钧的遗物捐赠仪式，近日在其故乡上海市嘉定区法华塔院翥云厅举行。

顾维钧(1888—1985)，服务中国及国际外交界55年，曾参与创立国际联盟和联合国。担任过国民党政府外交部长、驻英大使、驻美大使。

顾维钧家属代表、美国通用汽车公司副总裁杨雪芝女士专程前来参加仪式，并代表顾夫人严幼韵向嘉定博物馆捐赠陆续从美国送来的顾维钧遗物195件，包括顾维钧半个多世纪以来从事外交活动的大量照片、生前用过的实物、手迹墨宝、录音带，还有1945年联合国成立声明(中文复印件)和联合国旧金山会议纪念法槌等。

(原载《人民日报(华东版)》1998年12月21日)

冬 泳 香 江

——上海离休干部王公林参赛记

去年12月6日上午10时许,在香江蓝色的水面上,参加香港冬泳总会举办的'98香港冬泳锦标赛你追我赶的健儿中,有一位头戴黄白相间帽子的9204号运动员正在劈浪前进,他以20分钟的时间,完成了自由泳800米的游程。这位参赛者就是年已68岁的上海大学嘉定校区离休干部王公林,他是嘉定冬泳队唯一的参赛人。

1997年香港回归祖国时,他书写了"百年国耻今朝一扫光,冬泳健儿向往游香江"的条幅。1998年10月,他得悉香港冬泳总会向上海市冬泳队发出邀请运动员赴港参赛的信函,便觉得这是一个难得的机会,故而自掏经费,用了一个月的时间申办了赴港的通行证,把上海市嘉定冬泳队的队旗插到了香江畔的黄金海岸泳滩。参加这次比赛的,有来自全国各地的1 000多名运动员,年老的86岁,年幼的只10岁,体现了奥林匹克运动的参与精神。前10名获奖,王公林得了"泳毕全程证书"。

(原载《联合时报》1999年1月29日)

嘉定壮大村级经济

利润在全区工业中占半壁江山

近年来，上海市嘉定区村级经济发展速度一直高于镇区两级经济的发展速度。1998年，全区村级经济增加20%，其产值占全区总数近四成，利润超半数。

据统计，1998年嘉定区完成工业总产值（1990年不变价）476.4亿元，其中村级工业产值占36%；其利润在全区工业利润中的比重，也由1995年的33%上升到51.6%。

为了大力发展村级经济，嘉定区委和区政府于1995年8月就出台了《关于进一步搞好村级组织建设的若干意见》，把发展经济、带领农民致富列为村建工作的中心任务，从而使村级经济迅速发展。至1997年，该区内企业营业收入2亿元以上的村达12个，又比上年增加。

嘉定区还把发展三资企业视作发展全区村级经济的重要抓手。马陆镇邓桥村的三荣电器有限公司出口额达5.4亿元，名列全区出口大户之首。此外，嘉定区委、区政府还大力改善经济欠发达村的面貌，从而使全区工业利润不满20万元的村由5年前的24个，降为1个。安亭镇火炬村、朱家桥镇白墙村等原先欠发达的村，如今一跃成为利润超百万元村。

（原载《人民日报（华东版）》1999年2月8日）

月 是 故 乡 明

——顾菊珍谈慈父二三事

　　1月29日,是我国近代著名外交家顾维钧先生诞辰日,今年年初在嘉定新落成的法华塔塔院内,隆重举行了"顾维钧生平陈列"开幕仪式。顾先生的女儿顾菊珍和顾先生的长孙、外孙、外孙女等多人专程从美国赶来参加开幕式。

　　在塔院古色古香的羲云厅里,我拜访了顾菊珍女士。她身穿黑色大衣,动作敏捷,透过架于鼻上的眼镜,只见她的双眸炯炯有神,怎能看出她已是八十开外的年纪呢?

　　顾菊珍女士的慈父顾维钧祖籍嘉定,自1912年入北京政府任职接触外交事务,至1967年以海牙国际法院副院长身份退休,从事中国及国际外交工作55年。他曾出席巴黎和会和旧金山会议,参与创立国际联盟和联合国。他的外交生涯,始终以维护国家利益与民族尊严为主旨。

　　顾菊珍兴奋地说:"来到美丽的嘉定,我非常高兴。如果我父亲能来的话,太开心了!"顾菊珍女士的这句话,道明了顾大使生前对故乡的思念之情。

　　有一次,一个亲戚赴美探访顾先生时提到嘉定,顾先生提笔画了嘉定地图。先画古塔,再画东西大街,写明孔庙、西门的位置,指着地图说"我的家便在西门"。他还说,他真想再尝尝故乡的塌棵菜和罗汉菜！那时老人年已97岁了，但是还能背诵唐诗。他握着毛笔为嘉定博物馆写了杜甫《月夜忆舍弟》中的名句："露从今夜白，月是故乡明"。

1985年11月美国时间14日深夜11时，顾先生在他纽约寓所仙逝之后，顾菊珍和她的丈夫钱家骐先生即赴欧美收集顾先生的照片资料，1986年1月，顾女士将其在美国制作的布满17块版面的顾先生生平照片在北京、天津、上海展出，旋即捐赠给嘉定博物馆展览。今年1月29日，顾女士在嘉定主持了由中国文史出版社出版的《顾维钧传》的首发式。当天，顾女士手持永生牌记号笔，在被人誉为"堪称世界一流的名人纪念馆"——《顾维钧生平陈列》的留言簿上，挥洒言辞："这个陈列丰富美丽，非但纪念了父亲50余年外交生涯，而且给后代留下一段中国的外交史，记载我国由半殖民地的时代到今天是一个富强的独立自主的大国。我代表我们家属向祖国和有关单位表示感谢。"

（原载《新民晚报（美国版）》1999年5月26日）

以农民的疾苦为忧

"我们应该把整个身心放在共产主义事业上,以人民的疾苦为忧,以世界的前途为念。"1963年4月24日,时任嘉定县马陆财贸党总支书记的杨宝兴接待了前去视察农村工作的周恩来总理。今天,杨宝兴对周总理当年留下的这一格言,仍倍感亲切。他深深怀念周总理,以关怀乡亲们文化生活为契机,以丰富农民的精神生活为己任,使退休生活充实,体现晚年人生的价值。

1999年5月24日下午,我们沐浴着初夏普照的阳光,拜访了杨宝兴。

现年74岁的老杨,曾任马陆党委副书记,1988年1月在中共嘉定县委纪律检查委员会调研员岗位上退休。他体态魁梧,鬓发斑白,双目炯炯有神,思维动作敏捷。在其对人间沧桑的丰富阅历中,谈到农村日益丰富的物质生活喜在眉梢,目睹农村文化生活内容的相对贫乏双眉紧锁。因此,他从关心家乡农民的文化生活入手,为提高农民的文明程度不断努力。

杨宝兴的家住在戬浜镇张顾村南王村民组,与宝山区罗南镇仅一河相隔。这个组与王西村民组住在同一个宅上。全宅近百户人家,300多人。鉴于宅上没有一份日报,只有一份《广播电视报》,老杨多年自费为乡亲们订阅报刊。前两年,他每年支付近千元,超过他一个月728元的退休工资。1999年,在经济上得到镇党委支持下,他订阅了《解放日报》《报刊文摘》《人民画报》《上海画报》《现代农村》《中华老年报》《上海老年报》《华夏长寿》《大众医学》《健康文摘》等20多种报纸杂志。

订了报刊,要有地方陈列,供人阅读。他和老伴徐秀宝作了商酌,便把他家的一间28平方米的客堂间打扫得清清爽爽,还放上5张方桌、2张长桌、24只长凳,天天开放。在这间客堂里挂上了老杨和周总理的合影、江苏省淮安周恩来纪念馆的照片。老杨所订阅的报纸杂志,都整齐地排放在室内,还摆上棋类娱乐用品。为了便于人们进出,老杨花了88元买了22只瓦筒,老两口自己动手,填没了屋前的一条水沟,筑起平平整整的路。从此以后,这个文化活动室里男男女女、老老少少络绎不绝。一位老人家里无电视,每天到老杨的活动室看报。当他看到美国为首的北约炸我驻南使馆的消息,义愤填膺地说,只有增强国力,才能不受外国欺凌。有位退伍军人对《刘亚楼与中国空军》连载文章的剪贴爱不释手,仔细阅读。他说:"我当兵时,刘亚楼是空军司令,我对这位老首长是有感情的,这篇文章我当然喜欢看。"一位农民阅读了《周恩来与国民党将领》一文的剪贴,对周恩来的大无畏精神和机智的斗争艺术万分敬佩。另一位乡邻阅读报刊时,抄下了他们关心的医护知识,进行自我保健。

老杨经常听到乡亲们说:"现在镇上和村里的建设情况不大明白,外部的消息了解更少。"他心想,这同村里长期不开村民会有关。为了动员全体村民更好地以主人翁态度参加农村现代化建设,镇村干部应当及时向村民通报情况,这是丰富农民文化生活,提高农民素质的重要内容。他决定在自己的文化活动室里举办农村形势讲座。4月间的一个周末,他邀约宅上的乡亲聚集客堂,请村民委员会主任张家旺介绍全镇和全村的形势。原来估计二三十人参加,开会时间不超过一小时,结果来了62人,实际开了两个小时。最大的一位已88岁,坐在太师椅上凝神聆听。全场鸦雀无声,无一中途退出。当村委主任逐一讲解本村近几年改变村容村貌的成绩以及下一步打算时,大家喜出望外,啧啧称赞:"张顾村有希望了!"

那天,旁听这一讲座的镇有关部门负责人都当场表示支持。镇党校常务副校长、文化站长主动讲解党的十一届三中全会以来20年间的我国形势,老龄委员会主任要讲老年人保护法,杨宝兴计划讲解医疗常识。

坚持上门服务,是老杨为解除乡亲文化疾苦而作的努力的一个特色。他居住的宅上,所订的报纸杂志和外来信件,原来邮递员只送到村民委员会,结果遗失不少。由于老杨主动请缨,宅上的报刊、信件汇款常送到他的家里,由老杨夫妇分送户上。有一天,他们收到十封信,其中有一封信的收信人老两口素不相识,到了晚上得悉是新婚的外来女时,便由老杨的爱人亲手送上门去。这个宅上八户订阅的《每周广播电视报》,则由老杨到四五里路外的镇政府拿取,代为分发。前年,老杨自费386元买了台血压计为乡亲量血压。有位13岁的安徽女孩,帮她父母推拖车时不慎大脚趾甲削落,脚后跟的肉削掉。老杨一得消息,便多次义务为她包扎,宣传医学常识,直到治愈。

"锦绣河山艳阳普照,祥和盛世捷报频传",贴在老杨家文化活动室大门上的这副对联,反映了经过老杨辛勤劳苦,南王和王西两个村民小组的文明新气象。有个76岁的乡邻,以前往往心情不畅,身体不舒。这几年,他几乎天天进老杨的文化活动室读书看报,着棋玩乐,不时听到老杨所讲的以健康为中心的长寿秘诀,终于渐渐醒悟。现在,他和家人和睦,心情愉快,血压正常。一位77

岁的老翁告诉我们,受老杨的启迪,他也陶醉于高雅艺术。他曾以狼毫毛笔抄写了苏轼的《后赤壁赋》,被戬浜镇评为书法一等奖,嘉定区评为三等奖。他也喜欢操琴弹奏。这几年,老杨喜爱种植花卉,送给乡邻人家。1988年,老杨家荣获戬浜镇"绿化家庭"称号。真谓:"春风一片呈宏图,老骥千里展远志。"这无疑是对杨宝兴忠实实践周总理格言的赞美。

(原载黑龙江《文明村镇建设》1999年9月)

嘉定百岁老人享受长寿助医待遇

上海市嘉定区年满100岁以上的老年人,全部享受长寿医疗优惠和每月领到100元生活补助的待遇。

嘉定区共47万余人,年满百岁的老人有7人。为了弘扬尊老敬老的优良传统,体现政府对百岁老人的关怀,这个区早在1993年10月起就由区政府决定在地方财政中拨款,对每位百岁老人每月补助生活费100元,迄今已支出5万余元。今年8月起,该区老龄委、卫生局和老年基金会对本区百岁老人实行长寿助医政策。现今,百岁老人都领到特制的医疗证,接受指定医院定期免费为他们所作的体检和巡诊,而且在指定医院就医免缴挂号费、诊疗费、检查费、注射费和住院费。他们的药费凭指定医院发票按原报销渠道报销,余额由区老年基金会承担。

(原载《中华老年报》1999年10月7日)

二十架钢琴奏响黄河大合唱

嘉定少年琴声颂祖国

10月1日嘉定区嘉定商城门口，出现了一支少年儿童钢琴队。

下午3时许，上海大学副教授陶维嘉开始有力地挥舞双手指挥，20位儿童用他们稚嫩灵巧的手指在崭新的施特劳斯钢琴上，奏响了气势磅礴的《黄河大合唱》和《长江之歌》，博得观众热烈掌声。

在筹备建国五十周年庆祝活动时，嘉定区委领导曾向陶教授提出要用琴声表达对祖国拳拳之心的殷切期望。他们的想法得到嘉定商城和上海钢琴销售有限公司的支持。于是通过钢琴5级到10级的20名品学兼优的学生组成了这支钢琴演奏队。同时委托上海音乐学院一位教授改编《黄河大合唱》和《长江之歌》的乐谱。

学生们在老师指导下为演出付出了艰辛的劳动。倪丸南是城中路小学四年级男生，只有9岁，是这支钢琴队中年龄最小的一位，当他得悉要参加国庆50周年钢琴演奏时，兴奋异常。他仅用一个星期就背出了乐谱，然而在弹八度音时，却因手指较短而不成，但他坚持刻苦琢磨，终于获得成功。实验中学初中二年级女生邵秋卿不久前参加了上海市钢琴10级考试，但她仍把这次演奏视

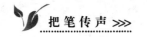

作提高自己综合素质的好机会,每晚在做学校的回家作业之前,弹奏一个半小时的钢琴,还多次和小伙伴合作练琴。真是"台上一分钟,台下千日功"。

(原载《东方城乡报》1999 年 10 月 11 日)

山 水 之 光

——记陆俨少艺术院

今年6月26日,是当代中国山水画的一代宗师陆俨少先生诞辰90周年之日,经上海嘉定区人民政府积极筹建,坐落于嘉定的陆俨少艺术院隆重开院。

和明代园林秋霞圃为邻的这个艺术院,花岗岩大门口所刻的"陆俨少艺术院"六个大字,是沙孟海先生所写的。

陆俨少(1909—1993),上海市嘉定南翔人。青年时饱览大江南北风光,中年流离颠沛,壮年蒙受冤屈,晚年奋发艺事,硕果累累,在当代山水画领域,独树一帜。他历任第六届和第七届全国人大代表、上海中国画院画师、浙江画院院长、浙江美术学院教授、中国美术家协会理事等职。

步入占地近六亩的艺术院,那回廊、修竹,那曲桥、碧池,那奇卉、异石,那1008平方米建筑的淡雅色调,构成了宜人的景色,令人甚感自然亲切。

园内一块高逾两米的太湖石,玲珑剔透,形似一高一矮两位老人在亲切交谈,此乃陆先生画坛挚友刘旦宅先生亲去陶都采购,并由刘先生亲自选定其坐落位置,并题写"两老峰"三字,刻于石上。

在艺术院主楼,二楼展厅入口处上方悬挂刘旦宅先生题写的"陆俨少书画藏品展"之匾额。这里的作品有的是陆先生生前捐赠

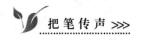

给艺术院的,也有开院前夕,陆氏家属遵照陆老遗愿捐赠的。站在陆先生那用笔精致、构思完美的巨幅山水画前,我们被陆派山水画的魅力所震撼。

从这里陈列的陆俨少先生不同时期创作的75件画作中,可窥见宗师的山水画"不善同能,但求独诣"的艺术特色。尤其是他创造的留白、墨块、钩云、划水等变化无穷、出神入化的云水画新程式,正如我国著名国画家邵洛羊所说:"俨少山水画,起步'四王',远汲宋元,近变明清,拙辣雄沉,得自中立,唏古;稠密醇丽,出乎巨然、山樵。严法度而不羁。"倘在展厅驻足细细品尝,似可领悟陆派山水画的发展轨迹。它在20世纪60年代前缜密端秀,灵气外溢;70年代起趋向朴厚拙辣,生气远出,妙造自然,真性袒露,天趣横生;90年代的作品显露他晚年走笔渐入无我之境。

在同一楼面上,以陆俨少自取的斋名命名的"晚晴轩"展厅里,于陆先生的古铜色头像旁,陈列着陆先生的《山水画刍议》《山水画课徒画稿》《用笔用墨述要》等著作,他的文房遗物及部分艺术活动图片、书札、手稿,海内外专家研究评论陆俨少的专著,还挂着陆先生与夫人朱燕因的合影,以及陆先生与胡厥文、荣毅仁、谢稚柳、宋文治等名人的合影。

(原载《人民日报(海外版)》1999年10月29日)

嘉定汽车客运中心日前启用

跻身于上海市汽车营运先进行列的嘉定汽车客运中心日前正式启用。它标志着嘉定的公路交通进入了与其经济发展和人民生活需要相适应的新阶段。

嘉定的公路建设始于1928年,至1948年境内仅有公路四条,总长度66.7公里。建国后,经过50年的建设,全区公路已有306条,总长度740公里。为适应新形势发展需要,由嘉定区人民政府牵头,上海市大众三汽有限公司、上海公共交通有限公司和上海公交控股公司合作投资的客运中心,占地58亩,造价3 000多万元,建筑面积8 865平方米,停车场地13 380平方米,绿地42 000平方米,可容纳223辆客车同时停留,主营业厅面积达1 550平方米,有八个售票窗,在十条旅客通道上均有电子显示屏。

目前,直达嘉定各镇、上海市中心及金山、杭州、昆山、苏州以及各周边地区的公交汽车线路有37条,每日人流量可达15 000人次。

(原载《东方城乡报》1999年11月3日)

古镇桃溪又一春

——嘉定区娄塘镇掠影

娄塘是嘉定区北部的重镇,它与江苏省太仓市为邻,地形纵长横窄。据旧志载,元代至正年间(1341—1368)形成集市,明代洪武二年(1369)辟市,永乐年间称镇,横沥河与娄塘河穿镇而过。古代河边桃树甚多,故娄塘曾获"桃溪"的雅号。

自古以来,娄塘人民创造了悠久的历史文化。斗转星移,时代在飞速地前进,娄塘也发生了翻天覆地的变化。正如镇党委书记席平阶所说,20世纪中叶,在中国共产党的领导下,毛泽东思想哺育着娄塘人民翻身当家做主人;近20年来,邓小平理论激励着全镇人民投身改革开放,逐步致富,以辉煌业绩刷新了娄塘的历史,焕发了娄塘的青春。

农民新特征

在嘉定北门外的泾河村民委员会,我们遇见了党支部书记郑亮。这位1950年建军节那天降生的带头人,语速较快,处事胸有成竹。他坦言告知,现今农民最大的特点,便是"市场经济意识强"。石家宅有位姓张的年近花甲的老农看到种菜收益高、人自由,便辞去村办厂的工作,回家种植1.5亩丝瓜,5月20日上市,11

月断市。由于搭准市场的脉搏，丝瓜具备青皮、绿肉、味美、清香的优点，惹人喜爱，结果卖得7 000余元，比面积相同的一般农户多收入七成半到一倍。而且在丝瓜田里种上苋菜、莴笋等蔬菜，全年收入达一万元。郑亮说，像老张那样从事农业劳动的，在全村850个劳力中占三分之一，其余都从事非农劳动。正因实行了劳力的大量转移，才在本村境内办起了13家企业，内有3家分别来自美、日和台湾地区，10家为私人的，形成了村里的工业基地，建造了别墅群，开发了房地产。如今这个村不仅还清了五年前的300多万元的债务，还有130万元的可支配资金。看来，按照市场经济的要求安排谋生手段，在全镇可谓比比皆是。

娄塘村，是个拥有10个小组、708户、2 056人的大村。可是据村老龄党支部书记朱慧琴介绍："全村农民无一种田，土地全部集中办了农场，由安徽、浙江来的种田能手承包。"主人屈指算来，全村751个劳动力中，在镇村企事业单位工作的379人，占50.47%；在区级企事业单位工作的178人，占23.70%；在嘉定、上海、北京等地自由谋生的119人，占15.85%；经商的75人，占10%。有位姓下的农妇，1984年从父母家带回6—7斤绿豆，夫妇俩学习发芽技术，从此做起绿豆芽买卖。因经营诚实，奉公守法，生意日益兴隆，后又兼售鸡脚、鸡翅、腰果等食品，现已造起崭新的楼房。

那天给我们开汽车的驾驶员叫张海琴，也是娄塘村农民。她爱人在镇装卸队做工，女儿上小学三年级。我们应邀走进了她的"公馆"，真是开了眼界。她家的两层楼住房，建筑面积280平方米，造房加装饰耗资25万元，底下的客厅有70平方米大，悬挂了3盏乳白色的吊灯，壁上张贴着大幅的山水画，厅堂里有立式空调、电话机和微波炉等设施……我们扶着银色克罗米楼梯栏杆登上二

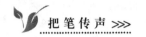

楼,见有两间房间,正房系主人所居,另一为女儿所宿,各有彩电。那几天,每逢夜晚,她和她的爱人围坐在电视机前,观看了江泽民出访欧洲和批判"法轮功"等新闻报道,又观看了刘晓庆的《逃之恋》的连续剧。谈及此事,海琴不禁喜笑颜开。

正是全村村民思想观念的转变和创造性的劳动,这个村先后被评为市级卫生村、区级文明村和五好党支部,他们的领头雁——党支部书记李文华荣获上海市劳动模范称号。

此情此景,令人思前想后感慨系之。20年市场经济的伟大实践,使娄塘农民的内涵发生了质的变化,呈现出新的本质特征。他们已成为市场的主体,不再仅为满足生存的需要而生产,而是作为一个商品生产者,为了满足别人的需求而生产。尽管土地仍是他们最基本的生产资料,但已不是唯一的谋生手段。他们有了离开土地、选择从事非农生产和就业发展的权利。他们拥有了离开出生地,离开户口所在地,从事经营或其他劳动的权利。他们的经营素质、政治文化素质和生活质量都大为提高。

华夏第一家

在娄塘西市梢嘉公路1111号,我们访问了中国唯一的专业铝热传输材料生产厂——格兰吉斯(上海)铝业有限公司。它是瑞士格兰吉斯集团在上海投资的最大合资企业。

据上海市科技产业化项目可行性研究报告称:"国内生产此项材料尚属空白。"上海市科委于1999年5月22日组织有关专家进行评审得出的相同意见称:这种材料"主要用于制作汽车空调、铝水箱、暖风等热交换材料。格兰吉斯(上海)铝业有限公司开发生产的这种多层复合材料,能满足采用真空钎焊和保护气氛钎焊工艺生产要求,技术含量高,材料的性能和质量达到了国际先进水平"。又据上海市科委通知,这个公司生产的汽车热交换器用热传输材料,已列入1999年上海市火炬计划项目。

公司董事长名叫史迪格·布雷默,年约60岁。从他的形象看上去,那花白的头发,高高额角下的那副很具风度的眼镜,白色衬衣外的黑色西装,显得精神而又精明。他所在的瑞典斯德哥尔摩的集团公司是欧洲三大铝厂之一,去年创净利5亿美元。娄塘格兰吉斯公司总经理姜荣生,本是娄塘申嘉实业公司总经理,是位50岁开外的工程师。他靠了海外朋友的介绍,令那位瑞典企业家欣然和申嘉实业公司合资办起"格兰吉斯"。总投资2 500万美元,瑞方出资70%,中方出资30%。建筑面积26 737平方米,绿地面积占总面积的26%。1999年7月开业那天,布雷默董事长受到上海市副市长蒋以任的亲切接见,随后他同瑞典驻沪总领事和中共嘉定区委书记潘志纯等一起参加了开业典礼。

试产四个月间,他们都按订单组织生产,产品达7 000吨。11月1日,和通用汽车配套的上海德尔福空调有限公司派车到格兰吉斯提取了6.7吨铝热传输材料,结果使用情况良好。格兰吉斯公司经过设备磨合期,进入了正常的生产阶段,计划年产1万吨。

从接待我们的朱绍芬小姐的介绍中得悉,格兰吉斯(上海)公司现有工作人员150人,管理人员占30%,大多来自上海市区,工人大多在本地招聘。为确保产品的高质量,他们引进了一批高级工程师、研究生以及从事过此项生产的专业人员。一般工人也达到中专水准。可见,技术力量是强的,而且,无论是现今的起步阶段还是以后的运作过程中,都会得到外方集团的下属公司——瑞典的芬斯蓬热传输材料公司和芬斯蓬铝业公司的支持,并将不受

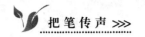

限制地应用他们多年积累的专业技术,迅速地提高自身产品质量和专业服务能力,以高质量的产品、崭新的技术、完善的服务昂首进入国内市场。这里,蕴含着娄塘潜在的广阔前景。

(原载《东方城乡报》1999年12月1日)

2000-2009

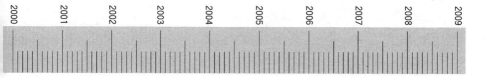

嘉定籍高层次学子遍及海内外

遍及海内外的嘉定籍高层次学子,日前纷纷投书嘉定区人事局,提供自己的简要资料。从4月10日开始的对外地嘉定籍高层次人才普查工作,旨在全面实施"科教兴区"战略,充分发挥外地嘉定籍专家在引才、引智等方面的独特优势,拓宽嘉定籍专家与家乡合作的领域和渠道。

嘉定历来人才荟萃,代不乏人。史上曾有状元3名,占全国114名状元的2.6%。前全国人大常委会副委员长胡厥文和现任国务院副总理钱其琛的故乡都是嘉定。如今,嘉定籍的高级人才遍布海内外。如有正在日本大阪攻读博士学位的,有在日本留学回国现正筹划创立电视电影公司的,有在北京中国中医研究院任副研究员的,有当年毕业于复旦大学新闻系、现任浙江某日报研究室主任的,有在云南一家冶金机械厂任厂长的,还有早年毕业于中华职业学校高级商科的高级会计师等。

(原载《东方城乡报》2000年4月26日)

沪苏八区市票友汇聚嘉定

4月23日,上海市和江苏省8个区市的300多位京剧票友,欢聚在上海大学嘉定校区报告厅,庆贺嘉定梅园京剧社成立十周年。嘉定区政协副主席、区文化局长沈云娟到会讲话祝贺。

梅园京剧社名誉社长、上海京剧名家李蔷华登台演唱《锁麟囊》《六月雪》。兄弟区、市的40多位票友演唱了《追韩信》《状元媒》《霸王别姬》《穆桂英挂帅》等精彩唱段。梅园京剧社演出了《蝶恋花》《沙家浜·智斗》《四郎探母·坐宫》等剧的选场。

(原载《联合时报》2000年5月5日)

身残志坚创辉煌

——记全国五届残运会五金得主韩云姑娘

在全国第五届残疾人运动会上，上海市代表团的韩云，在轮椅竞速项目中得了五枚金牌、一枚银牌，还荣获了"体育道德风尚奖"。在嘉定西门外的韩云家中，她接受了我的采访。这位21岁的姑娘向我展示了她在上海万体馆所得到的所有奖牌。

正如一位名人所说："荣誉，就是不懈的努力。"韩云姑娘的一枚枚金牌，意味着她付出了多么艰辛的劳动。从去年5月开始，这位从高三教室走出来的姑娘参加了上海市残联组织的整整一年的封闭式训练，不管风吹雨打，还是寒风刺骨、烈日炎炎，她从不间断。当她刚刚驾起轮椅训练的时候，浑身酸痛异常，双手的中指、无名指关节都受伤起泡，而且旧伤未愈，新伤又起，直到现在韩姑娘手指上的老茧还有半公分之厚。那时，她双手常会因抽筋而翻车跌倒在地。可是韩云说：跌跤不算苦，得不到金牌才是真正的苦；参加全国残运会机会难得，一定要咬紧牙关，练好本领。

今年2月23日，她和上海市参加第五届全国残运会的运动员、教练员一起，受到中国残疾人联合会领导的接见，倍受鼓舞，终于在第五届残运会上夺得五金一银的奖牌，创造了生命的奇迹。然而，当残运会落下帷幕的时候，这位身高1.6米的姑娘，体重从赛前的49公斤下降到47公斤。

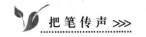把笔传声 >>>

　　韩云的成绩源于艰苦环境的熏陶。她出身于船民世家，4岁那年因发高烧以致左腿残疾。她勤劳的父母从安徽农村来到嘉定之后，长期在街头设摊以修鞋补包为生，生活贫困使她养成了奋斗不息的精神。韩姑娘在高三时，在全区读书活动中，以颂扬邓小平推动中国经济发展为主题的作文得了第一名。1999年5月，经上海市残联严格的层层选拔，她放弃了考大学的志愿，踏上了残疾人体育运动的大道。如今，她力争冲出国门，为国争光。

(原载《东方城乡报》2000年5月24日)

南翔重建古刹云翔寺

嘉定区南翔镇的梁代古刹云翔寺的重建工程日前举行了隆重的奠基典礼。

云翔寺,原名南翔寺,始建于梁代天监四年(505)。南翔建镇因寺得名。南翔镇决定重建的云翔寺占地14.97亩,设计建筑面积6 300平方米,兴建的大雄宝殿有1 000平方米,具有唐代风格,由香港一家公司设计。重建的云翔寺将是市内一座有较大影响的古刹,对重塑南翔历史文化名镇将产生积极影响。

(原载《东方城乡报》2000年5月31日)

嘉定推拿医生获国际发明金奖

嘉定区政协联谊会会员、嘉定镇义务推拿医生陈纪文,日前收到世界发明家国际协会颁发的国际发明金奖证书,肯定了他所发明的药物喷雾装置的价值。

陈纪文50年来以祖传医术义务为病人看病,在以传统的手法推拿和功能锻炼的基础上,创造了药物喷疗的工艺,有效率达90%以上。

(原载《东方城乡报》2000年5月31日)

创造岗位　控制流失　搞好服务

嘉定区积极落实市政府关于今年"净增10万个就业岗位"的实事项目,确保完成市下达的7000个就业岗位的目标。截至5月底,已净增就业岗位3 089个,占总任务的44.12%。

为创造就业岗位,嘉定区大力发展多种经济。全年通过招商引资发展私营、个体经济可净增就业岗位2 000个,结合国有、集体企业的改革、改制,扶持和发展股份制等非公有制经济,创造就业岗位1 000个,还通过发展服务业挖掘就业岗位,发展劳务、搞活用工等途径开发就业岗位4 000个。

控制就业岗位流失,是嘉定区开发就业岗位的重要举措。该区加强对外来劳动力管理,控制就业流失,使外来劳动力的使用和本地劳动力就业状况相适应;加强区镇劳动监督队伍建设,加大执法力度,控制就业岗位流失;加强开发本地人员劳务用工,促进就业岗位的回流。

嘉定区还努力搞好就业服务,优化资源配置,在区府的实事项目中,确定今年将建成区级劳动力市场和三个分市场。年内基本形成以区职业介绍所为中心,南翔、安亭、真新三个分所为依托,各镇劳动服务所为基础的全区职业介绍网络。还在年内完成职业技能培训3 000人次,其中中级以上600人次。同时抓住实施社会保障卡的契机,加快就业和保障管理服务网络现代

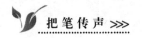

化进程,力争在全区建成一个以计算机网络为基础的社保服务网络。

(原载《东方城乡报》2000年6月21日)

在战火中洗礼

——访从南联盟归来的记者顾玉龙

8月下旬,时值初秋。中央电视台驻比利时布鲁塞尔记者站首席记者、在南联盟反击北约入侵战火中建树不朽功勋的顾玉龙,从南斯拉夫载誉回归阔别多年的故乡——上海市嘉定区华亭镇联三村第六村民组,探望他年逾古稀的父母和哥哥姐姐。我和我的老友闻讯赶去拜访。

在葡萄挂满枝头、一串红花儿盛开、楼房宽敞的庭园里,我们见到了这位由中宣部、人事部授予荣誉称号的"优秀新闻工作者"。

尽管多次在电视屏幕上看到了玉龙于南斯拉夫战场作现场报道的风采,但是站在我面前的他,更是一展他的英姿。

这位出生于1962年3月的记者,毕业于华亭中学高中,以嘉定区文科第一名考取复旦大学新闻系,1983年分到中央人民广播电台工作,后入中央电视台国际部,前往比利时。如今的玉龙,身高足有1.8米,高高的前额下双目炯炯有神,两脸方圆,胸肩宽阔,两唇阔厚,身穿浅蓝的T恤和深色的长裤。和我紧紧握手之间,更觉他姿态的英俊威武。

从朗布依埃到贝尔格莱德

"战争是残酷的,但从另一角度看,它能充分显示一个民族的

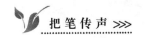

性格,还能锻造一个人的品格。"顾玉龙如是说。

对于南斯拉夫和北约之间科索沃争端的采访,他是2月6日开始的。那天在法国巴黎西南约70公里的朗布依埃为解决科索沃危机举行和谈。当时,他带的装备只是一台摄像机。他克服了设备、通信、交通等方面的困难,赶回巴黎,将谈判开始举行的新闻及时发回了北京,以后几天,又每天赶往朗布依埃捕捉动态,制作了新闻背景报道:朗布依埃——从战争走向和平的标志。

然而,2月18日清晨,玉龙接到来自北京的电话,中央电视台新闻中心主任孙玉胜告诉他:"科索沃看来局势有变,请火速前往南斯拉夫。"当日,他便告别了他的中央电视台驻布鲁塞尔记者站担任随任的爱妻刘艺斌,搭乘奥地利航空公司的客机,穿越了德、法、意等国的领空,飞往南斯拉夫。银燕在万米高空飞翔,他"紧盯着地面每一个发光点,生怕有导弹追来"。19日下午4点30分,终于飞临了规模很大却停机寥寥的贝尔格莱德机场。在机场,他受到中国国际广播电台驻南斯拉夫记者王智敏的接待。

战地的采访

3月24日晚上8时,北约对南联盟进行大规模空袭,南联盟宣布处于直接战争危险状态,全国军民奋起反击。作为一个和平居民的玉龙,深知自己处境的危险;作为中国中央电视台的记者,明白自己遇到了一个千载难逢的机会。当晚23时和翌晨4时,他根据战局的发展,作了两个电话报道,分别在中央电视台《早间新闻》和《午间30分》播放。

3月26日,玉龙和他的伙伴王晓琨前往南联盟国防部和总参谋部采访。在国防部,看到的都是全副武装的军警和整装待发的军车。尽管玉龙等两人千方百计想隐蔽起来拍一些镜头,但还是被士兵发现,并命令他们尽快离开这一军事要地,因为北约正在贝尔格莱德市附近轰炸,这里随时都有被炸的危险。离开国防部时,玉龙一步三回头,看到那些持枪挺立的士兵,心想他们也是血肉之躯,明知北约要来轰炸,但为了祖国的利益,他们没有后退半步。

在火车站,玉龙采访了一位即将奔赴前线的青年。那个年轻人说,他很心酸,因为敌人正在轰炸他的国家。他决心用生命去保卫自己的家园。他那英勇不屈的精神,深深地感染了玉龙。在现场报道中,玉龙几次哽咽,中途不得不停下来,以调整自己的情绪。

有天晚上,顾玉龙和新华社记者杨成明、中央电视台摄影记者王齐放住在贝尔格莱德有名的凯悦饭店。鉴于当时战况,三人商定,当晚不睡,至少穿了衣服上床。大约当地时间23点钟,玉龙推开窗口,只见轰炸隆隆,火光冲天。他连忙对同伴说:"(轰炸)开始了,快起来!"三人摸黑赶到饭店的喷水池边,顾不得旁边加油站的危险进行采访。那晚,满天星星,玉龙只得凭借天上星光的是否移动,判断什么是星星,什么是导弹。北京时间6点03分,他的手机接通了中央电视台,6点04分,现场报道了那个故事;7点钟,又发了一个新闻。

南斯拉夫局势的日趋紧张,顾玉龙的工作节奏与日加快。第一个月,一般每天凌晨1点睡觉,5点半起床。北约对南联盟空袭以后,他的精神始终处于高度兴奋状态,经常整夜睡不了两个小时。一有爆炸就起床观察,随时准备奔赴爆炸现场。终于在一个深夜被警察拘留9小时。幸亏台领导、外交部和我驻南使馆付出了巨大的努力,才得以解救。半个月之后的一个深夜,又被警察逮住,没收了战时记者证,受牵连的还有中央电视台刚到贝尔格莱德增援的记者王齐放和张大立。幸由南斯拉夫军队副总参谋长的

"特别关照",才免遭驱逐出境。但是这位将军说:"你知道那天晚上北约炸的是什么地方吗?那是我们的一个弹药库。你们擅自闯入了军事禁区,后果十分严重。不过我知道你这位电视记者工作得十分出色,我可以破例为你出面疏通,希望下不为例。"后来,南联盟外交部照会中国驻南使馆,对 CCTV 记者提出"严重警告"称:如果不是友好国家中国的记者,南联盟早就"把这三名记者驱逐出境了"。

火 线 入 党

战争真能塑造人的性格。目睹了南斯拉夫战争的惨烈,作为一个来自社会主义中国的电视记者顾玉龙,为有强大的祖国做后盾感到无比自豪和骄傲。他更坚信:没有共产党就没有新中国,只有中国共产党才能发展中国。他还感到,中国的今天,已经超过南斯拉夫繁荣的昨天,但南斯拉夫的今天还处在中国的前天——任人欺压,任人宰割。因此,玉龙拨通了北京的电话,向中央电视台国际新闻组长、共产党员孙平再次正式提出加入中国共产党的口头申请。他说:"贝尔格莱德局势吃紧,北约似乎准备炸平贝尔格莱德,我已后无退路,唯有坚守阵地,我希望党组织考虑我的入党申请,同时,在战火中考验我。"

无论是早已拉响的空袭警报,还是震得玻璃窗格格作响的隆隆轰炸声,玉龙全然不顾。他端坐在电脑前写了他的只有 200 余字的入党申请,然而,他的眼泪竟用毛布擦了三回还止不住,沾满泪水的食指在笔记本电脑点鼠标上打滑。终于,玉龙的入党申请书,带着他一颗纯洁、真诚的心,以每秒 30 万公里的速度飞向北京。

"3月30日,是我一生中最光荣、最激动的时刻,我收到了中央电视台党委领导发来的传真:党组织批准我加入中国共产党了!"——顾玉龙这样写着。

中央电视台副台长、党委书记刘宝顺和党委专职副书记南玉敏在传真中说:"欣闻顾玉龙同志在生死考验面前,在紧张艰苦的报道中,再次向党组织提出入党申请,我们为我们党具有的强大凝聚力而感到骄傲,更为我们有这样对党的新闻事业忠诚、对党的信念坚定的同志而感到欣慰!为此,台党委批准顾玉龙同志火线入党……希望新党员顾玉龙及我们的老党员王晓琨两位同志不辜负党组织的期望,圆满地完成好战地报道任务,为党组织争光。"

收到了党委的传真,玉龙的眼泪扑簌簌地难以自制。他在8平方米的小屋内,独自举起右手,朝着祖国的方向庄严宣誓:"从今以后,我是党的人,我将一切交给党安排!"事后,党委领导曾问玉龙:入了党有什么认识?玉龙答道:入党只是我的起点,我要着力反映南斯拉夫人民不屈不挠的反抗精神。

4月6日、7日,中央电视台领导两次特别指示:"这两天不要到塞尔维亚电视台传送节目。"但是,玉龙依旧预订了卫星传送线路。7日晚,距卫星传送时间只有10分钟的时候,他得悉北约将在当晚轰炸塞尔维亚电视台。在生与死的考验面前,玉龙没有畏惧,没有退缩。他和王晓琨从接到北约当晚轰炸塞尔维亚电视台的消息,到贝市响起空袭警报,再从开通卫星线路到节目传送完毕,前后只有13分钟,随即撤离塞尔维亚电视台大楼。他对人说:"对我来讲,这13分钟是我生命中最漫长的13分钟。但是我毕竟坚强地挺过来了。隆隆的爆炸声锻炼了一个新党员的意志,我在战火中得到洗礼。"

中午时分,在顾府的便宴上,我举起酒杯向顾玉龙敬贺道:你是全国新闻工作者的榜样,向你学习。他回答说:还须努力。我的朋友紧接着向他的慈父顾纪尧祝贺:祝你生了个为国争光的好儿子。这也是嘉定人民的光荣。老人笑眯眯地说:谢谢共产党的培养!

(原载《海内与海外》2000年第2期)

一位活跃于澳门的学者

——记澳门大学校长周礼杲

2000年1月10日,在首都。

圆满完成了历史使命的全国人大澳门特别行政区筹委会举行最后一次全体会议。江泽民、李鹏、朱镕基等党和国家领导人亲切会见与会的全体委员,并与他们合影留念。翌日《解放日报》头版发表的由新华社记者鞠鹏摄的彩色照片上,站立于后排,有位脸儿方方、戴着眼镜、头发花白的委员,便是周礼杲。周先生还是澳门大学的第三任校长。

在报端见到周先生光辉形象已是第二次了。前次是在1998年5月7日的报上见到的,那是江泽民等党和国家领导人在北京人民大会堂会见澳门特区筹委会全体成员的合影。

乡间走出的"世界知识分子名人"

周礼杲,1933年7月25日生于江苏省嘉定县(现为上海市嘉定区)北乡娄塘镇大东街和永安街交汇处的横沥河大桥头西堍一间普通的瓦房里。他的先父周书林,以药店为业;母亲唐本蕙,现年89岁。他俩生有子女六人,礼杲排行第二。日寇侵华,娄塘被炸,房屋焚毁,乡亲惨亡,给礼杲幼小的心灵带来了莫大的创伤。

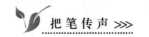

他立志刻苦读书,学好本领,试图走科教救国兴邦之道。

抗战胜利之后,他相继在中光初级中学(现名娄塘中学)和上海市上海中学读书,并考入清华大学电机系。由于成绩优秀,当他上大学三年级的时候,便兼任一年级教师。1953年毕业,获学士学位,一直在清华任教。1961年至1965年参加在职研究生学习。1978年任清华大学电工学与应用电子学教研组主任,积极组织了创立生物医学工程专业。1980—1981年在德国爱尔兰根大学和英国伦敦帝国理工学院作访问学者。1986年任清华大学教授,1990年任清华大学博士生导师。他曾担任清华大学电机系副主任,电机工程与应用电子技术研究所副所长,生物医学工程研究所副所长。并任中国电子学会生物医学电子学会副主任委员,中国康复协会副理事长,北京市人民政府技术顾问。他还是《航天医学与医学工程》《中国生物医学工程》和《电子学报》等中国重要的学术刊物的编委会委员。1991年被选为中国电子学会会士(Fellow)。这是最高学术等级的会员。

在国际学术界,他是IEEE(美国电气与电子工程师学会)的高级会员,连续多年担任IEEE/EMBS世界大会的国际委员会委员,还曾是URSI(国际无线电科学联盟·比利时)的委员,中国URSI-K组委员会主席。他曾到过许多国家(如德国、英国、法国、比利时、葡萄牙、澳大利亚、泰国、菲律宾)以及香港地区的许多大学作过学术访问,在各国生物医学工程界有众多的朋友,交往广泛。

他的主要学术领域是信号处理、模式识别和计算机在医学中的应用。曾在国内外发表学术论文达50余篇。他所领导的胎儿监护科研组,在胎儿心电等信号处理方面被认为是具有国际先进水平的,并在1995年获得中国国家教委科技进步二等奖。

丰硕的研究成果和国内外频繁的学术交流活动,令他于1992

年成为美国纽约科学院院士,同年被列入英国剑桥国际传记中心所编集出版的《第九版世界知识分子名人录》。1993年7月,他被英国剑桥国际传记中心遴选授予"二十世纪成就奖";同年9月,他又被美国传记研究院提名授予"世界终身成就奖"。

活跃于澳门的社会活动家

就周礼杲先生而言,1991年可称为他一生经历中的重要年份。那年10月,由清华大学推荐,国家教委介绍,他欣然应聘到澳门大学任教。他深信,此去定能更好地为实现澳门回归和科教兴邦的夙愿做出贡献,报效祖国。

澳大不仅是一所澳门地区性大学,也是一所国际性大学。它坐落于澳门新老两座澳氹(音 dàng)大桥之间的氹仔山上,俯瞰着辽阔的珠江口和大厦林立的新填海区。这一学府的前身是1981年成立的私立东亚大学。1988年由澳门政府收为公有,并于1991年9月1日正式成立澳门大学。在这里,周礼杲先任教授,1992年至1994年任澳门大学科技学院院长;1994年9月被澳门总督、澳门大学校监、校董事会主席韦奇立将军任命为澳大副校长;1997年9月被任命为澳大第三任校长,接任其前任费利纳教授的职务。1998年被选为联合国大学国际软件技术研究所(UNU-IIST)董事会主席。1999年3月接受日本创价大学荣誉博士学位。1999年8月,受年龄所限改任澳大校长室高级顾问。同年9月,澳门总督授予他"澳门政府专业功绩勋章"和证书。

诚然,周礼杲刚到这里时,遇到的困难是很大的。由于澳门实行资本主义制度,澳大沿袭的也是资本主义国家的教育体制,与内地的高校体制有很大差别,特别是如何进行行政管理,不熟悉他们

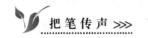

的法律、体制,需要努力去学习理解。另外,澳门是一个自由港,澳大的教师来自世界各地,有时开会就像一个联合国会议,需要使用英语讨论工作,但澳门的官方语却是葡文和中文,而中文又主要是广东话,不是普通话,因此人员和语言都很复杂。幸亏他具有较高的学术水平和较丰富的教学经验,频繁地参与国际学术交流科学研究活动,长期在高校从事一定的行政管理工作,所以也令来自别国的教授信服,再加上他努力学习,妥善处理了各方关系,因而较为顺利地开展了诸项工作。他应聘赴澳大任职以来的八年半时间里,以学校为阵地,以澳门的回归、祖国的统一和富强为目标,进行了卓有成就的社会活动。

　　潜心办好澳门大学,是他的首要职责。澳大是以面向世界、跻身国际大学之林为办学宗旨的。周礼杲应聘上任后,积极开拓澳门大学与清华大学的合作关系,使澳大成为清华发展合作关系的窗口。澳大聘任了清华的好多位教授前去任教,他们在那里发挥了很好的作用。同时,两校积极发展科研合作项目,多次安排澳大的本科生、硕士生到清华做教学实验,接受培训。而且在周礼杲的具体组织下,澳大已多次派出代表团正式访问清华,而清华的校长和校党委书记等十多人已访问过澳大。至于清华去澳大作学术报告或短期合作的教授不下数十人。这几年来,在周礼杲和他的前两任校长主持下,也因加强了和清华的合作,澳大在培养高素质人才、开展科学研究服务于澳门、寻求课程的国际承认并在世界上发挥学术作用等三方面取得了较大的进展。英文版的《亚洲周刊》首次从亚洲、大洋洲地区几千所大学中评出"亚洲最佳的大学"五十所的排名榜,在中国大陆、中国台湾地区、韩国、日本、南亚、东南亚、澳大利亚、新西兰等国家和地区的著名大学之中,澳门大学在综合排名榜上位列第三十,在岭南及港澳大学中居第四位。到

1998年春，澳门大学有25个学士学位课程和20个硕士学位课程，还有博士课程，全校学生共3 280人。1998年，澳大毕业生达到704人，其中硕士毕业生53人，首届博士毕业生两人。澳大成立七年间的毕业生合计2 931人。他们分布的领域包括工商管理、社会科学、中文和英文传译、文学、教育、各工程学科、法律、葡国语言等。为适应1999年澳门政权移交，加强和实现中文的官方地位，提高公务员素质，周礼呆领导的澳大将原设在社会及人文科学学院内的中文系独立出来，成为中文学院，加强中文的教学和研究。澳大法学院，多年来只开设用葡语的法律课程，鉴于澳门即将回归中国成为特别行政区，澳门社会需要众多的华人法官和律师，因此法学院开设了用中文的法律课程，得到了许多中国学生的欢迎。此外，澳大筹办了幼稚园、小学和中学，使澳大成为设施先进的一条龙学校，进行高素质教育。澳大在开设学士学位课程之余，重视开设非学位的短期加强课程。其教育学院承担了为澳门中小学幼稚园培训合格教师的使命，暑假期间开出了诸如"资讯技术教育""品质教育"和"成功教育"等课程，每次暑期课程都有澳门几百名中小学教师参加，从而实现了许多有经验的教师过去在澳门长期没有大学的情况下，渴望接受高等教育的心愿。根据中国外交部紧急培养葡语外交官的要求，周礼呆在1996年、1997年组织了两届两年制加强葡语课程，为外交部培养了28名葡语外交人才，取得了突出的成绩。现在他们之中不少人已走上外交岗位，得到了外交部的称赞。澳大还接受北京外国语大学的要求，让其葡语专业三年级学生前来澳大葡文学院学习一年。为促进广州、澳门人才沟通与科学技术文化交流，澳大校外课程及特别计划中心与广州大学科技干部学院合办多个文凭及证书课程。在这些合作协议上，周礼呆同合作机构的代表分别签署。据周礼呆介绍，他们办起了耗资5 500万元澳币、1万多平方米面积、藏书30万册的国际图书馆,以不断改善教学和科学研究条件。为不断得到国内外的支持和合作,周礼杲曾会同澳督韦立奇分别代表澳大向莫桑比克总统薛沙朗、中国教育部副部长韦钰、葡国教授Eduardo Arantese Oliveira及澳门著名文化人梁披云授予名誉博士学位。同时,努力和知名大学发展友好关系。至今,澳大已同世界上140所大学签订了合作协议。

开展科学研究活动,是周礼杲重要的社会实践。这类活动他以澳大为基地,以澳门为主要服务对象,其讲坛分布海内外。1996年10月,时任澳大副校长的周礼杲编辑出版的《澳门的科学技术发展》一书,系他和澳门大学、清华大学多位教授以及澳门基金会等处专家所撰写的涉及澳门机器翻译、电脑、现代电力电子技术、环保和激光等技术之研究成果。周礼杲为此书所写的序言,叙述了80年代末才起步的澳门的科技发展历程,正在积极开展研究的学术领域以及所进行的学术交流和科学普及活动。对于良好开端的澳门科学技术,他指出:"作为一个现代化的国际性城市,科学技术工作是不可或缺的,我们应尽力去做好它,坚定地向前推进。"为了更好地促进科技工作发展,他还提出了建设性的意见。在这本书的12篇论文中,周礼杲的作品就有3篇,即《远程医疗——澳门的家庭健康监护系统》(独著)、《澳门节电技术的研讨》(以他为主所作)和《现代电力电子技术在输电系统中的应用前瞻》(合作)。周礼杲认为,一所正规的重视学术水平、努力提高学术质量的大学,除了在培养本科生(学士)、重视培养研究生之外,尚须大力开展研究工作。这几年,澳大通过建立大学研究委员会、组织建立一些重点研究项目、积极与澳门一些单位联合建立研究机构、积极参与欧洲共同体的"EUREKA"计划、筹办《澳门大学》学报,校长还分别出任澳门政府成立的澳门科学技术暨创新委员会的委员、澳门教育委员会的委员、澳门生产暨科技转移中心的股东/委员、澳门发展战略研究中心顾问等职,终使澳大的科学研究硕果累累。仅1994年以来,大学资助了105个研究项目,并资助了157位教授参加国际学术会议,提交论文。澳大联合葡萄牙、中国内地和澳门地区的一些单位,向欧洲共同体"EUREKA"计划提出的10个科研项目申请,有5个获得"EUREKA"部长协会批准,同时获得澳门政府的支持。海内外许多学者专家被吸引到澳大参加学术活动。据我手中所掌握的1998年《澳门日报》和《华侨报》披露周礼杲在澳大主持与参加的学术会议就有8次。内含由澳大中文学院主办,来自香港、广东、福建、河南、北京、台湾及澳门的学者专家参加的"澳门文学的历史、现状与发展"学术研讨会;由中国科学院院长路甬祥主持的"二十一世纪科学技术与教育的发展趋势"的讲座;有来自中国大陆和中国香港、台湾、澳门地区及美国的近百名学者发表论文的"中国文化与澳门研究"国际研讨会;有助于澳门工业发展的内地高校赴澳考察团科技成果及信息发布讨论会。周礼杲在国际性的学术会上多次宣读他的论文,受到广泛重视。他曾在1998年联合国教科文组织于法国巴黎召开的"二十一世纪高等教育的展望与行动"世界大会上,作了题为《二十一世纪大学的科学研究将发挥更重要的作用,及其管理与资金问题》的报告;在泰国曼谷举行的第六届"环太平洋'发展与和平'研讨会"上作了《二十世纪高等教育的展望》的报告;1997年在澳大利亚举行的亚太地区大学联合会第一届大会上,作了《加强大学和社会之间的联系》的报告。在1999年韩国汉城召开的亚太地区大学联合会第三届大会上,作了《大学应加强毕业生的就职能力》的报告。周礼杲在上述论文中倾吐了诸多独到的学术思想。比如在《二十一世纪高等教育的展望》一文中,他认为高等教育应创造的教学方式,要充分利用一日千里的科学技术成就。学校"要培养的目标应该是,德智体群美全面发展的人才,而且具有分析问题和解决问题能力的人"。他断言"高等教学培养有能力、全面发展的人才将是二十一世纪的重要趋势"。我觉得,这些观点是他纵观天下大势,总结国内外先进的办学经验才提出来的,它符合时代发展的客观需要。

  直接参与澳门回归祖国的筹备工作,是历史赋予周礼杲的光荣使命。他本是卓有成就的学者,自应聘赴任澳大,以澳门回归和祖国富强为目标所从事的各项活动业绩令人刮目相看。他和校内同事乃至澳门总督韦奇立,现今的特首何厚铧以及社会知名人士都结下良好的友谊。他在海内外有一定影响。据他提供的资料,《澳门日报》《华侨报》1997年和1998年所载有关周礼杲社会活动的消息便有73次,平均每10天出现一次。享有如此声誉的他,1998年5月被全国人大常委会李鹏委员长委任为澳门特别行政区筹备委员会委员,实为人心所向。值得一提的是,他作为澳门地区的筹委会委员,是60名澳门筹委会委员中唯一的一个澳门非永久居民,这是经过中央高层特别批准的。他多么珍爱这来之不易的荣誉,多么珍视这一神圣的职责,他尽其所能为此而奔走辛劳。1998年3月26日,在澳大学生会主办、澳门基本法协进会协办的"纪念澳门基本法颁布五周年座谈会"上,周礼杲指出,澳门基本法是一部历史性文献,是未来澳门特别行政区的根本大法,以法律形式将"一国两制"的构思和中国对澳门的基本方针定了下来,作为澳门最高学府的澳大,应为宣传、贯彻和落实基本法做出应有贡献,全校师生该面向社会、关心社会并且积极参与社会,促进平稳过渡目标的实现。1998年12月3日、4日,在由澳大法学院举办的第一届"澳门基本法国际研讨会"上,周礼杲致开幕词时表示,全国人民代表大会通过的基本法，规定了澳门特区的权力机关、各项基本权利和社会制度，它是"一国两制"的具体体现和法律保障。参与研讨会的各地法律专家，从法律角度和比较角度，共同探讨澳门特区的法律地位和行政地位，此次会议将加深对澳门基本法的了解和研究。1998年7月3日举行的筹委会社会文化小组会议商讨公众假期的时候，周礼杲认为公众假期的增减，要考虑到澳门现有情况及历史状况，因为澳门是个多元化社会。全年大概20天较合适。多名筹委也表示，公众假期维持现状较适当，抵触基本法的假期应予删除。1999年3月，周礼杲在澳大迎回归座谈会上指出，澳门回归之后实行"澳人治澳"，而"澳人治澳"的关键是人才。治澳人才应具有高尚的品德，光明正大的作风，爱国爱澳的优良情操，兼备踏实苦干的服务精神。他的此番话语，旨在勉励与会人员和全体师生成为品格高尚的人，竭诚服务澳门，力促澳门繁荣。1999年12月20日澳门回归祖国之前，周礼杲的工作更是繁忙。他曾应中央电视台之邀，向全国人民介绍了澳门的教育工作。后又接受中央人民广播电台记者的采访，告诉全国人民，澳门政权交接筹备就绪，回归仪式可如期顺利进行。

遥想故土念亲人

身为学者和社会活动家的周礼杲不时思念故土，遥想故乡的发展和亲人的康健。澳门特区筹委会有次会议休息时，他走到兼筹委会主任的国务院副总理钱其琛跟前，自我介绍说："你是嘉定人，我也是嘉定人。"钱副总理欣喜地问道："你的老家在嘉定哪里？""在娄塘。"周礼杲答道。接着，两人交流了各自回归故乡所见的建设新貌，不禁为嘉定的迅速发展而兴奋不已。

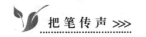

平时，周礼杲每个月总要电询家境，聆听母亲声语。

1993年11月，周礼杲的父亲病重，他每天来电同父亲通话问问病情。当得悉老父病故的噩耗，公务缠身的他，即令其爱子赶去代他向慈父鞠躬送行。

去年11月13日，周礼杲夫人范鸣玉从澳门回来，途经苏州，按照与周礼杲商定的行程，特地到南翔镇拜望婆婆。第二天她扶婆婆同礼杲的胞弟礼邦夫妇观看清新的市容，游览有名的古猗园，领略上海市这一历史文化名镇的绚丽风光，共享天伦之乐。

周礼杲为澳门回归和祖国繁荣所付的辛劳，给远在南翔的亲人带来欣慰。一天晚上，他满头白发、精神矍铄的老母亲见礼杲在中央电视台谈澳门的实况录像，兴奋地说："看到电视屏幕上的礼杲，我真开心，澳门真的要回来了！"

是的，被闻一多先生列为"七子"之首的澳门，终于回到祖国的怀抱。真谓"葡夷占据四百年，南海青莲枝叶残。九九回归雪奇耻，神州日月又重圆"。目睹国破沦陷，亲洗国耻兴邦的周礼杲——这位业绩卓著的学者和社会活动家思潮起伏，感受真切：从来落后遭蹂躏，只有图强卫主权，前事不忘师后事，增吾国力务争先。

（原载《海内与海外》2000年第8期。题目略有改动）

在音乐园地中耕耘

20世纪最伟大的物理学家爱因斯坦说:"如果我在早年没有接受音乐教育的话,那么我无论在什么事业上都将一事无成。"不言而喻,音乐是娱乐,是智慧,是科学。它也是振奋民族精神、引导人们追求真善美的一个重要途径。向以"教化"著称的嘉定,无论在哪里,都流出一首首赞歌。基于群众性歌咏活动的广泛开展,专场音乐会、歌曲演唱会屡有举办。人们的理想被音乐的纽带联接在一起,创造出美好的新生活。

音乐之在嘉定普及,有赖于当地一批音乐教师的辛勤耕耘。

指挥少年弹钢琴的教授

1999年10月1日下午3时,在嘉定商城门口,上海大学副教授陶维嘉有力地挥舞双手,指挥20位儿童用他们稚嫩灵巧的手指,在崭新的施特劳斯钢琴上,奏响了气势磅礴的《黄河大合唱》和《长江之歌》。这成了嘉定庆祝建国五十周年大型活动的新景观。

钢琴,历来被称作"乐器之王",目前嘉定地区的拥有量约达400架到500架。这几年,陶教授等一批热心而富有造诣的音乐教师顺应这一红火的潮流,承担起教育少年儿童学习钢琴的重担,先后辅导过许多少年儿童。那次参加演奏队的,就是选于刚参加

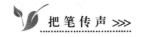

钢琴5级到10级考试的中小学生。

陶教授是位很有成就的音乐教师,他于1950年1月出生于江南名城——嘉定。1972年6月起,他在上海安亭师范从事音乐教育,担任音乐教研组长。他曾就读于上海音乐学院师范科,1987年7月毕业于上海师范大学艺术学院音乐系本科进修班,获文学学士学位。1990年出任由贺绿汀为名誉顾问的全国中等师范音乐教材编辑委员会委员,至今已参与编辑出版8本音乐教材,1991年和他人合作谱曲的《鲜红的军旗飘起来》,获上海市纪念"七一"群众歌咏活动创作纪念奖。1992年,他代表上海市出席全国音乐教学大纲审定会议,审定《中等师范学校教学大纲》(试行)中的音乐教学部分。1994年6月24日,在上海市第一师范,向全国18个省市的100名师范音乐教师上公开课,1994年12月被评为高级讲师。现为上海音乐家协会会员,上海大学大学生艺术中心音乐教师。为普及音乐,陶教授长期立足安亭师范、培养音乐教育人才。同时利用业余时间,辅导少年儿童弹琴。他的教育思想,或许独特。他告诉我,他教给学生的不只是弹琴学音乐,"更重要的是启迪学生的智慧,把学生潜在的音乐才能充分地发掘出来。培养他们做人,培养他们的意志,提高他们作为人的一种综合素质,也就是功夫在琴外"。多年来,陶教授在安亭师范教学的音乐班便有三届,学生120多人,他们遍布嘉定乃至沪上兄弟区县的音乐教育岗位,有的已成为所在单位的中坚力量。最近10年间,他辅导了许多少年儿童学电子琴和钢琴,让不少六七岁的儿童知道了贝多芬、莫扎特、冼星海,并能看五线谱弹奏各种乐曲,具备了自学能力。他先后三次主持钢琴演奏会。如今在他的学生中通过上海市钢琴2—10级考试的约占嘉定地区钢琴定级考试合格总人数的二分之一。且因弹琴能给学生开发智力,奠定扎实的音乐功底,有的学生考取了清华大学,多名进了上海音乐学院或上师大音乐系等艺术院校。

深入基层的音乐创作辅导老师

1998年春天,嘉定镇上几位爱好音乐的中老年知识分子,自愿组织了梅园音乐沙龙,每逢周日,聚集一起学习中外名曲。没有多久,一位彬彬有礼的中年男子走来,要求加入沙龙。他,就是现今梅园音乐沙龙的艺术指导戴宇华。在他的关注和指导下,音乐沙龙多次在社区、学校、敬老院演唱了《我和我的祖国》《同一首歌》等中外著名歌曲以及他所创作的《渴望之歌》等合唱歌曲。

戴宇华,1945年出生。他16岁入上海越剧院学习音乐,20岁前往崇明越剧团任音乐作曲,1986年调到嘉定区文化馆担任音乐辅导。

多年来,他的音乐作品在全国和上海市的媒体露面的有近百首。早在70年代,他多次随同出版社到舟山渔岛体验生活,创作了《渔家少年》组歌,在上海演出时引起较大反响,音乐学院教授沈一鸣先生专程向他采访,并把其中的《丰收对歌》编入音乐学院教材。两年一度的十月歌会是上海重要的音乐盛会之一。自1990年起,在上海市第五届到第八届十月歌会上,他都有作品获优秀创作奖及十佳歌曲奖。1999年,由他作曲的《在你生日时候》《归巢》等三首歌,和沪上著名作曲家的作品一起被上海市总工会宣教部编入庆祝建国五十周年、喜迎澳门回归的歌曲专集。他曾去美国、香港地区参加国际艺术节活动。

立足嘉定,面向全局,既有鲜明的时代特色和浓郁的乡土气息,又具普遍的传播价值,这是戴宇华的创作个性。他为上海电视

台和中共嘉定区委宣传部合拍的音乐风光片《古城新韵》中的《带走一片情》谱曲，为歌颂嘉定连创全国双拥模范区的电视剧《鱼水情》主题歌《军民鱼水情》作曲。以上两首歌均由上海著名歌唱家方琼演唱。他为沪台合资上海冠昶五金工具有限公司作曲的《冠昶之歌》，被编入题为《改革者之歌》的全国企业歌曲选。

众多富有地方特色的音乐作品，是戴宇华迈开双脚，深入工厂、农村、机关、学校、部队、医院辛勤劳作的成果。在全国纺织行业陷于困境之际，他和他的同伴先后七次去上海恒泰纺织品有限公司体验生活，成功地创作了名为《编织灿烂的春光》的厂歌，讴歌勤奋工作、努力拼搏的创业精神，后入选《世纪之声》(中国行业金曲)，在全国行业歌曲创作赛中获银奖。他所谱曲的歌颂沪宁高速公路第一镇的《江桥之歌》和普通小学校歌《雏鹰起飞的跑道》，都深受好评。他创作辅导的嘉定中医医院合唱队演出的《妈妈的怀抱》，在2000年上海市国际护士节演唱比赛中得到好成绩，其歌曲获优秀创作奖。戴宇华深情地告诉笔者："上海二十年是生我养我打基础的年代，崇明是我锻炼成长的二十年，嘉定则是我奉献、报效的最好地方。"

难得的音乐教研员

人们爱唱歌，离不开中小学阶段音乐教师的教育，然而音乐教师素质的提高，离不开主管部门专业人员的指导。嘉定区教师进修学院音乐教研员为提高全区中小学音乐教员的水准倾注了心血，为群众性音乐活动的普及流出了汗水。这位教研员，便是高级讲师邵虹。

她，生于沈阳，祖籍江苏。1974年至安徽省农村插队时，以一曲庄严雄伟的《国际歌》博得领导赏识,从此走上音乐教育岗位。1978年,她考入安徽师大蚌埠专科学校攻读音乐,毕业后从事师范音乐教学,1989年调入嘉定区教师进修学院任音乐教研员。后入上海师大艺术学院进修本科。

如何当好音乐教研员?十多年前,这位年轻的教师从调查研究入手,探求方略。她花两年时间跑遍了全区的100多所中小学,视听音乐教师上课,发现合格的师资严重不足。她多次撰写调查报告,向进修学院和区教育局领导呼吁,加强音乐教师队伍的建设和培养,使课堂艺术教育不再出现空白。

她还组织全区音乐教师上公开课,对部分年轻教师作个别辅导,结合教育实践,探索学校音乐教育规律。她曾就中学音乐教师音乐教学的设计及训练、初一音乐的要素与歌唱、高二音乐的合唱训练与指导等课题作讲解。发表的学术论文有十多篇,《音乐学科素质教育探析》一文获全国中小学论文评比一等奖,并收入《中国当代音乐家丛书》,另一文获上海市第三届艺术教育论文评比二等奖。最近,她参与编写的上海市中学音乐新教材,业已问世。

"一个崇高的目标,只要不渝地追求,就会成为壮举。"先哲的言辞似对邵虹教研工作的肯定。基于邵虹对音乐教师现状的分析,教育局和进修学院加强了音乐教师的队伍建设。现今,有95%的音乐教师具备音乐专业大专以上学历。

立足课堂教学,提高课堂教学质量是教研工作的重头戏,她经常组织教师备课,研究教学方法,促使青年教师的案头工作做得细,有质量。音乐教师在教案评比中,获全国二等奖1个、佳作奖2个,在全市获奖6个;论文评比,在市级得奖6篇。嘉定一中高校亚、娄塘中学石晓红、曝城中学李斌、封浜中学李红梅等青年教师,经邵虹指导都跻身市级光荣榜。

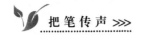

对于和学校音乐教育有着相互促进作用的地区性音乐活动,邵虹总是热心投入。1999年,她参加了全区"双迎双庆"活动、"青年喜迎新千年"以及"火红的五月"活动的筹划、编导工作。在嘉定区喜迎千禧年跨世纪文艺晚会上,她编导的由音乐教师和学生700人组成的演唱队伍,表演了以世纪情为主题的歌舞,博得全场阵阵掌声。1996年,在全国第三届农民运动会开幕式上,她担任"科技之花"专场教练,演出获得极大成功。长期的教学实践,使她积累了丰富的教学经验;不断的学习钻研使她成为艺术教育的多面手。她辅导的学习钢琴的少年儿童,有数十人通过了钢琴7级以上考试,多名学生考入上海行知艺术师范学校和上海音乐学院。在区老年大学音乐班教学的五年里,她深入探讨老年教学的特点,研究老人的学习心理和思维习惯,不断提高老年音乐教学的质量。邵虹快慰地告之:"社会的音乐教学,提高了自己的能力,也为嘉定培养了人才。"

(原载《现代农村》2001年第3期)

上海嘉定冬泳队的老年人

上海市嘉定冬泳队,现已发展到148人,其中离退休人员26人,年老的队员和年轻人一起,在冰水里依然中流击水。

新世纪的报春花

新世纪伊始,在全国第六届冬泳锦标赛上,嘉定参赛的五位队员中,有三人获得名次。原上海科大力学实验室主任、高级工程师王公林,在男子70—74岁组25米自由泳中夺得第五名。这位年已70岁的离休干部,身材魁梧,鬓发灰白,精神矍铄,是参加过莱芜、孟良崮、淮海、渡江和上海等战役的二等乙级伤残军人。

王公林已参加过八次全国性冬泳比赛。先后赢得全国第五届冬泳锦标赛百米自由泳第二名,1998年香港冬泳锦标赛自由泳800米的游程"泳毕全程证书"等荣誉。

嘉定冬泳队由于老年队员的辛劳和全体成员的努力,建队以来共获得金牌9枚、银牌20枚、铜牌13枚,4—8名44人次突破和创造全国纪录各1项。

冬泳之中有科学

嘉定冬泳队里的老年人有个突出特点是,潜心探求冬泳的科

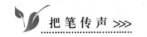

学道理。今年1月,在第三届全国冬泳科学论文报告会上,宣读了嘉定冬泳科研组成员、上海光学精密机械研究所退休高级工程师张桂燕撰写的题为《冬泳健身之道解析》的论文,博得与会专家的好评。此文利用生态原理、自组织原理、内稳态理论、意识反射原理和应激理论探讨了冬泳对于祛病强身、维护健康和提高生活质量的重要意义。这位年过花甲的作者,自1998年以来撰写了14篇有关冬泳的专业文章,其中2篇获全国优秀论文奖,1篇在《美国中华健康杂志》2000年3月号发表。

从小喜爱体育运动,今已72岁的冬泳队员张桂燕,潜心自修生物医学知识,以医学、心理学的观点,总结、研究、探索冬泳的奥秘。嘉定的队员从她全国获奖的《冬泳是应激反应的有效应用》一文中,懂得了冬泳是依靠特殊的物理刺激使肌体得到锻炼的有效方法,结合各自的体会,实现着"50岁到60岁畅游、70岁以上慎游、80岁停游"的医嘱,掌握应激反应规律,有意识地获得了锻炼效果。

旨在健身又砺志

年老的队员们说,冬泳功能促进身体各器官的协调运转,对心血管系统、消化系统极为有益。

现年75岁、曾任上海科专教师的女队员叶兆华,1967年(42岁)起下水冬泳。33年间,她克服了路途远、不会游、有关单位不让游的困难,终于挺了过来。冬泳之初,她家住嘉定西北部的外冈镇,每日骑着自行车往返16公里前往嘉定游泳。她虚心学习,掌握游泳要领。她挥笔投书争得了重新下水的权利。直至今日,从不间断。从前,她身患胃病,心脏不好,遇事心跳异常,精神疲惫,如今她自我感觉良好,精神饱满,有时上公共场所给人教唱英语歌曲《友谊地久天长》。

在嘉定冬泳队的老年人看来,治病健身只是冬泳的浅表功效,砺志才是它的深层意义。他们把个人的健康看作是向人民多做贡献的先决条件,而把冬泳中磨炼出来的坚韧不拔的精神作为自己事业继续发展的一个重要力量。上海大学嘉定校区获得国务院"政府特殊津贴"的博士生导师童颀,年已古稀,30余年的冬泳生涯和相应的体育锻炼,使他在教学和科研方面创造了优异成绩。他培养了80余名研究生(包括硕士、博士、留学生),有10余人科研成果获部、省(市)级科技进步奖,参加过10余次国际学术会议。

上海光机所年届七旬的主任医师关从文,20多年的冬泳,使他一改往日疾病缠身的状态。如今他的三项专利受国内外嘉奖。他是光机所内六名院士的保健顾问。在冬泳队里,他义务为队员作健康检查,提出保健建议。关大夫感慨地告诉我:"我的成就和冬泳是分不开的。"

(原载《老人天地》2001年第5期)

招贤纳才　企业腾飞

上海世航信息系统工程有限公司是上海市科委批准的民营"科技型中小企业"。它设立于上海市南京西路南证大厦(注册于嘉定区唐行镇)。自1997年8月成立以来,"世航"在用人上奉行学历和实绩并重的制度,激励职工发奋努力,企业得到巨大发展,研制开发的航空信息系统的产品,居于世界领先地位。2000年12月,经上海市高科技技术企业认定领导小组评审定为市级高科技技术企业。

"世航"一直致力于向民用航空和商旅服务领域的客户提供先进的信息产品和服务,使他们能够利用新的技术降低成本,改进管理,创造新的销售模式,得到"价格以外的竞争力"。因此,在公司开办之初便高度重视吸收高学历的职工。

现今,"世航"的职工总人数为24人,科技人员21人,占88%,管理人员3人,占12%,其中本科以上学历的17人(本科10人、硕士5人、博士2人),占职工总数的70.8%。如果加上大专的6人,则大专以上的职工占95.8%。公司中有中、高级技术职称的18人,占职工总数75%,其中高级的4人,中级的14人。这里的科技人员来自四面八方,有海南、广东、武汉、上海的中外资企业员工和应届毕业生,也有来自海外的员工。年龄大多在25岁到33岁之间。他们都是年富力强、具有真才实学的高科技人员,给公司创造无尽的活力。

"世航"公司对员工实行民主公开的管理,努力为职工营造相互切磋创新的氛围。选派技术骨干分赴澳大利亚、荷兰和加拿大等国参加技术培训。每年用于科技开发的经费超过 100 万元,占公司总收入的 14%。因而在这里工作的人员都把处处受到挑战的心理压力转化为积极进取、用于创新的动力。现年 28 岁的朱博士,去年上海交通大学毕业后即去"世航"任技术总监。他按照公司的总体安排,协调技术开发项目的实施。现今,代理人管理系统和售后系统项目业已投产,另一项目正在进一步研制。31 岁的王先生是毕业于上海外国语大学英美文学系的硕士,曾任海南航空公司总裁助理、中美合资海南凤凰系统副总经理。自出任"世航"公司产品经理后,他从众多的英文资料中了解和分析同类产品在国际市场上的供求信息,向本公司提出研制的意见。在他参与规划和协调下,有的项目得到成功开发,且销往很多机场,公司获益可观。

这家公司自开业以来,在三年半时间中,研制开发了 QuickRes 订座网络平台、Internet 预订系统、航空公司企业应用软件平台和代理人管理应用平台四个系统的产品。由于他们提供的产品无论是性能上,还是投资回报上远远高于其他同类产品,因此在国内外目前处于市场和技术的绝对领先地位。2000 年公司销售总额近 800 万元,比 1999 年增长近 1 倍,其产品在国内市场的占有率达 90% 以上。

(原载《上海农村经济》2001 年第 6 期)

令人欣慰的开局

初夏时分,当我踏进具有 490 多年历史的上海嘉定安亭镇,墨玉路上的"上海国际汽车城人才服务中心"大字映入眼帘。它向人们展示着一条信息:上海国际汽车城的人才建设工程已悄悄启动。

去冬今春,上海市委、市府决定在嘉定区安亭镇建立上海国际汽车城。它为推动嘉定乃至全市的经济发展和文化进步提供了千载难逢的机遇。

今年 3 月,在嘉定区政协二届四次会议上,围绕上海国际汽车城的建设,部分政协委员提出的《关于上海国际汽车城建设人才工作的几点建议》的提案,引起了有关方面的重视和支持,并被列为今年区政协的重点提案。

人才建设先筹划

人才建设重在科学筹划。去冬以来,嘉定区人事部门会同有关方面拟出《上海国际汽车城人才发展战略研究》(下称《战略研究》)、《关于上海国际汽车城人才网的策划方案》(下称《策划方案》)和《上海国际汽车城紧缺人才赴美短期培训方案》(下称《培训方案》)。课题由上海公共行政与人力资源研究所和嘉定区人事局共同承接。

今年 3 月起,课题组进入实质性启动,4 月底拿出了讨论稿。

其中《战略研究》概述了立题背景、研究内容、研究方法等问题之后，提出了汽车城建设人才发展的对策措施。

《策划方案》推出了"汽车与人才"网站设计。据介绍，这个网站将在最短时间内建成为一个立足上海国际汽车城，服务上海乃至全国，面向世界的大容量、高效率、宽辐射人才交流信息综合服务和人事政务服务系统，同时，还作为上海国际汽车城发布招商引资、人才需求政策咨询以及相关经济信息的窗口和特区。

《培训方案》设想通过委托国外有关大学以短期培训的方式，为上海国际汽车城的中长期发展培养和储备实用性管理通才。

付诸实施初见效

上海国际汽车城的人才建设，在总体思想的指导下，已经初见成效。

首先，按照区政府决定，区委组织部区人事局，正协调相关部门选派优秀骨干借调到上海国际汽车城帮助工作，分别参与汽车城各功能区以及新城区建设的规划筹建。

其次，人才建设服务机构已建立，并于6月上旬正式挂牌启用，而以"汽车与人才"为名的网站也将同时正式运行。

最后，引进了专业人才。目前已为汽车城建设引进了高级技术人员多名，同时，一批优秀大学毕业生，通过推荐也应聘到汽车城工作。

上海国际汽车城人才建设工作有了一个令人欣慰的开局，这将在日后的工作中显示出至关紧要的作用。

（原载《上海汽车报》2001年6月10日）

女歌唱家张正宜辅导梅园音乐沙龙

2月4日8点,有位身材略高、富有精神的花甲女子踏进了嘉定区嘉定镇街道梅园居委二楼活动室的门口。她,便是上海知名歌唱家、原上海广播电视艺术团团长张正宜。她是义务给梅园音乐沙龙作艺术指导的。

1998年初冬,在梅园居委支持下建起的音乐沙龙,是以中高级中老年知识分子为主体的业余歌咏队,成员由初建时的6人发展到现今41人。他们每周日集体练唱,崇尚美声歌唱风格,以大合唱、小组唱、两重唱、表演唱和独唱等形式,在本居委、嘉定城镇以及上海市中心的兄弟单位演唱了中外名曲。

张正宜曾到上海玻璃电台唱歌,1956年进入广播乐团,去过10多个省演出。50年代她在行知艺术师范音舞科求学时的教导主任吕长春就住在梅园。这次她莅嘉辅导是应师长之邀才得以成行。

音乐沙龙的男女歌友演出了四部合唱《祝酒歌》和《大中国》,男声歌友演唱了俄罗斯名歌《伏尔加船夫曲》,女声歌友演唱了朝鲜歌曲《春之歌》。张正宜凝神聆听,沙沙记录。唱罢,张正宜开始了辅导,她说,"今天唱的比上次(在上海市部分歌咏联谊活动)的合唱有进步"。她结合歌友演唱的实际,就合唱的和谐、美声的圆润、歌唱的呼吸、气息的运用、歌声的共鸣、歌唱的练声、指挥和演员的关系以及大组教唱和小组互助的关系等问题,作了声情并茂的精彩讲演,全场不时发出崇敬欢快的笑声。张正宜请原中科院上海光机所研究员、音乐沙龙拉手风琴的杨天立为她起了个F调的"i"音,便以甜美歌喉,即席清唱了誉满中华的《我爱你,中国》,当她唱完"美好的青春献给你,我的母亲,我的祖国"时,全场热烈的掌声经久不息。

(原载《光明日报》主办《老人天地》2001年第7期)

"推拿陈"的人生价值观

普通工人陈纪文,凭着从小自学的推拿医术,坚持义务推拿52年,治病超过70万人次,有效率达95%,病员遍及全国和世界五大洲15个国家。

陈纪文从小父母双亡,与年迈的外婆相依为命。八九岁时,他知道做郎中的祖父医德高尚、医术高明;10岁起,他翻阅祖父留下的图文兼备的医书《按跷》,学习祖国的传统医学,攻读了《推拿学》《人体穴位浅说》等著作。经过几年摸索,掌握了一套应用推拿技术治疗疾病的本领。

1950年,嘉定西门外乡间的一名青年农民患脊椎间盘脱出症,卧床不起,陈纪文目睹病人的痛苦,主动上门为他进行了为期一年的治疗。病人终于康复,且能肩挑重担。陈纪文从这第一个病例中增添了信心,于是开始利用工作之余,在自己矮小的住房里为病人诊疗。如此日复一日、年复一年的义务推拿,一直坚持到20世纪80年代初。

陈纪文为人治病不收取分文、不接受礼物,反而经常从微薄的收入中花钱购买药物、添置器械,而且带领全家老少投身这一义事。在商品经济的大潮中,很多人不理解他的所作所为,有人说他是"憨大",凭自己的医疗技术为社会服务理应得到报酬,不要白不要。

陈纪文则坦言:"人来到世界上走一圈,如果光为钱太无聊了,我要为自己留下一个脚印。凭我家的经济收入,粗茶淡饭还是可以的。我义务推拿是为了精神上的最大充实。我只有不断追求,为更多的病人服务,才能在见马克思的时候不觉遗憾!"

1981年陈纪文提前退休后,更是全身心扑在义务行医上。他通过医学专业考试,领到了执照,在原先矮小的家里开设"陈氏推拿门诊",每天义务推拿100多人。

前50年,"推拿陈"掌握的医术还只是初步的只能治疗落枕、脊椎损伤、骨折等病症。现在,他将推拿、功能锻炼和药物喷疗有机结合,进入了一个新的医术领域,能使一些难以站立的病人逐步站立起来。江西一名18岁的青年,腰背弯曲超过90度,只能见到别人的脚,站在地上身高114厘米。他父亲为他四处求医无效,耗资巨大,慕名赶到嘉定来找陈纪文,陈纪文给他进行了近一年的悉心治疗,使他站地身高达到了160厘米,支撑身体的竹棍由原先的半米伸长到一米。而且医药费分文不收。美国联合航空公司有位任高级职员的小姐,一度背部患病疼痛,无法弯腰,头颈也难以转动,纽约和申城的大医院治疗无效,幸经陈纪文四次按摩,病痛全消。她感激之余取款付费、赠送厚礼,均被陈纪文辞谢,申明"这里治病概不收费"。洋小姐满怀敬意,特地致函市长赞赏:"中国古有华佗,今有陈纪文。"

1994年,嘉定区政府为陈纪文建立了推拿基金会,给陈氏推拿诊所一定的经济支持,同年他的诊疗所迁到了现今的小楼。1999年,他为全民健身和病家康复建立了体疗室,还长期在门前设阅报栏张贴《人民日报》和《文汇报》,在候诊室设报刊、图书阅览。渐渐地,陈纪文从治病扩展到疏导和"救人"。他到邻居家里做劝解工作,去大、中学校作人生价值报告,和犯人座谈人生。

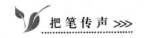

陈纪文发明的药物喷疗装置和微循环药物透析仪获得了国家专利，前者还获得国际发明金奖。最近，他正筹划编撰较为完整的推拿专著。谈起这些成就，陈纪文由衷地感谢他的病人，他说："我虽无偿地为众多病人解除了痛苦，但正是他们慷慨无偿地为我掌握娴熟的医术提供了得天独厚的条件。"

他的先进事迹和高超医术也博得了上海中医药大学和中医学界专家的肯定。他先后荣获上海市劳动模范、上海市十佳好事以及市纺织局、市卫生局、嘉定区政府赋予的荣誉称号，共计18项、60余次。他的先进事迹曾以新闻纪录片或录音新闻、文字新闻形式在中央和上海的电台、电视台以及《人民日报》《光明日报》《解放日报》《文汇报》《老年报》等媒体报道了300余次。他以特邀嘉宾身份，步入上海电台直播室畅谈人生价值。陈纪文的事迹已载入《中华优秀人物大典》《世界当代发明人名典》和嘉定地方文史资料。

（原载《海内与海外》2001年第10期）

嘉定区人民政府首次颁发"嘉定杰出人才奖"

11月8日,中共嘉定区委和区人民政府领导陈国先、金建忠、栾国梁等,向获得首届"嘉定杰出人才奖"的获奖者颁奖。

为推动科教兴区战略的实施,奖励和表彰为本区经济发展与社会进步做出突出贡献的各类杰出人才,嘉定区人民政府在区域范围内开展了首届"嘉定杰出人才奖"评选活动。

按照"公正、公平、注重实绩,兼顾不同行业"的原则,通过自下而上的行业推荐、媒体公示、评委会严格评审,经区政府批准,授予中科院上海光机所所长徐至展院士等十人首届"嘉定杰出人才奖"。

这次评选不分单位性质、户籍和国籍,获得本次"嘉定杰出人才奖"的,既有院士专家,又有民间艺人;既有境外来嘉定投资者,又有回国留学人员企业家,体现了一个开放城区海纳百川、广聚贤才的胸怀。

(原载《联合时报》2001年11月16日)

茅以升和钱塘江大桥

2001年9月29日午后,我冒着潇潇微雨,参观了钱塘江大桥。

刚上大客车,一位40岁光景的男导游告诉我们,杭州钱塘江上现有三座大桥,第一座在杭州市南部,1937年9月建成,至今仍称钱塘江大桥;第二座,1987年底在大桥东侧始建,1991年12月竣工通车;在两桥的西侧,于1994—1996年建了第三座桥。但是导游说:"意义最大的,还是钱塘江大桥。杭州人至今还怀念着建造大桥的茅以升。"何故呢?是后两座桥的长度不如一桥?还是后两座桥的建筑工艺逊色?都不是。论长度,一桥全长1 453米,二桥的铁路桥长达2 861.4米,公路桥全长1 792.8米,三桥全长3 500米;论工艺,一桥为铁路公路两用双层桥,二桥为铁路、公路并行分离的铁路公路两用桥,双向四车道,三桥为双独塔单锁面斜拉公路桥,主桥桥面双向六车道。导游深情道:"钱塘江大桥是我国第一座自行设计、自行建造的公路铁路两用桥,它是浙赣铁路的重要桥梁。茅以升亲自设计建造了钱塘江大桥,而随着局势的急速变迁,为了抗日的需要,他又亲手炸毁了这座大桥,抗战胜利后,他又亲身重建了这座大桥,充分显示了他崇高的爱国情怀。"

茅以升,我国著名的桥梁专家。1896年出生于江苏省镇江市一个清贫的知识分子家庭。1916年毕业于唐山工业专门学校,次年获美国康奈尔大学木工程硕士学位,1921年获美国加里基理工学院工学博士学位,回国后在多所大学任教。1933年3月,正在天津北洋工学院任院长的茅以升,突然接到时任浙赣铁路局长的同学杜镇远和时任浙江省公路局长的同学陈体诚的电报及信函;诚邀他前往杭州,负责建造钱塘江大桥。从1933年8月起到1949年9月,前后16年,他一直担任"钱塘江桥工程委员会"主任委员和"钱塘江工程处"处长,领导了修建钱塘江大桥的工程(其中除因抗日战争而撤离杭州的八年,他实际负责时间前后达八年之久)。钱塘江大桥经过17个月(1933年8月至1934年12月)的筹建,于1935年4月正式开工,1937年8月,"813"抗日战争爆发,钱塘江建桥工地上时有日本飞机轰炸,茅以升及其领导下的建桥人不怕牺牲,艰苦奋斗,提前完成了建桥任务,9月间大桥铁路通车,同年11月大桥公路通车,支援了上海继续抵抗敌人侵略。可是12月23日杭州沦陷,大桥于当日在茅以升的策划支持下为我方主动炸断。他回忆当时的情景写道:"23日午后1点钟,上面炸桥的命令到达了……等到下午五点钟时,隐约间见有敌骑兵来到桥头,江天暮霭,象征着黑暗将临,这才断然禁止行人,开动爆炸器。一声轰然巨响。满天烟雾,这座雄跨钱塘江的大桥,就此中断。"

1946年春,茅以升回到劫后的杭州,随即接到当时交通部准备修桥的命令。因此,他立刻进行详细勘测。原来,日军为临时军用,曾架设军用木桥面,接通公路,行驶汽车,修理炸毁的桥墩及钢梁,通行火车。但是,破坏过的桥墩钢梁变形异常严重,使火车行速受到严格限制,若不及早彻底修理,势必发生危险。根据当时经费状况,茅以升拟定了临时修复(接通公路,并加强铁路,只求临时维持通车,对于过分损坏的部分,给予局部修理及加强)和正式修复(将所有损坏的桥墩、钢梁和路面,一律恢复原状,并将因抗战而停顿的收尾工程全部办竣)两步修复的计划。1946年9月起,开始修桥,1947年3月1日大桥铁路公路全部恢复临时通车。1949年5月,杭州欣逢解放,同年9月,大桥修理未完工作,由铁道部上海铁路局接收续办。全部工程于1953年9月办竣。茅以升拟定的修桥方案完全实现。

茅以升在钱塘江大桥建造、炸毁和重建过程中所蕴含的崇高的民族精神、民族气节和优良道德,铭记在杭州人民的心间,而且成了全国人民接受爱国主义教育的宝贵财富。从中,我再次领悟到一个朴素的哲理:"爱国者人爱之,自尊者人尊之。"

(原载《中国人事报》2002年1月18日)

共筑温馨的家园

嘉定是上海的历史文化名镇,它历史悠久文化底蕴深厚,古往今来,这里孕育了众多享誉中华乃至世界的名人,为我国文化的发展做出了贡献。多年来,这个镇卓有成就地进行着社区文化建设,在市、区级获得了多项文化建设荣誉,1999年获"上海市文明镇"称号。这几年,嘉定镇街道党工委和办事处,决意站在新世纪的起点上,紧紧围绕江泽民总书记提出的"三个代表"的要求,按照嘉定区十五规划创建文明城区,尽快实现现代化的总目标,加大力度发展社区的社会主义文化,力争把嘉定镇街道建成优美、舒适、安全、温馨的文明社区。

先进文化　　占领阵地

江泽民总书记指出:在当代中国,发展先进文化就是发展具有中国特色社会主义的文化,就是建设社会主义精神文明。嘉定镇街道坚持用先进的文化占领文化阵地,他们开展了以文化、科普、教育、法律、体育、卫生为内容的"六进社区"系列活动,共19个项目,参与者9 800余人。这里举行的庆祝建党八十周年歌唱比赛和广场文艺晚会,歌颂党,歌颂祖国,歌颂社会主义新生活,前后演出21场。在"农行杯"演唱比赛中,吸引了45个单位、560名单

位职工和居民参加了比赛。这里举办的家庭收藏展,展出了陶瓷、根雕、竹刻、奇石、钱币、邮票、像章、火花等15类300余件珍奇稀少的艺术品,令人大开眼界。这里的黑板报评比、科普画廊评比、反邪教科学健身比赛、青少年电脑制画比赛等活动都让人受益。连续5次获上海市文明小区称号的梅园居委,300平方米的社区服务用房耗资60万元装修一新,整洁明亮,充满现代气息。利用这一文化阵地,向居民进行文化科普和法律知识教育,同居民谈心解愁,让老人品茶聊天、阅读报刊,每周一次的美声音乐沙龙放声高歌。为方便居民就近就医,卫生服务站已于日前开诊。这里还是上海市科普村,退休党员教师钟晓君、吴雅才和朱瑞昌办的《梅园科普》至今超过60期,固定读者两三百人。附近广场,居民休息健身、载歌载舞。

法治德治　相辅相存

依法治国、以德治国是一个紧密结合的整体。嘉定镇街道和居委会通过市民文明学校、专家讲师团、居民自我教育讲师团以及志愿者服务队向全体居民进行法律知识和道德教育,并在两个小区进行模拟法庭演示,形象地宣传青少年权益和婚姻家庭的法律知识,提高了居民的法制观念,确保社区安全。去年全街道刑事案件同比下降32%,破案率上升30%。

在道德教育上,他们通过充分演讲典型来弘扬正气。内容有反映朱彩琴帮助贫困大学生的《母子情深》、反映福利院员工为老人服务的《打开爱的天窗》、反映退休干部林雪娟热心公益的《编外居委干部》、反映市劳模朱培良做了好事不留名的《勇敢救落水儿童》、反映宋庭兰长期帮助患病青年的《人间自有真情在》。一个个讲演,催人泪下。几年来他们建成文明楼组、特色楼组961幢。这里有小囡桥的"党员示范楼"、三皇桥的"青少年艺术楼"、李园二村一居委的"互助楼"、汇龙潭居委的"科普楼"、塔城路居委的"敬老楼"等。

法治和德治有机结合,激励着广大居民争做有理想、有道德、有文化、有纪律的公民。李园三村二居委徐师傅身患绝症,儿子考上重点中学,妻子每月收入只400元,无奈之中搭建小屋经营杂货。但是当他听了居委的动员,便率先拆除这间小屋,使小区内100多户的拆违工作顺利进行。鉴于徐家特殊困境,居委干部为他办理了帮困卡,为其儿子落实爱心助学单位,给老徐介绍了一份力所能及的工作。这个居委的退休教师杨锦明,1997年以来,在小区义务教学生写毛笔字,自掏腰包为学生准备字帖和笔、纸、砚。经他悉心指导,学生的书法水平普遍提高,有两位获得全国少年儿童书法比赛三等奖。退休教师、中国作家协会会员陈一凡义务给中小学生上写作课。退休的副主任医生陈丽心、金为人给少年儿童作健康检查,治疗疾病。这个小区共有青少年学生294人,他们成立"小小护绿队",定期在小区宣传护绿,成立"坷保护绿小队",暑假中收到废电池436节;还成立广播播音小组,同学轮流播讲党的方针政策、时事热点和小区内的好人好事,通过30个低音喇叭传给居民。今年7月5日党支部书记朱惠萍不顾体弱有病,带领居委干部和居民冒着暴雨抗洪,排除了居民室外的大量积水,确保了全体居民的安全。这个以集体利益、他人利益为重,互敬互爱的居委,不愧为上海市的文明小区。两年来全街道评选出十佳好事、十佳好媳妇、十佳好儿女、十佳青年、十佳学习型家庭,以及优秀党员81名和先进工作者15人。

古洋之优　兼收并蓄

嘉定,具有784年历史。在这改革开放年代的社会文化建设中,嘉定镇街道正确处理中国现代文化与传统文化、外来文化的关系,力求古为今用,洋为中用。坐落于南大街的孔庙,古有"吴中第一"之称,是重要的爱国主义教育基地之一。宋代法华塔经过大修巍然屹立。秋霞圃、汇龙潭游人不绝。人们从中领略古代文明的风采。近年来,元代的南水关已经修复,南门和西门残留的古城墙业已整修,供人观赏。宽阔的环城河经过整治,河道整洁,东、南两段已在河岸种植花木筑起小道,让人散步小憩,还将把城河建成"绿色项链"。宋代的万佛宝塔,明代的翥云峰,清代的当湖书院、缀华堂以及侯黄两先生纪念碑和众多的古桥古树都保存完好。

近几年间,有关方面编辑出版《嘉定古代著作类聚》《嘉定春秋》《嘉定史话》以及《嘉定镇志》等书籍,街道居民从中吸取前人的优秀文化知识。朗读唐诗宋词和作诗作画现已视为时尚。州桥居委年逾古稀的居民胡孟初十多年来学习了许多古代诗词。今年老胡以《忆江南》为调赋词《三代英才筹伟略》五首,在州桥居委社区纳凉晚会上,由他上小学三年级的孙子胡海林朗诵。老胡还爱唱京戏,不时和票友登台表演。

在一个朋友的家里,我见到主人正指挥弹奏法国门德尔松的钢琴曲《乘着歌声的翅膀》,委婉动听。在一所学校里,一个小学四年级的男孩辅导他的祖父学习电脑,见老人记忆能力有逊于他,低声责怪,老人一笑了之。这些情景,说明由意大利人发明的钢琴和由美国人发明的电脑都进入了嘉定镇街道的寻常百姓家,意味着世界上先进的文化知识在嘉定产生了积极影响,而使人们跨上了时代的步伐。现在,学英语已成为人们的喜爱和职责。街道成立社区"英语沙龙",由上大学生志愿者进行学习辅导,每年进行学习交流活动。

建设上海市一级卫生街道和上海市文明社区,是嘉定镇街道文化建设的近期目标。它胜利在望,必能如愿。在新的征程上这个街道将把全体居民紧紧吸引在有中国特色社会主义文化的伟大旗帜下,不断奋进。

(原载《现代农村》2002年第4期)

把好入门关　当好裁判员

——访上海市工商局嘉定分局局长金耀祖

出生于 1952 年的金耀祖,毕业于上海师范大学,在嘉定区(县)人事局任局长近 13 年,曾获全国人事系统先进工作者的称号。1999 年 1 月奉调出任上海市工商局嘉定分局局长,连续两年受到上海市工商局嘉奖。2001 年度,他被评为上海市优秀思想政治工作者。

实事求是地讲

1999 年初,金耀祖走马上任,刚到工商局任职,便投入相当的精力,从事调查研究。他向局里的老同志了解,跑基层所调研,得出的结论是:嘉定工商局 1996 年获"全国工商行政管理系统先进集体"的称号,工作基础很好,但在客观上面临着"一变带多变"的态势。变就是经济体制的变化。建国以后的近半个世纪,我国实行的是计划经济体制,现在逐步建立了社会主义市场经济体制。随之,给工商部门的工作对象、工作方法和工作内容带来了功能性的变化。工作对象,以前主要是小商小贩,还有国营、集体企业,现在主要是"三资"企业、私营企业、个体工商户和国营、集体企业。工作方法,过去习惯于"打击、冲击和突击",现在固然有时也要运用此法,更重要的是服务指导。工作内容,过去只是执法监管,现在首先要向工商企业宣传国家的有关法律、法规,指导他们建章立制,增强企业自立意识、自觉遵守法制,提高整个社会的诚信程度。

培养高素质队伍。面临巨大的转变,金耀祖觉得建设一支素质良好的干部队伍至关重要,他提出要对干部队伍实行"四个抓"的总目标,即常抓教育明责任,严抓考核明奖惩,狠抓管理明职责,齐抓队伍强素质,促使干部适应新形势,树立新观念,塑造新形象。而且要求干部更新观念,牢固树立争先创优、竞争忧患、公仆服务和执法守法四个意识。因此,这几年,在金耀祖主持下的嘉定工商局扎实地抓了教育培训,提高干部的内在素质,努力造就一支政治坚定、业务精通、作风正派、办事高效的干部队伍。

进行思想教育。为深入学习江泽民同志关于"三讲"和"三个代表"的论述,他们坚持半月一次理论学习制度,建立双月报告会制度,邀请上海著名高校的教授为全体干部分析当代中国的政治经济及社会问题,介绍我国参加WTO之后应当遵循的规定。对年轻干部,组织他们上本地的国防教育基地参加训练。全局还有针对性地进行"看一看、比一比、想一想"的教育活动,组织干部去企业、农村、军营、烈士陵园和监狱,看一看工人农民创造财富的辛劳及其生活条件的艰苦,部队官兵保卫祖国责任之重大,先烈为革命成功付出的代价,某些干部蜕化变质以致犯罪的历程。这一系列的教育活动,对增强干部廉洁自律的公仆意识,爱岗敬业的忧患意识和为民服务的群众意识,成效十分明显。

学习知识技能。1999年初,金耀祖刚到工商分局时,经调查发现全局230多名干部中,大专以上学历的只占57%。因此,他一再向大家讲明"空袋子不能直立"——没有较高的文化知识,不可能很好地从事工商管理工作的道理,鼓励全局干部努力学习,提

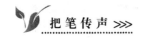

高本领,并在他主持下,制定了《关于提高干部文化学历和电脑操作技能的实施意见》,要求40周岁以下的干部必须取得大专学历证书,35周岁以下的干部必须获得办公自动化证书,45周岁以下的干部必须获电脑初级证书,所有干部必须获得"金管工程"操作和信息技术合格证。学习、培训同年终考核挂钩,对于成绩优秀的给予奖励,对于成绩落后和未达标的扣发奖金。目前,全局达到大专以上(含在读)文化程度的占全局干部80%,取得计算机初级或办公自动化证书的占95%,取得"金管工程"操作和信息技术合格证的占97%。今年,嘉定分局鼓励干部继续进修,取得高一级学历。而且组织了WTO规则法律法规新知识培训,实行"一季一法一考"和"一月一案"分析制度。还加强了电子商务、公务员普通话、公务员英语的培训,要求到2002年底,所有干部必须取得普通话合格证书,到2004年底,35岁以下干部必须取得公务员英语合格证书,做到持证上岗。

作风靠制度培养

为了引导干部养成良好的行为,切实转变干部作风,提高干部依法行政的水平,金耀祖和局领导班子在调查研究的基础上,实行了规章制度的建设和人事制度的改革。

对于规章制度建设,他们从日常言谈举止、上下班时间到用车规定、用餐购物,从咨询接待、受理投诉到执法检查、行政处罚和对干部的言行标准以及8小时以外的行为规范,一一作了明确规定,不断修正完善,严格执行。由于纪律严明,嘉定分局成为全市工商系统唯一保持行政诉讼败诉率、行政复议撤销变更率零纪录的单位。最近,嘉定分局组建了由分管局长任总指挥的快速反应执法队伍,保证24小时内通信联络畅通,一旦发生突发事件,要求固定队员在30分钟内到达指令地点集合,及时有效地履行市场监管职能,快速处置重大突发事件。

嘉定分局的人事制度改革是金耀祖调查了全局对干部使用和管理的现状,分析了其间的弊病之后才推行的。这个分局实行的干部末位调整制起于1999年,每年有三四位考核成绩居于末位的干部离岗学习,扣发奖金,调整工作岗位。2001年,结合局机关机构改革和人员分流,完善末位调整办法,全面实行双向选择,采用"缺额选聘、落聘下岗、培训试聘、优胜劣汰"的办法。2000年试行竞聘上岗制,46名年轻干部竞聘6个副科级岗位。2001年,在试行的基础上进一步完善,按照"公开、平等、竞争、择优"的原则,全面推行中层干部竞聘上岗,110名符合条件的干部竞聘57个岗位。通过群众测评、笔试、面试、领导考评等严格规范的程序,有18名年轻干部进入中层领导班子。这些做法激励着干部爱岗敬业、恪尽职守、积极进取、奋发向上的精神。

围绕行政和服务创优

为整顿和规范市场经济秩序,嘉定分局通过扎实有效的整治活动,建立综合治理的长效管理机制,取得了明显成效。

整治汽车市场。遵照市政府在嘉定区安亭镇建设上海国际汽车城的决定精神,嘉定分局将汽车、汽配市场的整顿作为重中之重,通过抓市场整治和企业自律,规范了汽车、汽配市场秩序。他们组织干部对全区所有汽车、摩托车及配件生产、销售、修理企业进行全面检查,查获案值100万元的"大众"轿车报废配件,非法拆解、改装旧货车23辆,非法加工翻新废旧轮胎2500余只以及假冒

的伪劣汽配件,并查扣了假冒摩托车。

开展特色活动。近年来嘉定分局进行的"规范经营示范街""规范化市场""经济户口"和"红盾维权进社区"等建设颇有成效。示范街已遍及各镇的13条主要商业街区和路段,落实其创建工作标准,经营户有照率、亮照率都达100%,假冒伪劣商品基本绝迹。"规范市场"有2个,按4项规范35条标准落实创建措施,市场内办照率、亮照率均达100%。欺行霸市、短斤缺两、欺诈销售现象基本消除。由于实施了一系列的规范管理制度,嘉定分局获全国粮食市场管理工作先进单位,东方汽配城的汽配市场规范管理工作走在全市前列,上海市轻纺市场的规范管理受到市里领导的充分肯定。

在支持地方经济发展方面,嘉定分局也卓有成效。他们依法行政,为企业服务。上海汇盛电子机械有限公司是国有企业,它所生产的切片机在国内市场享有盛誉。有一天,公司切片机图纸被窃,这意味着这家公司将蒙受巨大损失。安亭工商所接待了前去报案的汇盛公司总经理,了解案情,当即受理,最终使窃取商业秘密的当事人受到处罚,为这公司挽回了每年1000万元的损失。

"不设路障设路标"是嘉定分局服务地方经济的指导思想。他们的措施,首先是实行重点企业联系制度。班子成员及科、所负责人分别联系全区100户重点企业,加强沟通,增进了解,发现问题,及时解决。嘉定区交通实业总公司是金耀祖2001年的重点联系单位,当他发现这家公司有较多的下岗工人时,便通过有关部门为他们安排工作重上岗位。其次,嘉定分局的办照速度明显加快。把办照时间缩短为7天,凡资料齐全的,投资人3天内即可领到营业执照。对重点项目登记1天内就能领到营业执照。再次,建立企业贷款基金,筹集600万元,为私营企业和小企业解决贷款难的问题。最后,提高服务质量。严格做到"一次说清,两次办结"。

对于工商行政和为地方经济服务中遇到的重要问题,嘉定分局注重通过调查研究来统一认识,确定方略,使问题得到解决。这几年,通过调查研究,探索新形势下工商管理工作的规律,在嘉定分局蔚然成风。金耀祖自1999年到2001年,在上海市的《党政论坛》《上海工商行政管理》两家杂志发表了7篇论文和专业文章,《提高市场秩序可控性,增强城市综合竞争力》(载于《上海工商管理》2001年第6期)获上海工商行政管理学会二等奖。全局干部结合实际写出理论文章180篇,调研文章35篇。

"调查研究是入门的向导,作风建设是成功的关键,创新争先是前进的目标和动力。"对于近几年的工商管理工作历程,金耀祖作了如此的回顾。他表示,嘉定分局决心高举邓小平理论伟大旗帜,全面贯彻江泽民同志"三个代表"思想,认真落实总书记最近关于"必须把发展作为党执政兴国的第一要务"的讲话精神,按照朱镕基总理提出的建设一支"忠于职守,勇于负责,清正廉洁,执法如山"的工商干部队伍要求,进一步把好市场主体的入门关,当好市场运行的裁判员,做好市场秩序的坚强卫士。

(原载《现代领导》2002年第9期)

秋霞诗社成立十五周年

上海市嘉定区秋霞诗社成立已达15周年,计刊出诗词近5 000篇,有的还在全国获奖,这在全国区县亦属少见。近日,社员们欢聚一堂,畅叙诗社的辉煌成就。

这个民间的诗词组织,历经艰难曲折而不断发展。成员由起初的10人左右,增加到现今的70余人,以科研院所、大中学校以及党政机关离退休的知识分子和干部为主体,他们紧扣时代脉搏,挥笔赋诗填词。诗社已编辑《秋霞诗词》(内部刊物)37期,刊出诗词4 758篇,诗词论著42篇,投稿者50多人,并有23人在省(市)级和全国性报刊发表诗作。离休干部、诗社社长王汉田的作品收入《当代中华诗词集》《上海诗词》等45种刊物。年近八旬的尹耀成,有20篇诗作被收入《中华当代诗词优秀作品集》《短篇文学作品集》(第二套)和《当代传统诗词精选》。作家陈一凡的《芙蓉山庄红豆歌》,2002年在中华诗词学会举办的七夕"红豆相思节"诗词大赛中获得三等奖。陈明德、谭晓亮、刘干臣、江毅、胡孟初和施建等11位七八十岁的老同志,都已成为上海市诗词协会会员。

(原载《东方城乡报》2003年4月22日)

访纵横汉字输入法
发明人周忠继先生

最近,上海教育电视台正在播放《纵横汉字输入法 2002 简易版》教学片,观众交口称好,上了年纪的朋友尤感兴趣,希望学习这一现代化的信息技能。纵横汉字输入法,简称纵横码,是香港南联实业常务董事、香港苏浙同乡会名誉会长周忠继先生发明的。

简单易学功能强大

早春的一天,这位满怀"中文电脑化,电脑中文化"理念的爱国实业家,在沪会见了上海市推广纵横汉字输入法的教育界和新闻界人士。我有幸应邀前往。周先生是苏州人,现年 78 岁,身材魁梧,精神矍铄。他满脸笑容,一进门便对大家说:"看到大家把汉字输入电脑,我很高兴!"他洪亮的声音使在场的朋友倍感兴奋。

他发明的纵横汉字输入法,是把汉字笔形分为 10 类,分别用"0"到"九"这 10 个数字表示,对笔形和数字代码的关系,则通过口诀记忆。这个口诀是"一横二竖三点捺,叉四插五方块六,七角八八九是小,撇与左钩都是零"。单字全码最长四码,词组全码最长六码。软件内贮存了 20 000 余字和 250 000 多条词组。这种输入

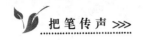

法具有简单易学、字体繁简通用、词组丰富、功能强大的特点,输入采用小键盘操作。1996年6月,纵横汉字信息处理系统获江苏省优秀软件二等奖,江苏省教委科技成果一等奖。1998年12月,清华、交大、东南、浙大等六所高校的计算机博导组成的鉴定委员会,一致认为纵横汉字 Windows 套件,"在总体上达到了国内外领先水平"。目前,纵横码已在江苏、上海、浙江和香港广泛应用,北京、山东等地也在推广,并传到了加拿大、澳大利亚和新加坡等国的华人中间。

近20年来,周先生把纵横码作为一项社会事业,为之倾注了大量心血。早在20世纪80年代初,他的老友安子介将自己发明的一台中文打字机送给他。他兴奋异常,遗憾的是,把中文输入电脑好比走蜀道那样艰难。当时邓小平"一国两制"的构想已提出了两年,周先生想,香港不久要回到祖国,祖国要走向世界,倘不实现中文电脑化和电脑中文化的目标,损失之大,绝非金钱所能计算。当时中文输入电脑的方法已有拼音、五笔字形、仓颉等不下200种,但均有诸多不便。一天,他偶然发现王云五(1888—1979)提出的四角号码检字法,茅塞顿开,兴奋不已,随即加以改进,输入电脑。如此经历了五年探索、思考和改进,终于编成《纵横汉字输入法简体码本》,并于1989年在香港出版。

远联姑苏带动沪浙

周先生发明的纵横码,要进一步试验并推广绝非易事。他采用了"远联近引传播四方"的谋略,先到远离香港的苏州寻找合作伙伴,以苏州为基地带动江苏、上海和浙江,引导他所在的香港,进而向国内外扩展。1992年9月,担任国际企业家访问团领队的周先生,在访问苏州期间,得到了苏州电脑教学基金会葛晋德董事长的大力支持。在这年间,周先生4次抵达苏州,并到南京等地考察指导,开展推广工作。1993年6月,"纵横汉字信息技术研究所"于苏州大学成立。同年10月这个研究所制成纵横码第一套教学软件并在各电脑室试用,且开办了纵横码师资培训班。到2001年底,在苏州、南京、常州、扬州和南通等地举办的市级和省级纵横码竞赛研讨会上,交流了教学经验的论文133篇。《纵横汉字系统》《纵横码教学研究与探索》等专集由清华大学出版社和苏州大学出版社出版。苏州大学汉字信息技术研究所出的《简体纵横输入系统版》光盘和《纵横输入2002简易版》光盘分别在内地和香港发行。目前,江苏省学习和应用纵横码已达数十万人。

在周先生支持下,1996年11月10日,上海纵横电脑教育基金理事会、上海大学纵横电脑教育机构宣告成立,上海市政协副主席谢丽娟任理事长,上海政要出席了成立仪式。

周先生还深入大中学校,现场考察指导,提供帮助,2003年5月在上海多次举办培训班。以上大、财大、理工大学、上师、南洋模范、延吉、风华、杨浦等大中学校为阵地,培训了众多的大中学生、下岗职工、街道干部、离退休人员和老新闻工作者。上海组织了两次纵横汉字输入法竞赛,选手分赴江浙参赛,获优异成绩,还组织办学人员参加纵横码教学经验会,提交论文16篇,获一等奖和二等奖各1篇。

新闻媒体对此积极支持,参加上海大学纵横码培训班学习的老记者纷纷撰文,在上海、新疆等地报纸作过报道。上海教育电视台对纵横汉字输入法教学片的定期播放,更使受众日愈扩大。浙江推广纵横码的工作以宁波大学为龙头,在周先生指导下,那里举办的纵横汉字输入法华东地区大奖赛影响甚为深远。

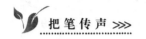
把笔传声

引入香港传播四方

为把纵横汉字输入法引入香港，周先生以苏浙同乡会名义，组织香港人士实施参观学习，在香港，多次组织由青少年和中老年人参加的现场表演及竞赛活动。2000年8月，在香港国际职业教育会议上，周先生特邀江苏打码高手陈建峰同学赴港现场表演。曾以5分钟打了999个汉字的陈建峰，那天在当地抽取随机文章的演示中，也取得了1分钟打150多个字的成绩。现场香港记者都啧啧称奇。在展览活动的20天内，一下子卖出了1 700多套纵横输入法软件。2001年3月，香港举办了有152所中学、1 287名学生参加的校际中文输入法大赛，纵横码参赛选手不仅囊括了校际冠亚军，还在个人与团队的13个奖项中得了8项大奖。

周先生说："在香港，人们日益认识'纵横'，喜爱'纵横'，使用'纵横'。现在香港政府、廉政公署、海关、图书馆等处都在使用纵横码，连老人也在使用。67岁的香港同胞麦锡荣，是隋代名将麦铁杖的第二十二代后裔，为使咸丰四年的手抄本族谱世代相传，他以每分钟15个字的速度，辛劳数月，终将历代祖先的名字全部输入电脑。"

纵横码在香港和内地推广的成功，深为海内外注目。2002年2月、2003年1月，国家教育部领导率领教育厅长和大学校长在香港参观苏浙公学，学生的纵横汉字输入表演，引起他们极大兴趣，表示要好好推广。香港《大公报》《文汇报》和《电脑广场》等媒体的传播，使纵横码磁铁般吸引着海外华人。澳大利亚墨尔本大学学生会会长专程到香港找周先生请求帮助，现已有400多名澳洲华人在学纵横码。常有世界各地的华人索取该软件，均得到了周先生的热心支持和回应。

益众利民岂为赚钱

"发明纵横码,能否赚钱?"不免会有人询问这个问题。周先生坦言笑道:"我研究纵横码,全为华夏儿女。我是把它当作一件社会公益事业来做的。为办好这件事,在经济上我理当尽点支持之责。"他仅在苏州为完成纵横码的研究推广累计捐资已达1 000万元。

满怀"益众利民"理想的周忠继先生博得国人敬重,当时任中央政治局委员、上海市委书记的黄菊和江苏省委书记陈焕友亲切会见了他,宁波市委副书记陈艳华也代表市委、市府向周先生赠送了礼品。周先生则表示,为让纵横码走进千家万户,跨入海外的华人世界,他将毕生为此竭尽全力,奋斗不息。

(原载《海内与海外》2003年第9期)

否认历史，焉能取信？

今年是抗日战争和世界反法西斯战争胜利60周年。我油然想起20世纪30—40年代日本侵略军对我国人民带来的空前浩劫。

日寇侵华，罪行罄竹难书。

在这特定的日子里，我冒着绵绵阴雨，寻访了遭受惨无人道的日本侵略军蹂躏的花家桥。

它坐落于嘉定区江桥镇丰庄村。当地的老人愤怒地告诉我，1937年（民国26年）11月9日，他们宅上有20个未及逃跑的亲人，被日军拉到小溪畔残酷杀害，鲜血染红了小溪的流水。农妇沈凤南遭刺两刀却尚存一息，所以人称杀死"十九个半"。第二天，日军又将花家桥25间房子烧成一片焦土。此外，宅上人逃难时被日军枪炮打死3人，得急病而死的8人，合计死了30人，占当时全宅总人口100人的30%。在死者之中，最老的84岁，最小的只有2岁，遇害最多的家庭是郁同康一家，父母弟妹7人一齐被杀！正在上海学生意的同康得此噩耗火速回家，面对此情此景，悲痛欲绝，幸有年老祖父母谆谆劝导，才静下心来，沉痛地送走了被害的亲人。

花家桥的惨状，只是日本法西斯在中国犯下滔天罪行的一个小小缩影。我从史料得知，在嘉定区，惨遭日军杀害者竟达1.66万余名。据不完全统计，全中国在日本侵略军屠刀下死亡2 100万人。1937年12月，日军制造的震惊中外的"南京大屠杀"被杀害34万人，约占当时南京人口二分之一。日本侵略军给我国造成的直接经济损失，按1937年比价计算，达1000亿美元，间接经济损失5000亿美元。在沦陷期间，我们中华民族遭受着极大的灾难，人民在铁蹄下受辱，在水深火热中煎熬。我国人民对于昔日侵略中国的日本法西斯罪行，无不深恶痛绝。

然而，日本并没有对历史作出正确评价，对其在中国犯下的罪行极力抵赖。自二战之后，它继续走着错误的步伐，只觉战败"羞耻"，"侵略无罪"。极右势力至今还认为，如果日本未曾战败，根本不会有道歉战争罪行的事情。因此，日本否认侵华历史，在国民教育教科书中没有如实记载"南京大屠杀"、慰安妇、使用化学武器及在马来西亚、新加坡屠杀华人等罪行。更有甚者，日本竟有高级官员参拜安放其主要战犯骨灰的靖国神社等。日本的这些做法违背了自己的诺言，伤害了中国乃至亚洲有关国家人民的感情，引起中国乃至亚洲有关国家人民的不满。日本在亚洲失去信任，陷入孤立。最近，我国和日本邻国人民，自发反对日本谋求成为联合国安理会常任理事国。此间显示，在抗日战争和世界反法西斯战争胜利60周年的今天，我国和亚洲人民所体现的崇高民族精神是令人敬佩的。

中国国家主席胡锦涛今年4月23日在雅加达会见日本首相小泉纯一郎，就中日关系发展提出的主张中，再次强调"要切实坚持以史为鉴，面向未来"。可见，日本要真正解决与中国以及邻国之间的问题和矛盾，首先应该似德国那样，彻底抛弃从前的觊觎和企图，学会尊重历史事实，同时要谦虚谨慎，认清世界上发生的巨大变化。只有这样，才能得到中国和邻国人民的谅解与信任，在国际事务中发挥更大的作用。

(原载《东方城乡报》2005年6月7日)

敬　佩

——追忆杨钧伯医师

　　人到老年,都希望有老友,这是精神生活的宝贵财富之一。可是令我敬佩的嘉定知名中医针灸医师杨钧伯,却于2004年12月14日走完了80个春秋的人生道路,令人遗憾!

　　惊回首,和钧伯先生相识已历时五十又二年。他为人治病解痛的事迹,我铭记心间。有一天,我一个同仁的爱人突然腹痛,在床上翻滚不休,口吐黄水,同仁心如火焚,不知所措。他抱着侥幸心理去杨府,钧伯先生二话不说,骑车出诊。当问清病情,便拈起长长的银针,在病人的上腹部扎了三支针。同时言明这样针灸绝不会触及内脏。几分钟后,患者止痛,同仁夫妇喜笑颜开。秋冬之交的黄昏,那位同仁的岳父腰痛不止,卧床不起,翻身困难,钧伯先生又迅即登门为老人扎了五六针,说笑之间,病人痛感全消,下床走动。为我的同仁出诊,钧伯先生分文不取,婉拒礼品。有个朋友双膝关节炎严重,行走不便,四处就医无效,无奈恳求钧伯先生针灸。为照顾患者上班,钧伯先生宁愿推迟下班给他治疗,三年间针了304余次后基本痊愈。此间显露出钧伯先生的医德医术之高。

　　钧伯先生14岁(1938年)丧父,即在上海八仙桥外祖父李培卿和中国著名针灸学家、他的舅父陆瘦燕教授处学习中医针灸;18岁丧母,为挑起兄妹6人生活的重担,便在外冈镇私人开业。数十年间，他秉承老一辈的学术体系，结合当代针灸名家的经验，摸索出自己的一套针灸理论和针灸操作手法，对治疗神经官能症、中风偏瘫、小儿脑炎等病症，都有独到之功，且有专业论文载于美国医学杂志。在临床上，他辨证施治，取穴合理，手法适宜，疗效显著，服务范围遍及上海西北部及江苏邻近地区，向他求诊者络绎不绝，以致经常加班加点，以糕点充饥是常事，他无怨无悔，深受病人拥戴。

我和钧伯先生相识始于1952年。那年夏天，我刚刚到外冈工作，很快认识了这位在当地享有盛誉的医师，他时年仅28岁，是外冈镇联合诊所副所长，1956年，我们先后调到嘉定。钧伯先生供职于嘉定人民医院中医针灸科，后任主任；1987年2月去中医医院，曾任院长兼针灸科主任。他还是县人大第二届至第六届代表和政协第一届至第七届委员。我也是政协委员，退休之后我们作为区政协之友联谊会会员，每逢相遇都以"外冈老乡"的感情问寒问暖。交谈之间，得知他仍热忱关注年轻人的进步。

有位医师报副高职称时，钧伯先生代表医院向评委介绍了申报人的情况之后，不顾严冬腊月的寒冷，一直在会议室外等候，待到评委投票通过同意上报的结论才欣然离去。他鼓励这位医师说："要大胆干，我支持你。"有一天，中心医院中医科来了位因车祸而面瘫又快要结婚的青年，按钧伯先生嘱咐，一名年轻女助手取穴扎针，共针七八次，病人面部恢复正常。足见，正是钧伯先生精心指导，德艺双馨的年轻医技人员才不断成长。有联赞道："一代中医法师倾心育才发扬光大，医德技艺高超社会各界有口皆碑。"目睹此言，钧伯先生感到欣慰。

（原载《又一春》2005年第2期）

大城市的小村落——毛桥

上海市北端,和江苏省太仓市紧紧相连的地方,有个村落,叫毛桥村。它位于嘉定区华亭镇。村口的牌楼上高高悬挂着一副对联:

田园风情显华亭魅力,
自然本色展毛桥新姿。

毛桥村是国家农业部35个社会主义新农村建设的示范村之一,是上海市规划的585个中心村之一,也是嘉定区要建设的20个中心村中的一个。毛桥村以"保留改造"的方式,取得了新农村建设的初步成效,《人民日报》《中国改革报》相继报道。

缘何选毛桥

毛桥村成为国家和上海市新农村建设的示范点,绝非偶然。2005年10月《中共中央关于制定国民经济和社会发展第十一个五年规划的建议》,把建设社会主义新农村作为"我国现代化进程中的重大历史任务"提了出来。农业部、上海市、嘉定区和华亭镇的领导随即分别进行调查规划。经多方研究,尤其是华亭镇的推荐,毛桥村被定为示范单位之一。华亭镇主管城建规划的副乡长朱敏琦说:这是多方面考虑的结果。原来,他们首先考虑了经济区域的划分。嘉定区把现代农业建设的任务落实到华亭镇,要求这里发展现代观光旅游农业,如今嘉定现代农业园区已建成,而毛桥村又地处嘉定现代农业园区22平方公里的中心。其次,地域的特点。毛桥村东近农业园区核心区,西邻浏岛旅游度假区、上海协和高尔夫球场。横贯全村的霜竹公路,把上述景点和毛桥村连成一线,这有利于发展其自身的经济,也有益于全镇旅游业。更重要的,则是毛桥村的自身优势。多年来,全村村民生活和社会事业发展较快,村风民风好。

尊 重 历 史

历史是指自然界和人类社会的发展过程,也是过去事实的记载。毛桥是历史悠久的村落。在这次农宅改造中,如何保持那浓浓的古朴韵味,并使之和当今的时代气息融合,服务于现代的村民?他们是"保留改造",从而显现了一派黑瓦白墙、小桥流水、鸟语花香、绿荫优美的景象,而且改厕改厨改路灯,道路纵横水管新,互联网里传佳音。

村委会主任许友榇领我参观了一幢百年老屋。整幢老屋一明一暗,开阔高大,室内装修木雕,经过这次整修,那黛瓦白墙屋角翘的江南传统民居特色,令人喜爱。老屋的主人、94岁的朱华珍,由女儿陪伴着,安坐在秋高气爽的景色中颐养天年。

这里有个农家劳动用具展览室。我一一点去,共展出66件,内有耕作用的牛车、戽斗、犁耙;收获用的囤匾、畚箕、镰刀;纺织用的纺纱车、布机;还有用于生活的石臼、磨、斗等。

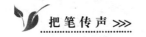

在"传世艺坊",陈列当地的民间工艺品。竹编是毛桥民间的特色工艺,用于农民日常生活。著名的嘉定竹刻,这里也有陈列。它始于明代正德、嘉靖年间,现为中国非物质文化遗产。

生 财 有 道

"生产发展、生活宽裕"是新农村建设的首要目标。毛桥村在让村民改善居住环境、提高生活质量的同时,凭借乡村旅游业带来的商机,鼓励村民增加收入。

开办"农家乐"饭店。李德华、龚惠芬夫妇,以每月800元的租金,借了三间民房,聘请一名土厨师,开起"金菊土菜馆"。自9月21日营业以来,天天有客。国庆长假期间,更是门庭若市。浦东来毛桥参观的一批老同志,便在此用餐。他们十人一桌,十五六个菜,一半是荤的,有草鸡、河虾、野味,还有毛芋艿、炒南瓜等,花钱200元左右,大家觉得菜肴新鲜丰富又实惠。这样的饭店已开了4家。在一家小饭店里有清代嘉定人钱坫的"心田喜气良如玉,耳畔清言眇入神",清代嘉定人朱之稼的"黄米饭香青菜熟,白头人老素心存"等联语。另有毛桥食堂,饭厅宽大,同时可容250余人用餐。墙上挂着毛主席画像和记录当年食堂吃饭的照片,反映了当年食堂的真实情景。

这个村还着手开展"都市农夫"业务,让城里人在此租赁1分土地,种植作物,平时由村民代管,成熟之后村民致电通报,租赁人来此收获,从中体验绿色农业和生态农业之乐,享受劳作之趣。

(原载《又一春》2006年第6期)

我看大山演斯诺

今年是中国共产党成立85周年、红军长征胜利70周年，上海文广集团主办和上演了大型话剧《红星照耀中国》(据斯诺同名著作改编)。

6月27日19时许。上海美琪大戏院大厅内灯光方熄，舞台无比明亮。上海话剧艺术中心演出的《红星照耀中国》帷幕启动。

舞台上一位身体修长、发黄鼻高的年轻演员吸引着我。他是扮演埃德加·斯诺的大山。

斯诺(1905—1972)，1936年作为第一位进入延安采访的外国记者，1937年写成《红星照耀中国》(即《西行漫记》)，同年10月首次出版。这是世界上率先忠实报道红色中国的著作。20世纪50年代初，我在同学家里见到过此书，之后，我怀着浓厚的兴趣阅读了这部作品，对两万五千里长征加深了理解，对毛泽东、周恩来、朱德等老一辈无产阶级革命家领导的中国共产党更加热爱，对新中国的未来充满信心。对作者斯诺，这位出生于美国密苏里州一个出版印刷业主家庭、就读于密苏里大学的年轻记者，那种不怕艰苦、追求真理的精神，肃然起敬。多年来，斯诺的名字鼓舞着我在新闻园地里耕耘。

大山演斯诺是最好的人选。他生于加拿大渥太华，求学于多伦多大学，本是有名的相声演员，今已成为广受喜爱的中外友好使者。加拿大前总理克雷蒂尔赞许道："加拿大在中国的友好大使莫

过于'大山'。"人民日报海外版称"大山是外国人,但不是外人"。他和斯诺有诸多相同之处。两人都是北美洲人;都在20多岁来到我国;都富有睿智,锐意进取。最重要的,他俩都热爱中国。根据本人遗愿,斯诺的一部分骨灰葬于北京大学校园。而大山,2004年被评为北京十大杰出青年,成为获此荣誉的首位外国人。

斯诺当年对中国真实情况的了解,对中国共产党及其工农红军由好奇到敬佩的转变,全凭亲眼所见。他那炯炯的双目,求真的美德,使他对中国有客观公正的认识,对中国共产党和工农红军产生真挚之情。这些经大山精彩的扮演,在舞台上显得多么逼真!1928年,斯诺在赴内蒙古采访中,目睹老百姓遭受饥荒、瘟疫之苦,国民党政府不顾民生任其蔓延,两名青年共产党人为救疫民染上瘟疫致死。1932年,因国际社会冷漠,国民党政府腐败,他看着在上海孤立无援抗击日军的十九路军陷入绝境,看到日军捕杀我同胞的悲惨情景。于是他想起共产党,激起他寻找红军的强烈愿望。当宋庆龄和他会面,为其北上做出安排时,他喜笑颜开。他冲破重重封锁到达中国革命圣地延安。在采访毛泽东、周恩来以及红军领导时,他询问海内外关注的众多问题,一一记录。他平易近人,走访红军战士、教员、工农群众、老人、小孩。舞台上出现的罗斯福,说明斯诺的这部著作,由于准确、鲜明、生动地报道了中国共产党和工农红军的斗争事迹,引起国际、国内的广泛关注,也令这位美国总统明白,由中国共产党领导的一个全新的中国将会出现。

造诣高超的大山和近30名演员的密切合作,让观众们领悟到,这个话剧最大的思想价值,在于"告诉人们记住崇高、追求崇高。记住这位曾经终生坚持正义、帮助中国的国际友人"。

(原载《嘉定报》2006年8月7日)

"豆腐干"写家王琢成

我有一个老朋友,相识 50 年来,在全国和省市级报刊发表新闻作品超千篇,在全国和地方的新闻宣传单位连连得奖。他 1924 年 7 月生,现今精神矍铄,笔耕不辍。去年(2006 年)第一季度,又有三篇百字文分别在《人民日报》的建设新农村、医药卫生和老人优惠专栏发表。其作品题材广泛,被人誉为"社会学家"。他是谁?便是嘉定闻名的通讯员王琢成。

一发不可收拾

从嘉定区供销合作社退休的经济师王琢成,其处女作载于 1953 年一份《新华日报》上(那时嘉定属江苏),时任娄塘供销社业务组长。他目睹当地农民的大量洋葱无人收购,以致腐烂倒掉。为保护农民利益,他首次撰文投寄,没几天,便见报,鼓舞极大。从此一发而不可收,至今的 53 年间,据他保守的统计,仅在省市级和全国报刊发表的新闻作品在 1 200 篇以上。

稍加分析便知,王琢成 1985 年退休前 33 年中发表 500 篇以上,年均 15 篇多;1985 年之后的 20 年间发表 700 篇以上,年均 35 篇多。仅据区委宣传部统计,1997—1999 年,他在省市级以上报刊发表作品 300 篇以上。他的作品散见于《人民日报》《经济日报》

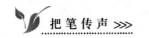

《中华商报》《中华合作时报》《中国文化报》《解放日报》《文汇报》《新民晚报》《新华日报》《扬子晚报》《劳动报》等30多家报纸和《中国合作经济》《上海经济》《上海农村经济》《集团经济研究(江苏)》《江苏乡镇企业》《商业会计(北京)》《上海滩》《档案春秋》《现代农村》《上海蔬菜》《上海退休生活》《上海精神文明》《半月谈》等31家杂志,内容涉及经济、政治、文化、科技、法律、旅游和社区活动等,体裁有消息、通讯、评论、来信、调查报告等。

"豆腐干"真谛

多年来,王琢成采写的,主要是以报道他所从事的供销物资工作为主的短文,登在报上,好像一块豆腐干,人称"豆腐干文章"。对此读者评价不一。有的说它新闻价值不高,甚至对作者怀有贬斥之意。当时上海科大从事新闻教育的一位副教授称:王琢成的豆腐干文章,吃起来有滋有味,有啥不好?后来,解放日报以《豆腐干秀才——王琢成》为题进行介绍,肯定了他写作豆腐干文章的艰辛和所产生的积极效应。

最近,他和我谈起笔耕的体会说,写好豆腐干文章,不是轻而易举的事。一篇数百字的短文,也要有五个W新闻要素,且要切中时弊、观点鲜明、材料典型、言简意赅。他觉得,这是豆腐干文章的要义。所以,要像做枫泾豆腐干那样,做工考究,蕴藏咸、甜、香、鲜、韧,还要保持传统特色,食之别有风味。简言之,豆腐干文章,只有下功夫才能写好。

1999年2月9日《新民晚报》载王琢成一文:《农民成为黄金消费的"主力军",嘉定城里金店多于粮店》,780余字。它披露,嘉定城区有八家金店,而粮店寥寥无几。原来在八家金店购买黄金饰品的,八成是农民。他们感到黄金饰品能装饰和保值,故而销势旺盛。此稿引起英国路透社记者兴趣并作了报道。2002年5月18日,上海某报发表王琢成一封122字的信,反映嘉定新成路生态景观街的有些树上,被人乱刻文字。他开导说:"爱护绿化人人有责,乱刻树木不仅给营造生态型的景观道路带来美中不足,也是一种不文明的行为,应坚决制止。"新成街道向他表示感谢,市绿化办评他为爱绿护绿先进个人。足见王琢成豆腐干文章的社会效应不可低估。

勤奋才成功

王琢成,父辈家境贫寒,小学未能读完,13岁背井离乡,去上海一家南货店学生意。文化底子薄,是他提笔作文的困难。可是党的阳光照亮了他的心田,那强烈的翻身感和社会责任心,促使他树立起以勤取胜的信心。

他在工作岗位上,结合对时事政治和经济知识的学习,努力提高语文水平。遇到不识的文字、不懂的词句,便向他人请教,或查字典,或记在笔记簿上。对于报刊上的好文章,他仔细阅读,领会其精神,分析其写作方法,对照自己稿子的不足,学其所长。如有写作讲座,他绝不缺席。如此年复一年的积累,他就能比较顺手地书写短小的消息、通讯、评论,也有千字上下的文章。1986年,供职于嘉定县经济发展研究所的王琢成,撰写了题为《我是怎样改变对私营经济看法的?》一文,参加《解放日报》的"城乡私营经济"征文,全文879字,由于观点鲜明、资料翔实、说理合情而得奖。

"写稿对退休生活来说,是一个增长知识、更新观念、实现老有所学的历程,也是晚年学习的乐趣。"王琢成如是说。退休之后,他

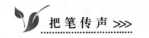

把图书馆视为没有围墙的大学,在那里阅读图书刊物,获取知识、信息。去街头社区观光,知晓真情实景。2000年的一天,王琢成突然在报端发现,为颂扬千年茅台、万年好酒,经国家文化部、国家文物局批准,中华爱国工程联合会、中国历史博物馆主办"与国酒茅台"征文大奖赛,迅即苦苦搜集资料,写了篇《我心中的茅台酒》,全文930字,读起来亲切动人,感人肺腑,获优秀奖,作品辑入《国酒天香——我心中的茅台酒》一书。2003年自编的《王琢成2000—2002年新民晚报作品集》,汇集了这三年在该报发表的170余篇文章。近年来,他的思维方式大有改观。鉴于茶文化的发展,他通过调查研究,从多角度思考,写成《嘉定茶坊生意火》《嘉定茶客喜上新型茶楼》《嘉定有家红茶坊》《社区茶馆乐融融》等七篇不同主题的茶馆文章。纵观全貌,他的作品体现了紧跟时代、面向大众、贴近生活、视角多样的特色,展示着灿烂阳光下人间的变迁。

在这历史上从未有过的变革年代,王琢成记录历史,莫大幸运。更值得欣慰的,他可比常人更真切地认识正在流逝的现实!

(原载《我们的脚印》2007年第6辑)

天造奇观——石林

前不久,我随旅行社组团,赴云南省石林风景区观光。

石林风景区,位于昆明市石林彝族自治县境内。总面积350多平方公里,海拔最高处为2 601米,最低处1 500米。步入这个风景区,映入眼帘的是拔地而起的石峰、石柱、石笋,犹如一片森林。据地质学家考证,2.7亿年前,这里一片汪洋大海,海底逐渐形成石灰岩沉积区。后因地球地壳运动,才变化成现今这一特殊的地貌。

这一景区以奇、秀、幽、险著称,由二林(大小石林和乃古石林)、二洞(芝云洞和奇风洞)、二湖(长湖和月湖)、一瀑(大叠水瀑布)等七个自然风景区组成,景点共200多个。

大小石林是石林风景区的中心区域,游览面积3.4平方公里,呈岩柱林形态。石柱高大,气势雄伟,似人似物,形象逼真。莲花峰是大石林中最高、最美、最险的石峰,居于"剑池"之滨,离水面约30米,仅有一路上下,游客在此行走,两手无处攀缘,只能两腿弯曲慢行,一旦登上峰顶,则峻峭的石林尽收眼底。在绿草如茵的小石林,玉岛池旁耸立着一座石峰,导游挥手指着说,这是人们所称的撒尼族少女"阿诗玛"。相传阿诗玛本是一位美丽动人的撒尼姑娘,因头人土司的儿子欲霸占,便被土司派员抢走。阿诗玛心爱的阿黑历经千难万险,终于救出了阿诗玛。在他们回家途中,突遇山

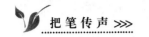

洪暴发,她被洪水卷走,幸被一个名叫应歌的姑娘救出,化为石林奇峰,永驻人间。

乃古石林位于大小石林之北。"乃古"系撒尼语黑色之意。这里岩石呈灰黑色,乃古石林之名由此而来。由于岩性有别,岩石呈细腰、蘑菇、穿孔等形。景区气势磅礴,古朴粗犷,是喀斯特地貌中的又一奇观。

芝云洞,是石林风景区中最早发现的溶洞。倘若进入这洞,便觉里面的石乳大多敲击有声,或清脆悦耳,或雄浑辽阔,或洪亮悠远,似可组成美妙的音乐。奇风洞,每年8—11月间,常发生间隙的喷风现象,平均半小时喷风一次,似同地下溶洞在"呼吸",奇特异常。据悉,每当呼气会发出隆隆之声,可将草帽直吹至5—6米之高。

海拔1 907米的长湖,水域80公顷,深藏于圭山,四周山峦起伏,青松苍翠,湖水汲自地下暗河,清澈透明,终年不涸。长湖在晴天、阴雨天和昼夜,景色各有变化。长湖四周遍布彝家村寨,火把节时,这里是活动中心之一。状似弯月的月湖,由大小不等的湖泊组成,水面面积3平方公里,是进行水上运动及野营的好场所。

我远远望见了大叠水瀑布。导游介绍说,这是巴江从断层悬崖上跌落下形成的瀑布,最大一级落差96米,宽30米,是云南省最壮观的瀑布之一。那里山路崎岖,水花四溅,一步一惊。在阳光照射下,瀑布前出现道道彩虹,与飞瀑、山花、翠林辉映,蔚为壮观。有人说:"看石林尽是石头,不过是一堆冰冷的石头!"其实,石头大有学问,石林的学问更是深奥。它是人类历史的见证,它是中华民族的瑰宝。

(原载《东方城乡报》2007年9月7日)

一只旅游帽的故事

4月22日,我随上海市嘉定区统计局退休的朋友,前往全国历史文化名城常熟市的虞山国家森林公园观光。正是在这国家4A级旅游风景区,发生了一个耐人寻味的故事。它竟然同三千年前的姜太公相关。

那天,给我们做导游的,是虞山国家森林公园旅游服务公司营销部地区经理周玉萍。当她讲解碧波千顷、风光秀丽的尚湖的来历时说,这是因纪念古代一位名叫吕尚(又名姜尚)的姜太公曾来此钓鱼而得名。

听了她的介绍,我问道:"姜太公到这里钓鱼,有没有历史记载?"

周导游说:"我们是根据前辈传下来这么说的。"

我说,姜太公钓鱼是有历史记载的。那是在现今陕西省的渭河之畔,时间在三千多年的商纣王末年。这位才华出众却贫苦潦倒的姜尚,那时年岁已高。当他得悉周文王广求贤人,便到渭水之滨钓鱼,以祈见到周文王。果然,有一天出外打猎的文王,在渭水的北边,遇到正在钓鱼的姜尚,与之交谈,发现他见识非凡。从此姜尚辅佐文王把周国建得日益强大。周文王病死之后,姜太公继续辅助文王之子周武王灭掉商。

听了我的这番简解,周玉萍对我说:"我们这里的一本旅游

手册,对姜太公来常熟钓鱼也有介绍。"于是,领我到她的办公室,阅读那本名为《灵秀虞山》的书。内中叙述道:"相传商末姜太公为躲避商纣王暴政来常熟时,曾住在附近的小石洞里……"(又据《常熟市志》称:"相传商末姜尚避纣王时曾垂钓于此……")

看了这段文字,我对周导游说:"这里写的是'相传'。"正是这个"相传"的故事,给常熟悠久的历史文化增添了浓重的彩笔。

我愉快地带着导游给我的《江南明珠福地》《宝岩生态》等资料,向她告辞,急忙赶上久等的旅游车。

谁知我这匆匆一走,给周玉萍添了麻烦——我的一只旅游帽忘记在她的办公桌上。

"喔,我要给他送去。"这是她脑际的第一个反应。

她拿起帽子一瞧,发觉这只白色棉织的旅游帽已被我戴了多年,显得陈旧,但帽上绣着"马陆葡萄文化节"七个紫色的文字,心想,这对我是很有纪念意义的。何况天气是阴天,风又大,上了年纪的游人,戴了帽子有益健康。她自言自语道:"现在要讲和谐,应当多为别人着想。"

这时,下班辰光已到,理应上市场买菜烧煮夜饭,和先生、女儿共享天伦之乐了。这些她宁愿推迟。她拿起电话,拨通了陪同我们的上海锦江国际旅游股份有限公司嘉定分公司总经理周坚荣的手机,旋即乘坐她先生的摩托车,从气势磅礴的虞山,沿着倾斜宽阔的道路,直驶山麓,又谨慎穿越热闹的条条马路,专程把装入塑料袋的帽子送到我们共进晚餐的王四酒家,委托一位礼仪小姐转交给我。

朋友们无不为我高兴,我的感激之情溢于言表。由自身的高尚思想所为的这件小事,折射了周玉萍的道德情操和奋发向上的风貌,也是著名的古城常熟文礼昌盛、民风朴实的缩影。我辈游人折服向往。

(原载《嘉定报》2008年5月5日)

故 乡 行

今春,我回到了故乡——麒麟镇双河村。

这次回乡,我最大的兴奋点,就是看到改革开放 30 年来,乡亲们走上了发家致富路。

汽车直达家门口

双河村,宁启高速公路穿越其间,在 4.73 平方公里土地上,聚居的 1 328 户人家,种植 2 820 亩耕地,人均 0.85 亩。

30 年前,全村老少居住平房,行走烂泥路,交通工具是自行车。现今,全村 60% 的住户住上了新楼,有的在城市买了新房;有轿车的占总户数的 4%,达 50 余辆;另有 70 辆卡车,摩托车不足为奇……

一位离休的叔父介绍说,2007 年双河村农民人均收入 8 186 元,是 1978 年人均 140 元的 58 倍。全村水泥路遍布,汽车直达家门口。河道纵横,水面清爽,村前宅后绿树成荫,道路整洁。

这 5 年,双河村获得南通市和海门市的奖牌(状)不下 22 块(张),是南通市文明村和生态示范村,8 次被授予海门市先进党组织等称号。

双河村民闯都市

改革开放之初,双河村几个年轻人带领70多名村民,挑着土布被头、畚箕扁担来到当时的嘉定黄渡公社挑河泥,加固曹安公路的桥基,以利上海汽车城建设。他们睡地铺,露天烧饭,黎明即起,肩挑乌泥,不管烈日当空,还是天寒地冻,大家只管挑泥不叫苦。那年底,人均挣得上千元,工程队当年交给大队积累3 000元,民工、家属和干部兴奋异常,全村反响强烈。党支部一班人坚信:种田人要想多挣钱,就要到大城市出大力流大汗。他们派得力干部给予指导。

1982年,他们接到上海市的一项重大工程,为上海电话局埋设中山路环线内的全部电信线路。干活的有120人,在外白渡桥一带动工时,苏州河水骤然上涨,施工者挖土2米深,并悉心保护地下电缆。几年间,他们埋设了6孔至40孔管道,敷设了管道电缆、架空电缆。有一路段获上海市电话局全优工程。

后来,双河人成了海门电信工程队伍的骨干,有24人带领800多名工人,在沪苏浙皖诸省市为多家通信企业施工。双河村还涌现了14支个体建筑工程队,有4支加入南通市建筑大军。双河人还参加了金茂大厦、松江大学城和大庆建设。

留守家乡求发展

留守家乡而有一定劳动能力的人,承担着发展种养业、工艺业、集贸业的重任。

这里出现了20多个种田专业户,5个养鸡大户,8个养猪专业

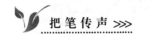

户,还有 25 个红木制品加工专业户。

田状元老徐,1988 年试行低棚种植,年收入 2 000 元;2007 年建了占地 5.5 亩的 20 个大棚,净收 5.5 万元;还悉心指导全村 20 多个农户从事同类生产。他被评为海门市劳动模范、十佳农民。

养猪能手老范,2007 年饲养 250 头肥猪、7 头母猪、8 头公猪,当年净收入 16 万元。双河村直接参与红木工艺制品劳动的有 600 多人,均在家中加工,产品由本村农民和外地客商收购,运往上海和深圳等地销售。全年人均可获加工费 2 万元以上,多的三四万元。

村民致富大家乐

汗水和丰收是最忠实的伙伴。一位花甲老人,30 年来以其辛劳的汗珠、辛酸的泪水换来了幸福。20 世纪末,他拆掉平房造楼房。现今儿子做电信安装小老板,买轿车、购新房。女儿在南京某公司做账房。老母年过 90 精神好,有说有笑两脸红堂堂。

在增加经济收入的同时,双河人重视文化教育。一位年近 80 岁的大姐,三个儿子在外做泥水木匠,媳妇务工种田又见长,家家新楼朝南阳,就望孙辈有志向。如今,三个孙子、孙女都读大学,老大姐乐哈哈地说:"我只读一年小学,孙子孙女都是大学生,做梦也没想到,改革开放真好!"

如今全村正读大学的 76 人。村里领导颇为自信地说,双河村乡亲插上了科学翅膀,必将在新农村的广阔天地里飞翔,实现小康上水平。

(原载《海门日报》2008 年 11 月 4 日)

陆明：让非洲元首尝小笼

11月27日,我拜访了中国烹饪协会会员陆明。

这位国家级高级烹饪技师,1956年6月生于嘉定朱家桥农家,现任嘉定世海缘大饭店(金沙路85号)总经理。

一见面,他便高兴地给我观赏今年2月17日胡锦涛主席在我国驻毛里求斯大使馆亲切看望他以及使馆其他同志的照片。兴奋之余,他滔滔叙述了在我驻非洲国家使馆为外国元首掌勺的故事。

印度洋西侧有个毛里求斯共和国。有天,这个国家的总统贾格纳特要来中国大使馆品尝中餐。陆明接到通知,便暗自思忖,南翔小笼馒头以皮薄、馅大、汁多、味鲜、形美著称,是嘉定的特产,理应让他尝尝这闻名中外的美食。可是这位总统信奉印度教,不吃猪肉、牛肉、羊肉,于是他把南翔小笼馒头里的馅由猪肉改为鱼肉。用餐时,陆明还向贾格纳特介绍了南翔小笼馒头的百年历史和特色,讲明当日临时改用鱼肉馅的缘由。总统尝后赞不绝口,把陆明制作的南翔小笼馒头比作西方的美食"松露"。

在大西洋东侧赤道线略北,有个喀麦隆共和国。1987年,喀麦隆总统保罗比亚率领八位部长访问中国,亲眼看到了改革开放给中国带来的巨大变化;还受到邓小平同志接见,感触颇多。回国之后的一天晚上8点光景,他突然决定,要到当地的长城餐馆品尝中国菜。正在那个餐馆工作的陆明按当地习惯,先上长城汤(内有高

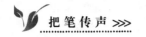

档海参和鱼翅），接着上了南翔小笼馒头、水晶虾仁、香酥仔鸭……保罗比亚总统兴奋异常，对随行的部长们说，中国的发展真快，变化确实大，中国的菜也特别好吃，南翔小笼馒头特别味美可口，今天到长城餐馆吃了中国的名菜名点好比又到了中国。

自1985年至今，陆明还先后为扎伊尔共和国总统蒙博托（已故）、马里共和国总统科纳雷和几内亚总统，以及那里的总理、议长、部长等领导人掌勺烹调，制作南翔小笼馒头。每当我国国庆和春节，这几位贵宾总是应邀光临使馆，祝贺中国繁荣昌盛，陆明则再次以他高超的烹饪技艺，谱写传播中国饮食文化、增进中外友谊的乐章。

（原载《南翔报》2009年12月21日）

2010-2019

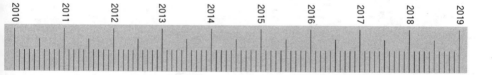

"米其林绿色家园"
——嘉源小区

11月4日上午。秋风吹拂，阳光初照。嘉定区新成路街道源珉社区居委嘉源花苑宽敞的大门口，挂起了"上海市米其林绿色家园"的蓝色奖牌，颁发的单位是上海米其林绿色家园评选委员会。拥有"上海市文明单位"称号的嘉源小区，由此增添了新的光彩。这个奖牌，是上海市环保局等部门3日在全市授奖大会上颁发的。得到这一荣誉的，在嘉定区还是第一家。米其林绿色家园评选活动，是由市环保局、市精神文明办和米其林公司等联合组织开展的。目的是组织动员全市人民积极投入到建设生态型城市的目标中去，以实际行动迎接2010年中国上海世博会的召开，努力推进绿色创建工作的进程。源珉社区有712户2 072人，占地59 629平方米，绿化面积达54%，环境优美率基本达到80%。年初，他们对小区河道进行了彻底整治，使今日的小河成了美丽景点；对垃圾分类收集、出运，以及废电池的回收和专人管理，使道路清洁整齐。一旦有居民装潢住房，居委必先进行教育，规定节假日不许从事出现严重噪声的施工，小区对机动车、自行车实施有效管理，故而噪声达标，白天小于55分贝，夜间小于45分贝。此间的男女老少无不感到清新、清静、安宁。

（原载《上海新闻老战士》2010年8月25日）

追忆翠亨村

上小学时,有篇介绍孙中山先生的课文开头写道:"国父孙中山先生,名文,字逸仙,广东省香山县翠亨村人。"我从小向往的翠亨村,终于在 1994 年 8 月 13 日前去实地观光。

我同嘉定广播系统的朋友乘坐的旅游车一进静谧安详的翠亨村,便被那美丽的景色所迷住。那里傍山濒海,气候宜人,树木葱茏,鸟语花香。1866 年 11 月 12 日,我国近代伟大的革命家孙中山先生在此降世。

翠亨村位于中山市(原香山县)南朗镇,东临珠江口,与珠海市隔海相望,西靠五桂山,京珠高速公路、翠山公路纵贯村境。相传清朝康熙年间,蔡姓人在此建村,因地处山坑之边,故名蔡坑。后人见村里山林苍翠,坑水潺潺,且方言"蔡"与"翠"、"坑"与"亨"谐音又寓意万事亨通,于是在道光初年改名翠亨。

翠亨村后面的边缘,大树环抱。我们向一幢赭红色的二层小楼走去,大门口挂的"全国重点文物保护单位 孙中山故居"的牌子,金光闪闪,似乎在迎接客人的到来。

孙中山故居,坐东朝西,占地 500 平方米,其中建筑面积 340 平方米。故居的主体建筑,是孙中山自己设计、1892 年 3 月亲自主持建造的,那年他 26 岁。故居的前院北侧,是当年孙中山出生的房舍旧址,南侧有孙中山 1885 年从南洋带回的种子培植的可作清凉饮料的酸豆树。

那幢两层楼房,融合中西建筑的特色。在底层的中间客厅后面那间,有文字注明是孙中山父母的卧室。两侧分别是孙中山和他大哥孙眉的房间。在二楼中间与底层厅顶部,游人看到,两侧是孙中山的书房和客房。楼房正面上下层各有七个圆拱装饰的走廊。整个建筑是砖木结构。内墙四壁呈现灰色,并用石灰勾画出白色的砖缝线。这幢楼房门多、窗多,外墙的窗外加了一层木制百叶窗,用以遮挡雨水、阳光,通风透气。从今天看来,那么多的门和南北两侧的楼梯,可让成千上万的观众便捷疏散。

我们看到的故居室内的陈设,保持着1892年至1895年间孙中山先生返乡居住时的景貌。孙中山先生最后一次在此小住是1912年5月。1934年,孙中山先生的亲属把这所房子交付给当时的国民政府管理。1938年至1955年,孙中山之姐孙妙茜曾断续在此居住并负责管理。1955年孙妙茜去世,1956年成立孙中山故居纪念馆。它以翠亨村的孙中山故居为主体。

在翠亨村,我还知道了孙中山的点滴家史。父亲名为孙达成,母亲为杨氏,祖母为黄氏。为了生活,孙达成16岁到澳门打工,先学裁缝,后当鞋匠,直到32岁才返乡成家,佃耕土地2亩半,兼作村中更夫,为乡亲打更报时。孙达成和杨氏有4个子女,孙中山排行第3。他6岁时跟姐姐上山砍柴草、去塘边捞水草喂猪。以后,又下田插秧、除草、放牛,有时随外祖父驾船出海捕鱼,到了十几岁他才有鞋穿,全家7人挤住在一间简陋的泥砖屋里。尽管全家辛勤劳动,可是只能过着半饥半饱的穷困生活。从小在艰苦的环境中长大,使孙中山对劳动人民的痛苦有着深刻的了解和同情,从而对他后来革命思想的形成和发展有着十分重要的影响。"幼时的境遇刺激我……我如果没出生在贫农家庭,我或许不会关心这个

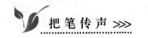

重大问题","当我达到独自能够思考的时候,在我脑海中首先发生疑问,就是我自己的境遇问题,亦即我是否将一辈子在此种境遇不可,以及怎样才能脱离这种境遇的问题",孙中山后来回忆道。

140多年前,翠亨村出了伟人孙中山。他从翠亨村开始了曲折奋斗的一生。

中山先生"'统一'是中国全体国民的希望"一愿,定会早日实现。

(原载《上海新闻老战士》2011年9月10日)

农民樊忠良接待基辛格

1982年10月7日,亨利·基辛格要到马陆公社樊家大队樊家生产队,访问农民樊忠良的家庭。

当时我是嘉定县广播电台的记者,在马陆公社党委任职的余永林同志电邀我去采访,我准时到达。

7日早晨,樊忠良全家得到了基辛格来访的消息,无不喜悦。

怎样接待基辛格呢?顿时成了樊忠良一家议论的话题。忠良对全家人说,基辛格博士本来是美国国务卿,当今世界的一个有名人物,他为中美建交、增进中美两国人民的友谊做出了贡献。他是我国人民的老朋友,这次是他第11次来中国访问。今天,他还要到我们家里来看看,这是对我们中国农民的敬重。他在我们家里,可以看到一点中国农村的变化。忠良话音未落,他的父亲樊德明接着说,基辛格到我们农民家里来,说明了我国国际地位有明显提高。换了旧中国,他是不会来的。所以,我应当热情接待这位贵客,要把家里弄弄干净,让基辛格看看我们农民多么讲究文明。忠良73岁的老祖母葛阿大,听了儿孙二人的话,点头微笑,表示赞同。一吃早饭,他们扫地的扫地,揩窗的揩窗,抹桌的抹桌,整理的整理,里里外外,显得整齐清洁。

那天,秋高气爽,阳光普照。下午3点27分,一辆辆黑色的轿车在忠良家门口的场地上徐徐停下。基辛格博士来了!

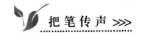
把笔传声

忠良看到基辛格和另外6位美国客人由公社领导人张彪陪同下了汽车,便迎上前去,微笑地说:"欢迎,欢迎!"他的祖母、父亲也在门口等候。经过忠良介绍,他们也同基辛格一一握手。忠良带领贵宾穿过客堂,步入他的卧室。在这个24平方米的房间里,床上的缎子被面光彩夺目,五斗橱、樟木箱高高叠起,三门橱、镜台站立两侧,落地收音机、落地台灯静候在旁,小方台上的鲜花如在微笑,迎接客人的光临。基辛格坐在沙发上高兴地同主人交谈了起来。

基辛格是位健谈的博士,这是忠良早有所闻的。我应该怎样回答客人的提问呢?忠良思考着。当他想到最近三四年来自己一家的日子越变越美好的情景,觉得应当如实向客人介绍。

"你读了几年书?"基辛格问道。

"10年。"忠良回答说。

"家里有几个人?"

"我家是四代同堂,共7人。有祖母、父亲、母亲、妻子、妹妹、女儿和本人。"

"你的夫人在哪里?"

"上班去了。她在大队小工厂工作。"

"我个人收入960元,还有奖金五六十。"

其实,忠良有这么多收入,还是近年来的事。1981年他全家总收入4 500多元,比1978年增加2 500多元,对于这一家的经济生活,客人是十分关心的。基辛格又问:

"你家住几间房子?"

"大小6间,120平方米。"忠良说。

坐在基辛格斜对面的张彪补充道,马陆全公社31 000人,平均每人住房面积达到20平方米。

基辛格显然听懂了这句话,转而对忠良说,这样看来,你应该有140个平方米。

忠良高兴地告诉客人,他马上准备翻造三上三下的楼房了。说话时,基辛格忽然见到了忠良家当年购买的一台12英寸电视机,便问道:"你们队里是不是家家都有电视机?"

忠良回答说:"全队百分之二十的住户有。"他还告诉基辛格,他们生产队100户人家,生产粮食、棉花、蔬菜和水果。这几年由于实行了生产责任制,生产得到了发展。今年已经收到的粮食,比去年同期增加了百分之十二。

基辛格便问忠良,这个生产责任制实行了几年,你喜欢不喜欢。忠良说:"已经实现了三年。我喜欢。"

"今年承包的生产指标能不能完成?"客人又问。

"现在看来肯定能够完成。"忠良还说,他们队的发展状况,在全公社属于中上水平。

基辛格听了连连点头。就在这个普通的中国农民家里,他称赞我党十一届三中全会给农村带来的变化,热情地同忠良说,对你过去几年取得的成绩表示祝贺,相信今后会取得更大收获。

3点50分,宾主再次握手。基辛格在轿车内频频招手,感谢主人的热忱接待。忠良依依不舍地目送贵宾渐渐离去。

(原载《联合时报》2011年11月25日)

嘉定区保传统创新路
郁金香酒今又飘香

编者按：1937年曾在德国莱比锡博览会上获金质奖、1986年曾被评为上海市传统特色优质产品的郁金香酒，近年来经过传承改良，又出现在嘉定区的百姓餐桌上，"郁金香酒酿造技艺"被市政府认为"上海市级非物质文化遗产"。这是该区保护地方传统特色、寻回"嘉定味道"的一个突破和亮点。

本报讯，记者日前来到位于嘉定区环城路上的上海稻香酒业有限公司，只见厂区内停着一辆大卡车，工人们正在装运郁金香酒。据该公司供销部叶经理介绍，这批酒500多箱，是上海义碧商贸有限公司定做的，其规格包装设计等都是根据客户要求特制的。

一批历史悠久的商品，如有700多年种植历史的嘉定白蒜、清代前期的嘉定白蚕，还有罗汉菜、黄渡青菜、猪血扁等传统特色农产品，这些曾经有代表性的"嘉定味道"已经被人们淡忘。近几年来，嘉定区采取积极的有效措施保护和扶持传统特色产品，郁金香酒就是其中的一个亮点。《嘉定县志》记载：清光绪十年（1884），石友成开办南翔宝康酱酒。由于郁金香酒色香味俱佳，功能开胃补肾、舒经活血，名驰全国，清代列为贡品。

然而，郁金香酒的生产由于公私合营、老城区改造等原因历经波折。2003年，嘉定区为保护郁金香酒酿造工艺报经国家工商总)局批准,将"仙鹤牌"郁金香酒商标注册单位变更为嘉定区供销合作总社,成立稻香酒业有限公司,组建郁金香酒研究开发室。随后政府下拨经费,区供销总社投资建厂,恢复生产,产出郁金香酒5吨。

公司总经理金惠国作为市文广局命名的"上海市非物质文化遗产项目郁金香酒酿造技艺代表性传承人",带领一班年轻人学习切磋。分析配方,听取专家真知灼见,走市场问市民,提出改良方案,将传统技艺和现代科技结合,开发出新的郁金香系列酒,有显示"花香富贵"的,有体现"经典高档"的,有适应"大喜婚宴"的,还有适宜糖尿病人喝的无糖型的。南翔镇老街建设发展有限公司为庆祝老街改造成功,特来稻香酒业公司购买1 100盒名为"嘉定源酿经典"的郁金香高档酒,和南翔的罗汉菜、南翔羊肉、小笼包配套,让乡亲们品尝。今年五六月间,嘉定北部华亭人家的家乐酒店,接到农家办喜酒的生意,闻讯赶到稻香公司,采购婚宴酒60箱,宾主目见酒瓶上男欢女乐的漫画和大红喜字的商标都喜笑颜开,举杯祝贺。现今,经过改良的郁金香酒,正日益被人们认可和喜爱,其销售金额连年成倍上升;企业也先后获得嘉定区小巨人奖和"诚信酒类企业""劳动关系和谐企业"等称号。

(原载《东方城乡报》2012年6月12日)

令人敬重的苗公

  1958年初春的一天我认识了苗公,那时我在中共嘉定县委宣传部工作,住在县委县政府机关集体宿舍里。那天有位脸形四方、身材中等、年近不惑的干部,住进我的房间。

  他自我介绍,名叫苗力沉,是上海广播电台来嘉定广播站工作的。先于苗公入住的也是上海电台从事技术的一个年轻人。我们三人成了室友。

  我们住的是一间陈旧简陋的平房,睡竹榻床,挂起纱蚊帐,用水井里吊,吃饭要跑大院外食堂。在朝夕相见的日子里,首先遇到一个对苗公的称呼问题。有一天,那位年轻人问我:"你怎么称呼苗力沉的?他本是我伲电台的台长,现在直呼其名总是不大好。"我说:"我就叫他苗力沉同志,即使他犯了错误,还是同志!"对方点头赞同。

  当时县政府就在胡家的雪园里办公,从宿舍向东走,绕过一座翼然古亭和银杏参天的假山,小路畔一幢平房东侧的两间,不到40米,便是广播站。外间是行政和编辑办公室,里间是播音室和机房。里间的南窗外是全国人大常委会前副委员长胡厥文考妣的坟墓。那时广播站有专职人员七人。

  苗力沉,1921年1月生,河南伊川人,1937年参加革命,同年加入中国共产党。1939年在延安抗日军政大学学习,1946年任新华社口播部编辑组长，1948年任华东新华广播电台副主委兼编辑部主任，新中国成立后先后任上海广播电台副台长、台长兼总编辑。有人说，苗公蹲惯了大机关，到小单位不一定能工作得好。此言不无道理。但是苗公根据在这个小单位自身工作的特点采取了相应举措。一，立足嘉定，面向全局。他从报纸、电台了解全国全市动态，请站长邹敦及时传达县委、县政府工作安排。二，播出内容围绕党委中心，兼顾其他。三，精编稿子，多用来稿，及时发放稿费。四，联系重点单位，确保来稿质量。五，向上海电台发稿。这些办法十分有效。嘉定县生产办公室，每天有人下乡了解农副业生产情况，苗公几乎天天收到这里几位同志写的消息。他还用电话向市台发稿不看稿子，完全按照他刚刚写成的稿子思路熟练地背诵出来，电台当天广播，扩大了嘉定在全市的影响，广播站的同志无不为之钦佩。他来嘉定广播站正好加强了他们的编辑力量，对他本人来说也有益于了解基层的广播工作。

苗公和嘉定同志相处融洽。见过他的同志都说他对人和气，态度真诚。1958年为配合社会主义建设总路线的宣传，宣传部长要我邀请市里歌唱家来教唱歌，在我冥思苦想的时候，苗公向我建议："打个电话给音乐家协会秘书长夏白同志，请他派人来。"我连忙向夏秘书长求援，对方当即答应。一位身材魁梧的中年音乐家如期赶来，在会场里挥手教近百名干部学唱首催人奋进的歌曲。许多人对我说："这位音乐家教得好，唱得好！"

对于苗公，嘉定县委原秘书胡孟初曾回忆说："当时我看苗公的言行，心想他一定是个大干部。"老胡一度调在广播站对面的生产办公室工作，受批判时感到很委屈。苗公大概看出老胡的心思，便以自己的切身体会开导他："一个共产党员，应该服从党的安排，好好工作，不要有怨气！"老胡听了心悦诚服，对他肃然起敬。事

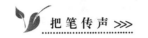

后,老胡特地用篆文为苗公刻了印章,面赠留念。那年夏天,苗公邀请邹敦、吴惠芳和我等几人赴沪到他家里看看。他和他的家人领我们参观了他的家——住房宽敞,有钢琴,还特地买来大冰砖招待。临别时,他把我们送到公交车站。苗公和蔼可亲的态度,使我们体味到老干部优良传统的深意。

自从苗公返回上海电台之后,我很关心他的情况,还多次向电台的老朋友询问他的去向。当时只知道他已被打成右派,在农场劳动。直到1988年8月19日,上海广播电视学会在岳阳路上海音像资料馆举行理事会,苗公是学会顾问,我是常务理事,都参加了会议。看他满脸微笑步入会场,我连忙迎上去同他握手。会后,我俩就在资料馆的小会议室促膝谈心,得知他是被人视为"非划右派不可的人"才打成右派的,实际上是没有理由的,因而受到不公正的待遇。应他之邀,我又去他的新家拜访。1989年春天,我约请他光临嘉定,同老友相会。那是一个春光明媚的日子。苗公穿了件黄褐色的夹克衫,深色的长裤,灰白的头发略显稀疏。同他相会的有原县委宣传部副部长李维钦,还有胡孟初、邹敦、吴惠芳。我们一起观看了城中的35层高楼,步行到汇龙潭公园,由公园主任张学森向导,并在园内共进午餐,倾心畅谈,摄影留念。

苗公是著名的新闻、广播理论工作者,曾任上海社会科学院《社会科学》杂志社副总编、顾问。1989年,我想做一点广播新闻方面的研究工作。第一个选题是"谈话广播"。怎么写好这篇文章,心中无数。于是登门请教苗公。他说:"你写这第一篇文章要认真写好,动笔之前,把有关的问题想清楚。"他介绍了谈话广播的发展过程、特点以及如何把它办好的要求,又讲了美国第32任总统富兰克林·罗斯福在炉边发表谈话的故事,我听了颇受教益。于是,阅读大量书刊,苦苦思索,起早搭夜,伏案写作,终于完成了题为《谈话广播初探》的万字初稿,送苗公修改,1990年4月载入中国广播电视出版社出版的《广播界》,列为头篇,诸多好友为我祝贺。几年间,我写的这类研究性文章在全国和省市级专业杂志上发表了10篇以上。看到这些成果,我便会想起苗公对我的帮助与教诲。

我敬重的苗力沉同志,不幸于2006年1月15日,在华东医院逝世。我未能为他送行,终身遗憾!这时,我想起曾任上海人民广播电台台长高宇老师的诗《悼念老苗》,借以表示我对苗公致敬!

圣地勤笔耕,申城播宏音。
"左灾"伤痕重,往事可鉴心。
求索追修远,驾鹤抚瑶琴。
神曲鸣和谐,姹紫舞煦春。

(原载《嘉定文史资料》2013年第31辑)

追忆老校长张昌革

2013年11月20日,张昌革先生与世长辞的噩耗传来,我的心情十分悲痛。

我认识昌革先生是在1948年秋。当时,他是怀少教育院初中部主任,我是初一学生。

1949年暑假之初,校方宣布停办初中。对学生前程极其负责的昌革先生,立即联络同仁冒暑奔波,并得中共南翔市委支持,终于在李氏宗祠创办南翔义务职业学校。昌革先生任校长,副校长兼教导主任是陆卫群先生,教师14人,学生近120人。9月3日正式开学。

"义职"设农科、合作科(商科)、工科和预科(小学五六年级),为聘请教师,昌革先生和他的同仁利用各自的社会关系物色合适人才。请到来自太仓的邵斌公先生、苏州的解逸先生、上海的蔡起荣先生、上海中国纺织大学工学院的张维昌先生、从上海圣约翰大学回乡的张浩如先生和南翔静安学校的魏兴森先生,他们分别执教文化课和专业课。后又聘请中共南翔市委宣传委员李育英同志兼任政治课教师,南翔文化馆钱梦龙先生为美术教师,南翔庄铭咸先生为体育教师。

"义职"不收学费,教师不发工资。这对我们家庭贫穷的学生来说是如鱼得水,可免失学之苦。我家清贫,昌革校长不仅一再让我缓交书杂费,还让我向他的老父浩如先生借钱支付伙食费。当时,校长、教师都住在旧祠堂大厅后侧的小间里,睡没有像样的床,吃饭盛菜用钵头,也没有座位。有位同学看到老师生活极其简朴的情景,心中十分不忍,多次从家中拿了碗筷、板凳给老师使用。1949年寒假,看守学校的张汇先生,苦于没有柴草无法烧饭,幸有一个同学帮助,张先生爬上大树攀折了树枝,方起炊烟。如此艰苦创业、勤奋向上的新气象,至今一些熟悉当时情况的老人还赞不绝口!

为弘扬"义职"精神,昌革先生借助微弱的煤油灯光伏案创作校歌,并在简陋的礼堂里亲自教我们学唱:"你看我们'义职'的精神焕发,你听我们'义职'的歌声嘹亮。酷爱自由,追求真理,歌颂民主,服务人群,我们在艰难困苦中成长,师生团结互助,永远站在人群的最前线。"至今,李秀芳同学唱起这首歌来,依然倒背如流。昌革先生还鼓励我们唱进步的、革命的、著名的歌曲,如《义勇军进行曲》《国际歌》《松花江上》《黄水谣》《中国人民解放军进行曲》《伏尔加船夫曲》等等,从中得到情操的陶冶。

对我们的教育,昌革先生力求理论联系实际,课堂联系社会。为提高我们农科同学的专业知识,有年春天,他带领我们步行十多里,到南翔镇西部苏州河北侧的农田察看马铃薯长势,在田边讲解栽培马铃薯的技术。他带领我们肩背被头,到南翔南郊农村防治水稻螟虫,讲解治螟技术,晚间入住农家,昌革先生和我同睡地铺。那时,全国轰轰烈烈地开展"土改""镇反"和抗美援朝运动,昌革先生作专题讲课,教我们唱《啥人养活啥人》《镇压反革命》《中国人民志愿军战歌》,还组织师生参加南翔镇群众大会,提高了我们学生的政治思想水平。

昌革先生重视对学生干部的培养。1950年暑期,他和张维昌

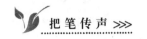

先生带领我们5名同学（吴湘、万桃娟、龚关寿、杨绮如和我）去苏州参加苏南青年夏令营，学习土改政策，接受为人民服务的教育，在东吴大学广场聆听华东军政委员会副主席马寅初报告，我们深受鼓舞。

"义职"学生的学业负担明显重于一般中学，但我们勤奋学习，在刻苦完成预定学习任务的前提下，积极参加各种竞赛活动。每次参赛，老师悉心指导，同学奋力争荣。1949年冬，在南翔中学生演讲比赛和嘉定县学生文艺会演中连连得奖。《苏南日报》曾载文，表扬"义职"的办学特色。

学校初创，经济困难。南翔市委率先给予物质支持。学生及其家长也尽力支援。倪祥珍的父亲，拿出现金帮助昌革先生。薛凤品得其父母支持，多次借钱让校方买米。昌革先生均表感激。他还带头向亲友和社会募捐，师生为之效力。有的赴沪，有的向当地亲友求助。我曾向南翔一家棉花行做学徒的怀少小学同学诸葛龙募捐，他能拿钱给我，是他对昌革先生的支持。

1951年6月，我和班上12名同学参加革命工作。在学校的欢送会上，我们再次听到昌革先生亲切勉励的洪亮言辞。我们胸佩大红花，背着行装，冒雨惜别母校，由昌革先生陪同到汽车站，前往县委组织部报到，投身祖国建设。其余同学有的加入部队，参加抗美援朝；有的升学，后成高级专业人才。我们为祖国做出了贡献。每当校友聚会，听到我们激动地述说，若无当初"义职"就无我们的今天时，昌革校长感动得热泪盈眶。毕业后的60多年中，昌革先生一直关注和支持我的事业。我长期主持嘉定的广播宣传工作，逢到国家有什么重大政治任务，总是约请先生发表广播讲话或撰写文章，他全力支持。当得知县委、县政府决定筹办电视台的信息，他主动陪同我和电台副台长管友清（嘉定二中校友），到一家较大的企业募款,那家企业的领导也是嘉定二中校友,他看到老校长光临,乐意慷慨解囊。20世纪90年代中期到本世纪初叶,我和昌革先生多次参加由嘉定区政协文史资料编辑委员会组织的赴邻近市县参观学习活动。我俩同室居住,倾诉交谈。先生祝贺我在市郊广播系统率先评为主任编辑,还鼓励我把新闻作品汇编成集,对一些文章的处理提出了中肯意见。我关心他创办的民办槎溪高级中学的发展和前程,为扩大社会影响尽绵薄之力。我最后一次见到昌革先生是2013年11月6日。他脸形消瘦、说话声低,但能对答如流。后来,胡志章、陈惠金、封蓉珍和吴湘等同学去南翔医院看望,他叫出学生的名字。可是病魔无情,先生病情急剧恶化,告别人世。我即电告散居四海的同学,大家痛惜失去良师!11月23日,我和黄约林、张运复等同学参加了"张昌革同志告别仪式",代表51届同学敬献花圈。昌革先生治学作良师,为人称典范。诚如欧阳修所言:"虽死而不朽,逾远而弥存。"

(原载《南翔报》2014年2月24日)

华侨李氏家族助学
嘉定二中六十年

上海市嘉定区第二中学建立已经66周年。1949年9月3日，由张昌革先生创办的私立南翔义务职业学校，在南翔当时的东市李家祠堂开学。这就是嘉定二中的前身。

话语含义深

现任校长周凤林先生和世界五百强企业之一的美国孟山都化工公司中国部总裁李乃炫先生曾互致谢意。

周校长说："当年，如果李氏家族没有这么开明，不让我们在李氏祠堂办学，嘉定二中的历史就要重写，李氏家族对嘉定二中是有恩的！"

李先生答道："如果没有嘉定二中，李氏祠堂的历史也要重写，嘉定二中对我们也是有恩的！"

两位先生的话语含义深邃。试将历史的镜头定格于66年前的1949年。那年暑假，南翔怀少教育院初中部，因校方经济窘迫决定停办。为让学生免受失学之苦，怀少教育院教导主任兼初中部主任张昌革和几位年轻教师决意另办中学。经苦苦寻觅，找到了李氏祠堂，还得悉李氏的后代在香港，但在南翔镇开了爿嘉丰祥绸布店。于是张先生迅即前去拜访,向李氏在这家商店的代理人、被人称为"老大"的一位先生说明缘由,商借李氏祠堂办学。这位先生说:"李家本来在那里办过学堂,现在你们来办学,李家一定欢迎。"

在中共南翔市委支持下,张先生带领同行,依靠社会力量,加紧筹建。1949年9月3日,南翔义务职业学校终于在李氏祠堂开学。有教师14人,设农业、财经、纺织三科,尚有预科,学生120名。

这所学校刚办的时候,物质条件极其简陋,生活艰苦,然而党的教育方针给予了巨大的精神力量,师生团结,精神焕发,教学政治领先,生动活泼。不到一年,《苏南日报》载文点赞"义职"的办学特色。随着社会的变迁和时代的进步,学校几经调整易名。1950年,与静安乡村实验学校合并,成为其技中部。1951年,改名为南翔初级技术学校。1953年,由国家接管,改为公立,更名为江苏省南翔农业学校。1956年学校更名为嘉定县第二中学。1964年,学校被市教育局定为第二批区级重点中学。在修建和扩建校园的过程中,注意保护李氏祖先的遗像遗物,保持祠堂的原有特色。

游子思故乡

"义职"的这一变迁,堪称沧海桑田,折射出新中国的勃勃生机。远在万里之外的李氏家族顿觉快慰!马思聪的《思乡曲》中怀念情调的旋律引发了他们的共鸣,他们心系祖国,思念故乡的李氏祠堂。

李氏家族的思乡之情,更由其特殊的家史所致。据《李氏宗谱》记载:"李氏本陇(甘肃)西,旧族世有达人。"之后南迁青浦,始祖兆臣公从青浦迁居嘉定南翔。在兆臣公的世系中李乃炫先生属第七世。光绪二十九年(1903),李乃炫的祖辈请星家选地于南翔镇东北隅滕家弄,光绪三十年(1904)购田地9亩,建祠宇,供奉昭

穆。直至民国十五年(1926)，共计购置田地24亩，除了造祠堂、办小学、建睦谊堂，余为开河、耕种，为宗祠建设发展奠定了基础。但《李氏宗祠重修略序》称："我族宗祠，自民国内乱频仍，致屡遭损毁。迨日华战争，宗祠位第一战线，摧损颇巨。及人民政府成立，宗祠土地房屋及所设义务小学，因乏人管理，被收归国有，旋经改辟为嘉定县第二中学，因校务发达，逐渐扩展，学生人才辈出。"

领略李园风光

改革开放之后，来自英国伦敦的化学博士李乃炫到上海出任美国孟山都化工公司中国部总裁，成绩卓著，荣获上海市人民政府颁发的白玉兰奖。1999年4月18日，李乃炫先生偕同太太来到嘉定二中所在的李园观光。在那新楼幢幢、风景如画的校园里，他们欣喜地看到，当年祠堂的牌楼亭阁，小桥溪水，百年桂树。校园内设李氏宗亲纪念堂，悬有先祖照相，可供后人祭祀敬仰，俾后辈子侄，咸能熟知先祖创业经过。他们还饶有趣味地听取了嘉定二中校长关于坚持教育改革，学校蓬勃发展的介绍。李氏夫妇交口称赞不虚此行，真是百闻不如一见！

那时，李乃炫先生脑海里盘旋已久的、给嘉定二中助学的新思路再次浮现。他决意尽快实施，并且得到侨居新加坡的胞兄李乃炜先生的赞同。乃炫先生随即向嘉定二中校长提出创新助学的计划——建立李氏兄弟教育助学基金，专门帮助嘉定二中培养学生，以此纪念其先祖李仲斌先生。李仲斌先生的成就、家庭观、价值观以及社会责任感至今仍为整个李氏家族成员所传承，并成为家族成员之间紧密相连的纽带。乃炫先生还表示，创办这个基金也是感谢嘉定二中对李园的保护。乃炫先生话音刚落，校长当即深表谢意。双方在认真筹划、有序准备的基础上，由李乃炫先生和李乃炜先生创办的李氏兄弟教育助学基金于2005年在嘉定二中正式成立。后来这个基金更名为李氏知识与社会基金。

基金的主旨

建立李氏兄弟教育助学基金的主旨是为了继续发扬李仲斌先生重视"教育平民，修身德厚"的教育观念和传统，通过新颖的运作方式、全面培养学生能力，使之在学习成绩、生活能力、个人品质、社会观念和人生准则等各方面获得全方位发展；让学生感受到社会的温暖和关爱，培养学生自强不息的毅力，使之发展成为具备中国灵魂和世界眼光的21世纪人才。这个基金随着相关活动的开展、重点内容的聚焦及预设目标的逐步实现，将会在李氏兄弟以及嘉定二中之间形成一个良好的、交互的合作模式，期望其能吸引、鼓励更多的李氏家族的成员不断参加进来，使基金能得到更多的资助，同时满足嘉定二中在发展过程中更多方面的需求，促进嘉定二中教育事业的发展。

开展李氏兄弟教育助学基金工作，是一项内容丰富而又繁杂的系统工程，因此李氏兄弟和嘉定二中联合组成了李氏兄弟教育助学基金领导小组，在它之下设立嘉定二中工作小组。

繁重的工作

李氏兄弟教育助学基金2005年成立之后，着力进行多方面工作。首先，经济资助。

贫困学生学费资助。从2005年9月起到2011年11月，约有

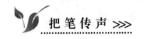

40名同学受到高中全额学费资助,还有学生受到部分或临时资助,春节拿到"压岁钱",共计约合人民币30万元。

图书馆教育资助。用于购买图书、杂志、视频音像、网络媒体服务以及其他相关学习资料;用以对学校年度图书馆经费的补充;在了解学生需求的基础上补充学生需要。

其次,能力提升。

(1)感恩主题活动。

这是李乃炫先生提出的一个很好的倡议。自2005年起,每年12月,在某个双休日开展此项活动。原嘉定二中校长康定在校刊载文指出,李氏兄弟教育助学基金的建立,是一个"善举、义举、壮举、创举"。在李氏家族举行的感恩活动上,他向李乃炫先生、李太太、师生、朋友作题为《学会感恩》的讲话,讲了"什么是感恩、为何要感恩、从哪方面学会感恩、怎样学会感恩"四个方面,借古论今,言辞恳切,听者称赞。

每年的感恩活动,都结合时事确定主题。2008年适值我国改革开放30周年,便以"校友沟通、共话发展"为主题,回顾母校发展变化,感受祖国建设成就。参与这一活动的,有家贫受助的学生,师生代表、家长和校友,还请已经毕业的受助学生代表介绍成长经历。在交流互动中激发感恩之情、学习成长经验、领悟人生哲理,做一个有益社会的人。

(2)知识共享活动。

李氏兄弟创设教育助学基金的出发点,不仅为解决贫困学生的学费问题,更在于全方位培养学生的能力,成为21世纪的人才。2005年李乃炫先生为学生作的报告,提出了21世纪人才成功的四大要素——家庭支持、知识、道德指南、世界性眼光,指导学生在这信息社会、经济全球化、中国崛起的形势中,通过知识储备、协作交流、创新求解,最终获得成功。

2006—2008年,李氏基金组织受助学生连同爱好历史的学生,开展题为"故乡嘉定,迈向21世纪"的社会调研。他们浏览网页,访问亲友,翻阅书籍,步入孔庙、上海大众及嘉定新城规划展示馆,了解嘉定文化现状和发展规划,进而各写调研文章,口头交流,编成《迈向21世纪,故乡——嘉定》小册子。指导老师感言道,这次活动让同学们对家乡的历史、现实和未来加深了解,将激励他们在21世纪对自己所在的社会职业,有丰富的构想,更好地发展!

2009年,李氏知识与社会基金创设了"成功幸福之道"系列论坛,邀请成功人士与学生见面交流。李乃炫先生的外甥高均芳先生做了《知识·见识·胆识》的讲座。高在涵律师做了《法律与生活》的普法讲座。上海世博会期间,邀请学者介绍中法城市文化差异和城市规划发展。师生反响最大的,是高均芳先生的讲座。他凭自身的阅历指出,只有兼备知识、见识、胆识,才能发展成为社会的有用之人。上复旦大学时,他在图书馆阅读马列全集、《资本论》和恩格斯《自然辩证法》,理性地认识到我们为之奋斗的理论是科学的,可以取得成功。大学毕业后,他先后去安徽部队农场,东北、江西企业20多年。他先后主修物理、化学、生物医药,当过大学客座教授,教EMBA,曾独自同英国公司七个专业团谈判,现任上海医药集团中央研究院名誉院长。他希望同学们立志做一件大事。上述三个活动从学校——社会——世界,逐层递进,深入社会,联通世界,学生提高了社会意识,国际视野为之开拓。

(3) 连接世界活动。

这项研究活动于2010年暑期启动,由李氏知识与社会基金资助,嘉定二中团委组织实施,分世博科技、世博文化、嘉定新城、国际企业四个小组,高二、高三学生自愿参加。

"世博科技"组,结合2010世博园见闻,研究"如何节能环保"。"世博文化"组分析不同国家和地区的文化特征、风俗习惯以及后世博时代提高国民文化素养的途径。"嘉定新城"组在参观嘉定新城规划展示馆的基础上,就嘉定未来人才需求和城市规划作深入思考。"国际企业"组走访新时达电气有限公司,感悟到创新精神和国际视野实为新一代人才不可或缺的条件。随后各组交流,课题组梳理提升为总结性报告,展示研究成果,参与者从而丰富知识,开阔视野,明确成长目标,提升社会责任感和使命感。

助学正能量

纵观跨越60年的助学,其初期表现为李氏家族将李氏宗祠无偿借给张昌革先生创办南翔义务职业学校。伴随新中国的欣欣向荣,嘉定二中的蓬勃发展,李乃炫先生和李乃炜先生于2005年在嘉定二中创办的李氏兄弟教育助学基金,资助贫困学生,同学校领导探讨办学理念,并让学生得到全面发展,使之发展成为21世纪人才。十年间,共资助人民币510万元,受助学生44名,个个考上高等学府。这里包括香港实业家李震之和李乃律捐赠的120万元,李震之的儿子李雍熙捐赠的355万元。另外,李雍熙以高薪聘请英国教师一名,住校两年,辅导嘉定二中英语教师和学生英语,这笔费用由李家直接支付,这是李氏家族对嘉定二中的感恩和激励,也是嘉定二中蓬勃发展的正能量。

治学作良师

学校创办60多年来,嘉定二中人锐意进取、不断创新,坚持贯彻党的教育方针,坚持"文化立校、格物修身"办学理念,秉承"厚道做人、踏实做事"学校核心价值观,致力于培养"有公民意识、有文化素养、有国际视野、和谐发展"的一代新人,努力建设"教师队伍高素质,教育教学高质量,管理运作高效率,校园文化高品位,办学条件高标准"的现代化高中。至 2015 年 7 月,毕业生已达 2 万名。其中有 1957 届校友、中将、原空军副司令汪超群,1960 届校友、少将、原常驻联合国军事代表团团长陈福元,还有吴泉源、严坤生和李金兴都是少将;有 1951 届校友、清华大学建筑系博士生导师罗森,1959 届校友、复旦大学博士导师倪世雄等。

嘉定二中现为全国青少年创新教育实验学校和创造教育实验基地,如今正以培育科技创新为引领,争创上海市实验性示范性高中,切实贯彻国家和上海中长期教育改革和发展规划纲要,用优异的成绩向祖国献礼,报答李氏家族的助学之恩,也是对父老乡亲的汇报。

"嘉惠目中无二校,翔飞域内数头筹。"

此联出于南翔的诗人、书法家、中华诗词学会发起人之一鞠国栋先生手笔,我借之搁笔。

(原载《嘉定文史资料》2016 年第 34 辑)

面　　试

　　身为上海老新闻工作者协会的一名会员,有件事让我刻骨铭心,难忘感动。

　　这件事发生在将近五年之前。那是2012年6月6日上午,阴有阵雨。我陪同准备接任嘉定分会会长的徐胜德同志,来到坐落都市路的协会办公室,接受协会领导的面试。时任主持协会工作的副会长王富荣和副会长兼秘书长吕冬发坐在一边,徐胜德和我坐在另一边,每人一杯茶水。片刻,吕冬发说:"徐胜德同志,请你简要介绍一下你的经历。"

　　徐胜德答道:"1962年7月我从上海普陀师范学校毕业,做过中心小学教师、年级组长、中心校长、嘉定县广播台编辑、县委宣传部副部长、外冈镇党委副书记,正处级退休。"吕冬发点头示意并说:"因为你年已71岁,所以你只能当一届会长。老记协是没有经费,当会长是奉献。"王富荣说:"看你的长相不满70岁,显得年轻,职务的名义,现先是副会长,主持分会工作,像我一样。朱敬禹和老施都是顾问。这件事还要在会长会上讨论通过。"我建议能否尽快定局,开全体会员会时请你们两位都来参加。王、吕欣然赞同。紧接着徐胜德说:"老施是我的老师,他叫我做分会长,我尽力做好。"

　　8月19日下午1时半,嘉定分会假座南翔镇"南翔人家"饭店举行会员会。吕冬发宣布市协会决定:"同意施心超辞去嘉定分会会长、黄炜辞去副会长职务,任命徐胜德为嘉定分会副会长主持工作,寿枫任副会长。"茅廉涛副会长出席并讲话。

徐胜德一上任,在市协会和区委宣传部领导下,依靠分会的领导班子,带领会员,坚持政治学习为先,开展教人喜欢的活动,分会工作有序进行,会员称赞,协会赏识。2013年7月5日,市协会批准他出任嘉定分会会长。徐胜德全身心地履行着面试会上许的诺言。

(原载《新闻老战士》2017年第8期)

追思维昌老师

张维昌，这个响亮的名字，在嘉定乃至上海的教育界有着崇高声誉。2003年7月19日晚间，张老师突然离开我们，享年76岁。老师的音容笑貌依然不时在我脑海涌现。

1949年初秋的一天，刚刚创建的南翔义务职业学校（即现今的嘉定区第二中学）来了一位炯炯有神锐意进取的年轻教师。他鼻架金丝边眼镜，头戴咖啡色的法式呢帽，穿了深色的呢长袍，略显瘦长。这位便是维昌老师。当时，他还是中国纺织工学院高年级学生，应聘为"义职"纺织科主任。1950年春，他提前告别大学，来校专事执教。我直接接受维昌老师教育就是从这时开始，直至1951年6月离开母校（当时称南翔技术中学）参加工作。

维昌老师先是教我们政治和物理，后又出任教导主任。他在孜孜不倦地对我们传授文化知识的同时，特别重视政治思想教育。在我们的一次青年团员会上，他特别指出，团员对政治课就是要学得好，考试成绩都达到优秀。他一一报了每人的分数。其中有吴湘、万桃娟和我。我深受鼓舞。

1950年上半年，他和张昌革校长商定，派我到嘉定列席全县的人民代表会议。那年暑假之初，他和昌革老师带领我们五位同学（吴湘、万桃娟、龚关寿、杨绮如和我）乘坐沪宁铁路前往苏州市善耕小学，参加苏南青年夏令营。维昌和昌革两位老师在苏州的另一处,参加苏南区教师暑假培训班。我们和老师学习的主要内容都是土地改革政策。在一个炎热的夜晚,我们师生一起在东吴大学操场上聆听著名经济学家、华东军政委员会副主席马寅初先生的报告。鉴于有些学员对出身地主家庭心存忧虑,马先生坦诚相告:"兄弟家里也是地主。"以此规劝大家正确对待自己的家庭出身。在苏州的学习,我接受了一次良好的教育,毕生难忘。

1951年春天,在维昌老师的宿舍里,他告诉我,县委组织部要在我们学校吸收地方干部(当时称参加革命),他还讲了参干的重要意义,问我是否愿意去。我当即欣然同意。经学校推荐和组织部批准,我和我们班的10位同学,于6月25日在喧天的锣鼓声中,冒着绵绵细雨投身地方政权建设。在招待所里经过短期学习,我便作为县委工作队的一员,赴徐行区华亭乡(现属华亭镇)参加了向农民发放土地证等土改的扫尾工作。当我回校参与毕业典礼的时候,维昌老师关切地询问土地改革的情况,以示鼓励。今天想来,我为我也能参加这个伟大的革命运动而感到自豪。

古人说:"君看白日驰,何异弦上箭。"时光似流水,无情地消逝。我离开维昌老师授课的教室,超越半个世纪了!在这长长的时间里,维昌老师继续给了我关心和支持。

60年代初期起,我在嘉定县(区)从事了长达34年的广播新闻工作。倘遇重要节庆或出现重要事件,我往往邀请闻名教育界的维昌老师发表广播讲话,或约他撰写专文播放,宣传党的政策思想,报道地方建设成就。我之所求,维昌老师无一推辞。他还曾托吴大箴老师带领嘉定一中学生来到广播台,以他们的青春活力参加新闻实践;之后,又推荐优秀学生到我处担任记者,支持着我们的工作。有一天,他给我谈了做好记录的体会,特别讲了记快、记全的诀窍。我受到启迪,便向通讯员介绍。大约1986年盛夏的一天,我和副县长马克烈、宣传部副部长孙镇,前往浙江省湖州市考察电视建设。维昌老师陪同前往,对嘉定筹建电视台发表了中肯的意见。

近几年间,我时常拜读维昌老师的佳作。在学术论文中,他所阐述的校长必须以贯彻党的教育思想为第一要务的观点,极为重要。由于他和他的同伴们不遗余力地付诸实施,终于使嘉定一中为国家培养了大批的优秀人才。他的这个理念,当时对我主持广播宣传工作甚有裨益。维昌老师的游记,几乎都具典型开头、引向正题、拓宽视野、绕题告终的谋篇特色,且因语颇隽永、文美动人、巧用成语典故,令我爱不释手。

2003年3月28日我们南翔技中第一届的同学和师长,再次在母校聚会。那天,师长有张维昌、张昌革、解逸、邵斌公、吴大箴、萧萍霞和张萃华;同学有吴湘、胡志章、黄约林、余克明、陈树德、施心超、薛凤品、李秀芳、张运复、陈惠金、封蓉珍和倪祥珍。我们迈步游览今日美丽的校园,寻访母校的旧址,屈指点数遍布京沪苏浙鲁辽青七省市的全班20余位同窗。我们牵挂首都的罗森、南京的龚关寿、绍兴的管允理、嵊泗的秦维勋、金山的朱魁元和嘉定的陶景祥等等学友。看到我们这群一个个成长的"老孩",曾在各自的岗位上,对祖国、对人民,做出了无悔的奉献,维昌和昌革等师长,无不露出欢乐的笑容,以欣慰的目光,勉励我们在又一个春天继续行进。

(原载《花落春仍在》一书)

广播记者论集

电视为什么没有代替
我县的有线广播？

1986年6月底,全县实有喇叭92 343只,比1983年增加11 031只,增加11.9%,农村喇叭入户率为76.5%。而且音质好的6.5英寸级动圈喇叭发展较快。目前全县有13 696只,占喇叭总数15%。

数量的增加,质量的提高,都反映了农民对有线广播的喜爱。倘若到农村看看,情况更清楚了。1986年7月20日,我冒着炎热的太阳,前往本县外冈乡北龚村南龚生产队作了调查。这个生产队共有31户,122人,其中14岁以下的34人,15—70岁的75人(有47人在乡村企事业单位工作,初、高中文化的61人),71岁以上的13人。这个队现有小喇叭28只,入户率为90.3%,10瓦高音喇叭1只,电视机22台,入户率为70.96%。在15—70岁的人员中基本上天天听广播、看电视的,都是95%,即71人。不过看电视,农闲时在晚饭之后,农忙时不看；广播终年都听,时间多数在早晨和晚饭前后,在家务农的中午也听。他们在电视里主要欣赏文艺,在喇叭里主要听中央台新闻、县里和乡里新闻、天气预报、农业技术、新人新事和好听的文艺节目。自从实行家庭联产责任制以来,这个队没有开过群众会,上级有什么精神贯彻,主要靠广播,有时队长上门口头传达。这个队里还有收音机3只,听者甚少；收录机 5 台,主要是青少年放磁带欣赏音乐歌曲。另有《解放日报》《解放日报》市郊版和《市场信息报》各一份,阅读者约有 10 人。长征乡四中村的情况也足以说明问题。这个村行政关系隶属于普陀区林家港街道,原有的六个生产队中,三个队已撤队建厂,其余三个队尚有农业户 250 户,劳力 350 个,耕田 121 亩。1985 年分配劳均 3 600 元。电视机一户有两三台者不少。但是他们还是喜欢在喇叭里收听他们所喜爱的内容。正如村长甘桂兴说:"上海电台、电视台讲的是全市性的事,县里乡里的广播对我们实用。"这位村长家有彩电、黑白电视三台,喇叭头一只,报纸也有,但是他每天都要听有线广播,从中了解气象报告和乡农业公司对蔬菜生产的意见。至于电视,多数是他女儿和爱人看的,目的是看文艺演出。6 月间,我台负责人带领部分乡镇广播站负责人,分别在马陆、徐行、华亭、外岗、黄渡、江桥和长征等乡召开座谈会,到会的 88 名乡村干部和农民对于有线广播的功绩都作了肯定。他们说:"有线广播在农民的心中权威性最高,作用最大,无论如何要把它办好。"

在电视机越来越多的今天,"喇叭头"为什么会得到农民如此的赞赏呢?这是由它的特殊作用所决定的。

一、它传递信息最迅速。在这信息工具发达的历史阶段,有线广播仍是农村中传递信息最快的工具,这是我台于 6 月间对 203 份调查表的统计所得出的结论。那份表格列了十条消息——其中全国性的四条,全市性的三条,全县性的三条。总的收回信息量是 2 030 条,根据被调查者的回忆,当时首先获得这些消息的渠道是:(一) 有线广播 1 051 条,占消息总量的 51.77%,名列榜首;(二) 报刊 606 条,占 29.85%;(三) 收音机 109 条,占 5.36%;(四) 电视机 102 条,占 5.02%;(五) 其他 86 条,占 4.23%;(六) 会议 76 条,占 3.74%。在被调查的对象中,乡镇村干部、乡村企业职工占了相当数量。他们文化程度较高,阅读报刊、参加会议的机会较多,获得消息的渠道相对也多。如果是普通农民,获得消息的渠道会更加集中在有线广播方面。

二、指导工作最灵活。农村广播正因为是有线的,所以播出的内容和时间的安排相对说比较灵活。县乡镇党政领导使用广播比较方便,既可公开广播,又可内部广播。有的中央文件,有时也可原文广播,这是电视所不及的,也是报纸和无线电台所不可相比的。今年上半年,县委、县政府利用有线广播直接部署工作的有八次,其中部署全面工作的一次,有关农业生产的三次,有关整党的两次,其他两次。今年初,县委召开三级干部大会,总结1985年各方面工作,部署1986年任务,动员全县人民取得新的更大的胜利。中心会场设在嘉定影剧院,而且通过县电台转到县城内和各乡镇的分会场,由于我们做了细致的工作,大小会场都声音清晰,收听的5 000多人都十分满意。7月间,全县开展安全防火宣传周,副县长钮楚元作录音讲话,电台安排在较好的时间里广播,让全县人民都知晓。

三、报道地方大事最丰富。近几年来,嘉定电台每天都要播出将近20条地方性消息,发生于当地的重要新闻基本上都及时作了报道。这种反映当地政治、经济、文化和外事活动的数量众多的地方新闻,在人民群众中留下了良好的印象。

四、表扬的人物最熟悉。我们嘉定电台和各乡镇站表扬的先进人物,历来为人民群众所相识和了解,是有群众基础的,因而又能催人奋进。嘉定县第二中学党支部书记张昌革40年代毕业于上海圣约翰大学,1949年创办了这所中学,一直担任校长。30多年来,他呕心沥血,勤奋工作,为国家培养了大批建设人才。前几年,他身患癌症,动了手术。当病情基本好转之后,他便坚持上班,

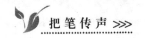

主持学校工作,取得了新的成绩。他自己多次被评为市、县优秀教育工作者。我们县电台曾多次介绍了他的事迹。他的学生们听了,都感到广播里表扬得好,广播说出了他们的心里话。

五、处理紧急问题最有效。1984年5月21日23时37分,江苏省东南沿海地区海域发生的6.2级地震,波及本县,一时全县城乡人民甚为不安。嘉定县站立即向县委领导同志汇报,并且反复广播了县委书记黄富荣同志的讲话录音,说明震情及其发展趋势,从而稳定了人心。长征乡的同志回忆当时的情景说,长征乡政府同上海地震局相近,可是当晚他们只能从县广播中得到准确的消息。

六、联系群众最广泛。从1979年以来,每逢春节,县委书记或县长都到电台作广播讲话,向全县人民致以节日问候,祝贺新春愉快,并汇报一年间各方面工作的成绩,提出新的一年的奋斗目标。作过这类讲话的有前县委书记李学广、前县长逢树春、现任县长李宝林。每位同志讲话时,全县都有数十万人收听。

七、使用最简便,开支最节省。农民装了喇叭,只要不关掉开关,每天自己会定时响的,用不着再开。其内容根据广播站的安排,会顺序播出。农民听得习惯了也心中有数。这方面的开支却是很便宜的,有的乡甚至是免费的,最多的自己出15元钱。

有线广播绝不会被电视替代,它将按照它自身的规律,在提高质量的基础上不断发展。

(原载《农村广播电视》1986年第11期)

试谈先进人物宣传的效应意识

值此党中央倡导加强思想政治工作之际，探索在先进人物宣传中的效应问题，对激励人们振奋精神，同心同德，努力实现我国政治、经济和社会的进一步稳定发展，有着积极的意义。

效应者，本是自然科学上的一个名称，指的是物理的或化学的作用所产生的效果，如光电效应、热效应、化学效应等。因其作用和效果有别，效应常有正负之分。我们对先进人物的宣传，倘对其社会影响作一考查，不难发现，它也有积极和消极之别。前者为主，后者次之，然其效应毕竟不同。因此，我们理应增强效应意识，尽收最佳的宣传效益。

正效应是应有的社会产物

有人说："如果人间没有榜样，好像天上没有太阳。"这句富有哲理的话，向我们揭示了宣传先进人物的社会意义。先进人物的事迹一旦广为传播，便会产生一股强大的力量，来为我们国家自己的主义、思想和经济基础服务，从而推动社会的进步。这正是先进人物宣传的正效应总的体现。

从历史唯物主义的观点来看，先进人物都是由时势造就的。但是他们具有"创新趋时"的特点。他们顺应潮流，符合社会发展

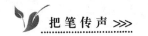

趋向,走在时代的前面。无论是鲁迅、李大钊、郭沫若,还是聂耳、冼星海;无论是李四光、王进喜、焦裕禄、雷锋,还是张志新、吴吉昌,都是当时特定的历史条件召唤出的英雄人物。"江山代有才人出,各领风骚数百年",在我中华民族复兴的今天,在党的基本路线指引下,人民群众在进行探索,寻求新途径、迈出新步伐的过程中,涌现出的许多忘我工作、无私奉献的劳动模范和先进工作者,是人民群众中的杰出代表,是真正的社会精英。正如毛泽东同志在建国初期所说的,劳动模范和先进工作者"是全中华民族的模范人物,是推动各方面人民事业胜利前进的骨干,是人民政府可靠支柱和人民政府联系广大群众的桥梁"。我们作为无产阶级的新闻广播工作者,必须"真诚地和人民共患难、同甘苦、齐爱憎",始终不渝地去体察和反映人民群众那种不可遏止的历史主动性和创造精神,"极其忠实地报道他们听到的人民呼声"。总之,要用我们的行动,实现江泽民同志的要求:"我们要以先进模范人物为榜样,把我们的工作推向前进。"

对先进人物的宣传,首先是精神的宣传。几年前,一位名叫罗德里克的美国记者访问中国后报道说,中国人民现在在微笑,他们神志自若,竟不掩饰自己的困难,但是充满信心,所以,中国是有希望的,中国社会是上升的社会。显而易见,我们宣传先进人物,可让人看到人们思想的进步,打动人们的心弦,令人信服,从而给人们带来勇气,增强力量。

在著名作家魏巍的名篇《谁是最可爱的人》中,误为"松骨峰战斗烈士"的李玉安,不久前人们才发现他当时侥幸遇救生还。他一直隐藏在群众身边,默默地生活了达 40 年。他有功不露,当了 28 年工人。他大半生生活清苦,却一再让补助,让调薪,让分房。他并非不知战功的价值,却从未指望拿它谋取私利。1990 年春天,黑龙江省松花江地区广播电台等新闻单位报道了他超越生死的生动事迹。来自各地的信件纷纷飞向他所工作的小小的巴彦县兴隆镇粮库。四川一个署名"崇拜者"的信中写道:"您默默无闻工作40年,使我肃然起敬。您这种品质现在是不多见的,所以正是我们最需要的。"广东省一位署名"最爱你的人"写道:"您这40年,使我想起了春蚕、蜡烛。"江苏省金坛县一个自称"90年代学生"的人写道:"看了您的事迹,我热泪盈眶,决定放弃自暴自弃的念头,决心做一个合格的毕业生。"李玉安的精神,驱除了人们心灵中的黑暗,激励着人们发奋前进。它正是我们党今天所大力提倡的、值得永远发扬的。

至于在60年代由毛泽东等老一辈革命家树立的,今天江泽民等中央领导同志号召学习的雷锋、焦裕禄这两个光辉典范,经过电台等舆论单位的宣传,更产生了令人欣喜的效应。如辽宁爆出新闻:营口市九旬老人隋均华救起一个不慎跌入水井的小孩后,便悄悄离去,不留姓名,被市民评为1989年"十佳新人";中央人民广播电台广播了沈阳军区某师炮兵团通信技工张子祥,11年来坚持像雷锋那样做人做事、成为"新时代的活雷锋"的事迹;河南、山东36位县委书记、县长发出倡议,争做实践焦裕禄精神的带头人。这一件件闪光的事例说明,人民群众一直深深地热爱与怀念着雷锋和焦裕禄这样的先进人物,我们的国家正是靠着数量众多的先进人物,才使人民群众在党中央的领导下,团结奋斗,发扬了社会正气,稳定了社会秩序。其间,新闻舆论的作用是十分重要的。

先进人物也是社会财富创造者的优秀代表。新闻广播的媒介,使人民群众了解他们的成功之道,并且学习仿效。劳动模范和先进工作者所创造的较高劳动生产率、先进工作方法,无疑是具有极大的示范和引导作用的。50年代,郝建秀创造的操作法一度为

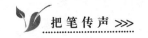

全国纺织工人所仿效,有效地提高了劳动生产率。农民陈永康创造的"小株方形密植"获得"老来青"水稻亩产超千斤的经验,多年为江南农民所向往,如今已屡见不鲜。上海市劳动模范沈金龙,运用艰苦奋斗加科学知识,创造了粮食高产的纪录,他承包的22.8亩粮田,1989年亩产1003.5公斤,为沪郊少见。经过广播等新闻单位的宣传,他的生产经验得到传播,许多地方以他为榜样,努力实现吨粮田。

从事精神文明建设的先进人物,所闯出的闪光的人生道路,同样引导着人们前进的脚步。著名作曲家施光南曾到大港油田当普通工人。如果把《祝酒歌》作为施光南的代表作的话,那么也许我们很难说,在油田那几年艰苦的劳动没有给施光南创作的成功打下坚实的生活基础。通过舆论宣传,今天,许多艺术家以施光南为榜样,深入工农,熟悉生活,谱写作品,演出节目,弘扬民族文化。

全国教育系统劳动模范、特级教师钱梦龙首创的"学生为主体,教师为主导,训练为主线"的教学思想和"导读"的语文教学模式,比较科学地解决了教学过程中师与生、教与学、讲与练、知识教学与能力培养、语文训练与思想教育等诸多矛盾。经过各级新闻舆论的传播,已在全国教育界产生广泛影响,上海市中学语文教学研究会还为钱梦龙举办教学思想研讨会,来自沪、苏、浙、川等省市的语文教育专家,理论工作者参加了研讨。

对先进人物的宣传,也激励着这些先进人物更加严格地要求自己,向新的目标进发。

在我国,人民是国家的主人,群众是历史的创造者。今天,先进人物为振兴中华,实现四化而创造奇迹,而人民群众也是为建设社会主义祖国学习先进,这种共同的愿望,凭借传播工具的媒介作用,理应取得人们期望的良好效应。

负效应是常见的社会现象

20世纪50年代和60年代初,人们对新闻广播单位所宣传的先进人物可说是确信无疑,并学习仿效。近年来,有的人对于先进人物或是指指点点,或是讽刺挖苦,致使先进人物压力重重,陷于孤立,他们把荣誉视作负担,一些人谢绝采访,更不让宣传。真是批评难,表扬也难!新闻广播上所遇到的这种不好风气,正是先进人物宣传的负效应。

其症结何在?

价值观念的倾斜,是主要原因。在一些人看来,现在要少讲先进、多讲实惠,再强调自我牺牲精神就是不讲科学的蛮干,就是"傻瓜"。奉献越多越光荣似乎已被赚钱越多越光荣的呼声所淹没。浙江省杭州市劳动模范陆福根当着众人面,痛苦地把自己的模范荣誉证书撕得粉碎。有个年轻工人当即跷起大拇指说:"好,撕得好!要是我早就撕掉了,先进,劳模,值多少钞票?"陆福根既要付出超常的劳动,又要负担曲解和误解造成的精神重荷,怎能不苦恼呢?这是我们在一个时期内忽略思想政治工作所产生的不良后果。正如李瑞环同志明确指出的:"这几年来,我们的经济政策总的是对头的,但又出现了放松道德教育,有时把现行政策界限等同于道德规范的现象,忽视了对于先进道德的提倡和鼓励,使得损人利己的个人主义和'一切向钱看'的拜金主义思潮泛滥。这是我们必须吸取的教训。"

报道失实或一味拔高,引起人们对先进人物的怀疑,也是原因之一。1990年某报载文公布了一个近乎神话的数字,说沿海地区某县1937年参加革命的老干部,78岁的共产党员胡伟,义务为群众理发 50 多年,被人誉为"老雷锋"。文章说他 1976 年至今,他已理发 74 000 多人次,再加上 1976 年前,理发总人次上百万。这个数字显然不实。去掉 1976 年至今的 14 个年头的理发人次,剩下的 92.6 万人次要放到前 36 年完成,每天就得平均理 70 人次才能凑足 100 万的数字。如果每天坚持给 70 人理发,一个人平均理一刻钟,每天就要花掉 17 小时以上时间,加上工作时间 8 小时,"老雷锋"不学习、不娱乐、不吃饭、不睡觉,时间也不够,活活要累死他老人家了。此外有家新闻单位把不会养猪的人报道为"养猪模范"。另一家则把为民做好事的青少年一概称之为"活雷锋",说是"数十万活雷锋今上街为民服务"。报道的失实,给先进人物带来被动,人民群众也产生反感。

历史原因。某些先进人物在一定的历史环境下升降沉浮,也会造成先进人物宣传的负效应。侯隽是个大名鼎鼎的老知青标兵,1962 年她放弃高考机会,到河北省宝坻县史各庄公社窦家桥生产大队落户。1963 年,著名作家黄宗英与张久荣合写的散文《特别的姑娘》,对她大加赞赏,为全国知识青年所敬仰。然而在"文革"期间,她名越出越响,官越当越大,直至担任了全国知识青年上山下乡领导小组专职副组长。不久,"四人帮"垮台,1977 年 12 月 16 日,侯隽回到了宝坻县窦家桥,继续担任党支部书记。以前,她从北京自愿来此务农,15 年后,她又从北京回来。有人则讲"侯隽是红着出去,黑着回来的"。此时新闻舆论对她的宣传也完全变了一种态度。值得庆幸的是,党的十一届三中全会路线教育了她,窦家桥父老乡亲理解她、体谅她、劝慰她。她又挺直了腰杆,和窦家桥的乡亲们一起大办农业。后来,她出任了宝坻县人大副主任。1989 年选举出席天津市人代会代表时,侯隽得票居全县第三。《海南特区报》记者又特地采访了她。有了以前的经验教训,现在对她的宣传则客观得多了。

先进人物自身素质欠佳,经不起表扬宣传的考验,以至走向反面,这也是宣传中负效应的表现。这里可能有两种情况:一种是宣传时只看到其先进一面,未看到其另一面,或是虽看到了另一面,但为了宣传而片面报道其先进一面,这种情况不少,是值得引起我们重视的;另一种情况是先进人物后来变了,这种情况往往在当时宣传的时候难以预料。不管怎样,对先进人物,特别是典型先进人物的宣传,应取慎重态度,以使我们的宣传经得起时间的考验,尽量避免出现负效应。步鑫生就是一个突出的例证。当年各新闻单位对他大加宣扬,连他的独断专行等也被说成是"改革"。我并不否认步鑫生当时有值得宣传的东西,但太过分了,促使步鑫生自身的弱点越来越明显暴露出来,直至走向改革家的反面。

总之,宣传先进人物所产生的负效应是违背人们意愿的。但是,它与正效应毕竟同时存在于人间,这就值得我们新闻工作者认真去研究。

怎样达到最佳效应

我们在宣传先进人物的过程中,怎样处理正效应和负效应的矛盾,从而达到最佳的效应呢?

德国心理学家赫姆霍兹告诉我们:"当你最后登上顶峰时,你将羞愧地发现,如果当初你具有找到正确道路的智慧,本有一条阳关大道可以直达顶巅的。"可见,对我们新闻广播来说,传播策略是制约传播效果的一个因素。诚然,传播策略的确定总是受到社会历史条件的制约,尤其在当今改革开放的社会大变革中,怎样的传播策略才能取得最好的效果,这是值得探讨的,但就总体而言,对

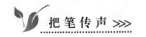

先进人物的宣传,既要满腔热忱,又要有科学态度。我们要努力做到:稳重、真实、适度、热心。

稳重,本是沉着、庄重的意思。我们在宣传先进人物时,理应分析"大气候",选择最典型的人物,针对人们思想实际宣传其先进事迹,掌握事物变化的程度,认定宣传的"火候"与时间。太原钢铁公司加工厂负责人李双良,1983年开始,他谢绝了外单位月薪280元的聘请,大搞废钢渣的综合技术处理,不花国家一分钱,移掉了一个堆积半个多世纪的占地两平方公里、高23米渣山的五分之四的渣土,为国家创造了8 000余万元的财富,为治理太钢污染、美化环境做出了特殊的贡献。先后荣获"山西省优秀共产党员标兵""全国劳动模范""联合国治理环境全球500佳"和"全国老有作为精英奖"等光荣称号。中共中央总书记江泽民1990年1月22日到太钢视察时题词号召"学习李双良同志一心为公、艰苦创业的工人阶级主人翁精神,把太钢办成第一流的社会主义企业"。《上海老年报》同年4月20日登载了全国老龄问题委员会号召广大老年人学习李双良的通知,4月27日以《当代"愚公"》为题翔实地介绍了李双良的动人事迹。无疑,这家报纸在今天的形势下宣传这个典型人物,如同其他的新闻单位宣传雷锋、焦裕禄那样,富有极大的现实意义。

真实,乃为新闻之生命。忠实地报告事实,是新闻写作的基本要求。从传播心理学的角度看,被宣传的人物事迹的真实对于受众是至关重要的。受众对于传播者的个性品质,评价最高是真诚,其次是诚实、忠诚、真实、信得过。这些都和真实有关,而评价最低的品质是说谎、假装和不老实等,也就是虚假。高尔基沉重指出:"在我们的时代,我们的读者(现今应包括听众和观众——引文者注)的充分权利,要求新闻工作者诚实、严肃地对待他们。如果新闻工作者不能满足这一要求,那他最好不要挤进这种需要真挚的、诚实的劳动的领域。"因此我们新闻广播工作者一定要坚持马克思主义的思想路线,实事求是地宣传先进人物,做到所写的事情必须是真人真事,作者对事物的解释完全符合客观事物的本来面目。今年4月间,上海市嘉定县广播电台有位女记者,采写了全国农村妇女"双学双比"先进——种菇能手杨玉慧的通讯《一个农家女的情怀》。记者写成初稿后并未急于广播,而是多方听取意见,并请杨玉慧本人审阅。记者又对稿件作去伪存真、去粗取精的修改。该稿件在上海人民广播电台广播后,听众评论说,这篇稿子写得事迹可信,人物可敬。所以说,深入采访是坚持真实性的确实保证。

适度,其基本含义是主观的认识必须同客观事物的度相符合。度则是事物的质所能容纳的量的幅度。我们在宣传先进人物中就得注意"分寸"。

这个"分寸"如何掌握呢?我认为需要做到:在确保真实性的基础上,对于重点宣传的先进人物,在总体数量的掌握上要适度;对于某一先进人物的宣传数量要适度;对于先进人物的宣传程度要适度;在宣传先进人物的同时又要注意发表议论性文章或广播讲话,给予群众理论上的引导;既要宣传先进典型人物,又要重视宣传凡人新事;等等。总之,注意了适度,对宣传取得最佳的效应是有很大好处的。

热心者,意为对先进人物的宣传富有兴趣,肯尽力、积极主动,同时在思想上关心帮助他们,这是因为先进人物既是我们学习的楷模,又是我们的朋友。我们这样做了有利于提高其自我意识,全面地认识自己,谦虚谨慎,不断进步。嘉定电台对闻名全国的养鸡大王陆荣根的宣传基本上做到了这一点。

在极"左"路线统治的岁月里,陆荣根为养鸡而受到过不公正

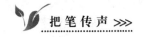

的待遇。十一届三中全会之后,他得到上级党委的支持,潜心钻研技术,致力养鸡事业。可是他一度牢骚满腹,对基层干部意见很大,和当地群众有思想隔阂。县电台的同志在运用消息、通讯、对话和现场报道等多种形式宣传他事迹的同时,又劝导他要同干部群众处理好关系。他感到舆论机关在关心他、支持他,又是真诚帮助他,因此精神振奋。后来他加入了共产党,担任了合作社党支部书记,参加了党的第十三次全国代表大会。陆荣根告诉嘉定电台的同志,由于广播舆论的宣传,他和干部群众的关系大大改善,现在连当年反对过他的人也加入了他创造的合作社。显而易见,嘉定电台这样宣传先进人物有助于用积极因素克服消极因素,从而产生正负效应矛盾的良性转化。

宣传先进人物,学习先进人物,是坚持正面宣传的最基本、最生动、最有效的方法。实际上,它涉及相信真理的力量,相信人民群众基本觉悟的问题。因此,做好对先进人物的宣传工作是广播等一切新闻舆论机关的同志所肩负的重大的社会责任之一。正确处理正效应和负效应这对矛盾的过程实质上就是用群众创造的先进思想和先进经验来教育群众的过程。这是个长期的任务。由于历史条件的差异,这对矛盾的具体反映会有所不同。倘若指导思想明确,方法对头,必定会获得令人满意的社会成效。我们运用辩证唯物主义观点探索先进人物的宣传,必定会求得新知,迈出新的步伐。但愿每个新闻工作者在先进人物宣传中都能增强效应意识,这是历史的要求,时代的要求。

(原载李志石主编《广播记者论集》,中国广播电视出版社1991年1月版)

谈话广播初探

中共中央总书记江泽民和中央政治局其他常委,1989年9月26日上午举行中外记者招待会,就我国的内政外交等问题回答了记者的提问。原定一个半小时的记者招待会举行了近两个小时。中央人民广播电台转播了这次招待会的实况。全国人民,包括台湾、港澳的同胞都及时了解了这个招待会的内容。

中央人民广播电台对这一记者招待会所作的实况广播,我认为,就是一种特别隆重的谈话广播。

提起谈话广播,不禁想起许多类似的名称。有的称之为"谈话体广播",有的称之为"谈话式广播",有的称之为"广播谈话",也有的称之为"谈话节目"。我则认为,还是取名"谈话广播"为宜。因为,这里所涉及的,不只是某类广播稿的体裁,还关系到广播节目的形式等诸多问题,唯有取名"谈话广播"方能概括。

那么,"谈话广播"到底是怎么回事呢?

谈话广播的历史

这里,先说说它的历史吧!

谈话广播在广播中的出现,同新闻电台出现的年代相近。一度代表了新闻事业发展新成就的无线电广播,1895年由意大利一

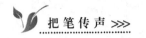

位科学家发明,1920年11月2日由美国匹兹堡西尾电器公司的商用电台正式播出新闻,第一条消息为哈丁当选美国总统,史称该台为新闻电台之鼻祖。谈话广播出现于1933年之前,比世界上第一个新闻电台的出现晚了13年。1933年,富兰克林·罗斯福当选为美国第三十二任总统。就职一周之后,罗斯福便通过电台发表了一次亲切的谈话,以后又谈了多次。在他谈话的地方,有一个火炉,他的夫人在打绒线,陪在旁边,真是谈家常式的。人们把这个谈话称之为"炉边谈话"。"炉边谈话"在美国引起强烈的反响,几十万封信件飞往白宫。美国新闻史学家把罗斯福的"炉边谈话"视为广播史上的一个里程碑。

当今世界,谈话广播已引起许多国家首脑的重视。苏联戈尔巴乔夫等国家领导人在广播以及电视中向全国人民作讲话;英国电台开设《政府广播》节目,由首相(或首相指定专人)对国内外的重大问题发表演说进行讲解;有些国家的地方电台之间举办《广播桥》对话节目,则是由普通老百姓参加的,主要谈日常生活问题。可见谈话广播已发展为国际性的了。这种国际性的谈话广播,还有通过卫星传播的。瑞典有个名叫《渠道》的广播节目,主持人凭借卫星传播直接同世界上的某一国首脑或知名人士谈话。他们已先后对100多个国家的要人作过这类采访。在被采访的人员中,有韩国民主人士金大中、美国前总统国家安全顾问布热津斯基等。近几年来,在国际广播中还出现了直接与各国听众对话的新形式。法国国际电台玛霞·贝朗所主持的《喂,玛霞》节目,每天子夜起作两小时的好像倾诉衷肠似的聊天式广播。她邀请一些名人同遍布全球的打电话的听众聊天。西欧、中东、大洋洲都有她的听众,被人称为"夜知音"。

谈话广播在我国,起于抗战时期。那时在汉口电台从事日语广播工作的著名日本友人绿川英子（又名长谷川照子），通过谈话广播揭露日军侵华罪行、宣传中国人民浴血奋战的感人事迹，从而激起了日本士兵的反战情绪。如今这类谈话不仅见诸中央、省（市）、地、县的广播电台（站），而且像江、浙、沪诸省市的不少乡镇广播站也已有谈话广播。其形式有对话、辩论、座谈会、记者招待会、来信问答、演说和主持人节目等。也有的电台，把谈话广播同某一大型宣传活动密切地配合进行。中国国际广播电台和英国的《东方地平线》电台，1988年正月初一联合举办了为时一小时的《龙年全球华人贺岁卫星联播》节目，由主持人邀请知名嘉宾参加，并发表谈话，介绍海外华人在所在国度里的成就，伴以龙年的典故、趣谈和文艺表演。美国有2 500家电台转播了这个节目，取得了极大成功。

谈话广播的特点

在这里，对于"谈话广播"，似可给予这样的含意：它是有明确主题的，聊天式的，倾诉衷肠的，旨在提高听众认识的广播。

倘若同其他的广播相比，它的特点表现在诸多方面。

第一，目的。谈话广播的主要目的是要听众认识某一问题，不像政论广播那样往往要听众立即付诸行动，不像新闻广播那样主要让人了解信息，也不像通讯广播那样为了传播某种精神。1987年初，上海人民广播电台《今日论坛》节目广播了著名学者苏步青读了文汇报《怎样看待中国》一文之后所写的题为《青年社会责任》的思想漫谈。此文说：

> 我国古代有"天下兴亡，匹夫有责"的名言。在我们青年时代，争取民族振兴的社会责任促使我们自强不息。当今的

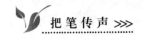

青年恐怕也应当有这样一种庄严的社会责任感,为争取社会主义祖国的美好前途而奋斗!

现在有的青年嫌我们国家建设速度太慢,有的怨天尤人,有的甚至放弃了这种社会责任,自暴自弃起来,其实,判断中国社会主义制度与某些国家资本主义制度的优劣,应该进行科学的分析。由于起点不同,再先进的社会制度,也难以使一个国家在三四十年中走完人家几百年时间才能走完的路。这一点,甚至连外国一些政界人士也都看到了。1980年,法国总统德斯坦到复旦大学访问时,亲口对我说:你们国家这么大,取得这样的成绩,很不容易啊! 我认为,他讲这话显得非常客观。

接着,作者又以亲身的经历说:

学会正确看待我们的国家,才会真心地担当起社会的责任,并为社会主义祖国的美好前途贡献自己的智慧和力量。我1931年留学日本获得理学博士学位,想到我们国家科学落后,学成以后应回国培养自己的专门人才,便谢绝了校友、亲属的挽留,毅然回到贫穷的故乡教书。当时之所以能做出这样的抉择,不过出于爱国的社会责任。近几年,我们国家派出一些留学生、进修生,他们学成后,怀着建设四化强国的愿望,相继回国,也表现出一种崇高的爱国主义精神和神圣的社会责任感。

作了这样周到的分析之后,作者说:

我从自己八十多年亲身的经历中得出这样的结论：没有共产党，就没有新中国；只有社会主义才能救中国，并使中国的建设沿着健康的道路前进。每个中国人都要有中国心，每个中国青年更要有强烈的社会责任感，把自己的青春年华和智慧汗水奉献给伟大的祖国。

　　此文分析周详，娓娓动听，对澄清一些青年人的糊涂观念，提高他们的社会责任感是很有益处的。

　　第二，内容。谈话广播所谈的内容，可以是生活小事，可以是科学技术常识，也可以是国家大事。一次谈一个中心，解决一个疑难问题……对于听众关心的甚至是极感兴趣的小事情、小常识，谈话广播一旦播送了，也会收到很好的社会效果。中央人民广播电台广播的对话《雪有什么用》受到少年儿童的欢迎。湖北人民广播电台广播的三篇对话：怎样防治棉花苗期病虫害，怎样防治棉花蕾期病虫害，怎样防治棉花后期病虫害，受到广大农民的欢迎。他们写信给作者，要求把稿子寄给他们，学着使用这一技术。

　　第三，态度。谈话广播是谈心式的，循循善诱的。它不像有些教育节目那样，以教育者自居，板起面孔训人；不像广播通告那样对听众发号施令；也不像新闻那样灌输式的广播。广东省有位姑娘因父母逼婚逃出家庭，饱含内心痛苦，给省电台写了信，节目主持人李一萍在《大众信箱》里作了这样的回答："你一个姑娘单身一人外出，吃住都会遇到不少困难。再说，眼下天气渐渐变凉，你带的衣服够不够？真使我担心啊！"那位姑娘听了这段情同姐妹的话，想必会感到情真意切，产生醒悟之心。如果用说教式的命令式的口气广播，那就变得生硬别扭，是不可能晓之以理、动之以情的。

　　在谈话广播中，即使讲个天气预报，也是采用谈心式的，听众

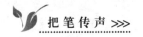

听了感到舒坦。1989年8月9日上海人民广播电台《792信箱》的一段天气预报可供鉴赏。那段广播说:

> 上海中心气象台对咱们千年百季的天气,好像有过深层广博的研究,像热风暴形成啊,发展哪,还有历年来的风暴状况怎么样啊,秋老虎是怎么形成的,等等,说实在的……我对上海中心气象台产生了一种由衷的敬佩。
>
> 今天8月9号,星期三,我手里拿的是上海气象台早晨5点钟的预告,你听啊!
>
> 今天的最高温度,跟昨天一样,31度,明天的最低温度24度,天气多云。不过,朋友,我说一句凭感觉的话,今天似乎比昨天热。早晨走在路上,迎面刮来的风啊,有点热乎乎的。好在这几天的晚风还是可以的,啊?

这段话谈得多么平实而有文采,自然而委婉动听。贯穿其中的,是主持人作为公仆对主人体贴入微、周到服务的态度。

第四,气氛。谈话广播的气氛是柔和的、平易近人的。它不像政论文和政策性新闻广播那样严肃紧张。1989年1月30日浦江之声广播电台播了一篇题为《正气留人间》的漫谈,开头是这样谈的:

> 一年四季,春去夏来,时序轮回,人们都习以为常。人生在世,生老病死,是自然规律,概莫能外。有趣的是时光总是留不住的,更是拉不回来的。人呢,天年有限,寿命虽然有长有短,却也是要离世升天的,这是一个非常普遍的道理。懂得这个道理的人,总是十分珍惜时光,重视人生,尽自己的力量,完成历史赋予自己的责任。

接着谈了古起岳飞、文天祥,今至周恩来在1月间谢世的历史人物为中华民族所做的贡献,也谈了在同月故世的蒋经国在其晚年为台湾和大陆实现"三通"所作的努力。

那篇漫谈最后说:

天下逃不过一个理字去,天理是长存的。违理只能自毁。

这个谈话虽说是面对台湾国民党军政要员讲的,但是也充满着融洽的气氛,像谈家常那样亲切自然。

大家都熟悉的张海迪,高位截瘫而意志坚强,凭着她那刚强的毅力自学并掌握了英语、日语和世界语,为祖国社会主义建设做出了贡献。1984年,也就是张海迪入党一周年之际,山东人民广播电台记者访问了她。有一段话是这样谈的:

记者:最近你生活怎样?

张:嗯,还和以前一样,生活中有欢乐也有苦恼。(众笑)

(注:采访时张海迪的几位朋友也在场)

记者:快乐的是什么呢?

张:快乐,比如说工作啊,学习中取得一点成绩的时候。再就是和我的朋友在一起的时候。(笑)

记者:哪儿苦恼呢?

张:哎呀,苦恼嘛——就是没有时间。比如说,要处理采访,来信比较多。再就是——我怕记者。(众笑)

记者:为什么?

张:我希望记者在宣传我的时候,还应该实事求是一些嘛,我是一个普普通通的人,最好别帮我的倒忙。

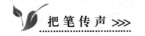

在这个气氛融洽的片断中,听众们听到了张海迪坦率开朗的性格。看到了她身残志坚的形象,进而了解了她对美好人生的向往和追求。

第五,形式。谈话广播出现的形式,可以是独立的一档节目,可以是独立的一个节目或一篇稿件,也可以穿插于某个节目之中,简言之,它的形式是比较灵活的。就这点来说,为其他任何形式的广播所不及。独立成一档节目的,像中央人民广播电台的《听众信箱》《对台湾广播》,上海台由蔚兰主持的信箱节目等。独立成一个节目或一篇稿件的,如中央人民广播电台曾广播的对话《注意用电安全》就是。试摘录一段:

乙:张师傅,这人触了电,怎么来抢救?我再说给你听听,看对不对啊!

甲:好啊。

乙:嗯……你刚才是说……头一要紧的是尽快使触电人脱离电源,对不对?(甲:对。)在人没有脱离电源之前,可不能上去拉。人脱离电源以后,就要进行人工呼吸,同时赶快去找医生……

甲:说得都对。一听就记住了。这里最要紧的是……

关于穿插于某个节目(或称某篇稿件)的谈话广播也是常见的。中国国际广播电台 1986 年 4 月 21 日广播了题为《他见到了列宁》的录音通讯,里面有这样的一段话:

"那么,您是在什么样的情况下受到列宁同志接见的呢?"我要求任老谈谈 66 年前的那次亲切会见。任教授呷了一口茶水，激动地说：

"父亲牺牲后，苏维埃政府把母亲和我们姐弟三人送往莫斯科居住，师部还派红军一个班作为我们的护卫。……一天下午，开来了一辆小汽车接我们到克里姆林宫去……到了一个办公室门口，军官把我们引进去。……列宁同志从办公桌后走过来，一边亲切热情地和我们握手，一边对母亲说：'您是任辅臣同志的夫人吧！当我得知你们来到莫斯科后，就想和你们见面，可是一直抽不出时间来。今天和你们见面，我很高兴。'列宁请我们坐在沙发上，他先问我姐姐叫什么名字，几岁了。姐姐回答：'我叫莲娜，15岁。''噢，这是多么漂亮的一个名字。'又问我，我说：'我叫热尼亚，13岁。''噢，热尼亚。'他又重复了一遍。……接着列宁同志谈到父亲作战英勇，称赞他是一个卓越的指挥员，是一个优秀的布尔什维克，并高度评价中国工人阶级的国际主义精神。"

第六，语言。所有的广播语言都应通俗易懂，但是谈话广播更强调口语化。这是因为谈话广播是聊天式的、倾诉衷肠式的广播。它不像新闻广播那样常用书面语味道较重的语言，不像广播特写那样需要抒情的语言。浙江省桐乡人民广播电台为国庆四十周年提供的一个题为《变了，"老通宝"的故乡》的节目，其中有这样一段话：

男："老通宝"的后代没有忘记过去。

本台记者来到了茅盾峰下"老通宝"的家乡——我县乌镇民丰村，一位叫胡月坤的老汉跟记者回忆了起来：

"解放前，我一家养九张蚕种，算多了。产量低，最多一张收三十来斤。养蚕苦，卖茧还要苦，茧子不一定有人要。记得四八年,养四张蚕种,采了百把斤茧子,附近茧行不开称。路远迢迢,摇了三天三夜的船到无锡,才卖掉茧子,换来的钞票连二十斤米也买不到。"

女:胡老汉讲到这里,旧社会没有流尽的辛酸眼泪夺眶而出。记者忙把话题引到现在。胡老汉高兴地告诉记者,现在,他一年养蚕收入总要超过两千多块,加上种田,儿孙务工,全年收入上万元。

胡老汉的话说得朴实自然、实实在在,所有懂得吴语的人,一听就明白。

手头有篇题为《风驰电掣的十五公里》的广播稿,它的开头两段是这样写的:

路,从泥泞的乡间小径,到蜿蜒曲折的石子小路;从宽阔的柏油马路到平坦的水泥路,无一不是我们司空见惯的、普普通通的路。有一种路却与众不同,那就是高速公路。

以往,我们只能通过电影、电视、报刊杂志,一睹海外异国高速公路的风采。每一个中国人都有同一种感觉:可望而不可即。如今,中国大陆第一条高速公路——沪嘉高速公路诞生了。我们可以尽情领略汽车风驰电掣中的公路风光了。

这两段话,文字是流畅的,文笔是秀丽的,但这是地道的书面语,不是口语化的语言,不宜用于谈话广播。

第七,效果。同其他广播相比,听众更喜欢听谈话广播,从而更能激励人们为谋求自身的、民族的、共和国的利益奋斗。中央人民广播电台由徐曼主持的对台广播深受听众欢迎。原台湾陆军航空队少校李大维就是听了徐曼主持的《空中之友》,"感到祖国很美好",才驾机回祖国大陆的。李大维说:"我在台湾听了她的声音,觉得大陆这边人与人的关系是那么和谐。"美联社在一篇报道里评价说:"徐女士是和平统一的化身。她的声音是一个母亲劝说的声音,既不刺耳,也不是说教。她在广播中忠实地回答了听众来信中提出的问题。……台湾当局试图继续干扰大陆的广播,但没有完全成功。徐女士的听众仍冒着受罚的危险收听她的广播。收听者甚至可能被判有期徒刑。"徐曼是从1981年元旦起主持《空中之友》节目的。从此以后,我国出现了"节目主持人热"。上海人民广播电台播音员蔚兰等主持的信箱节目,有几百万听众收听,受到各阶层群众的热烈欢迎。有个四口之家,丈夫是某镇的党委书记,妻子是某纺织厂女工,女儿是某大学学生,儿子是某大学教师。每当蔚兰广播的时间,总见他们在收音机旁听得津津有味。那位党委书记说,蔚兰能把话讲到人家的心里,服务又到家,语调又柔和,听起来像谈家常那样亲切。可见,谈话广播能让人们在平易近人、亲切通俗的意境中感到温暖。它是广播新闻工作者努力的方向。

搞好谈话广播的要求

我们明白了谈话广播的特点,理应探讨它对于新闻广播工作者的特殊要求。这是办不办谈话广播,能不能办好谈话广播的关键。

第一,要求从事新闻广播工作的同志成为全能人员。一个人既能向听众谈话,又能从事采访、编辑,打破编、采、播的严格界限,这样,比播音员代播编辑写的稿件更显得自然、亲切,气氛更为活跃。这里,最好的做法,就是主持谈话广播的人,围绕一个主题,拟好腹稿,或写好提纲,面对听众直接谈论自己所见所闻和自己的感受,也

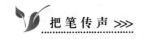

可以请工人、农民或专家来回答听众提出的问题,如果需要文字记录,则待以后整理。长江三角洲地区有个广播电台1988年9月曾举行以多养猪、多卖猪为主题的广播座谈会,由电台编辑主持。到会的,有养猪专业户和农村干部四五个人。事先,主持人和到会者商量了各自发言的主要内容,再正式座谈。开头,主持人简要讲了几句开场白,接着一个一个谈话。一位发言时,别人听了有疑问可以当场提问,发言者当场答复。有时主持人听到有兴趣、有价值的事,便插话,评论几句。农村的干部农民听后称赞说,这个广播有说有笑,生动活泼,把话讲到了我们心里。这给了我们一个启迪:对客观情况的深入了解,对谈话内容的周密安排,是主持好谈话广播的关键。

一般来说,播音员的口头表达能力是比较强的,倘若他(她)能参与编辑采访业务,那么这个谈话广播总会亲切动人。

试看著名演播员孙敬修改稿的事情。

有这么一段广播稿:

> 蔚蓝的天空,没有一丝云。一条潺潺的溪水从卵石中间穿流而过,卵石在清澈的水中忽隐忽现,清晰可见。溪边端庄地坐着一位长者,面庞清癯,双目炯炯有神。

孙敬修老师想,如果照这样念给小朋友听,他们是听不懂的。所以,他把这段文字改成下面的一段:

> 啊,这天可真蓝啊!一点云彩也没有,有一条小河哗哗啦啦地流着。这水可清亮啦!水里有好些圆石头,像鸭蛋似的,人们都管它叫卵石,这些卵石在水里可以看得清清楚楚。在

河边儿坐着一个老头儿,长得虽然瘦,可是挺结实,那双眼睛可有精神啦。

这么一改,改得多么顺口,多么活灵活现,多么清楚明白。小朋友听了当然非常入神。可见,培养编、采、播合一的全能人员,是办好谈话广播的决定性因素。虽然不是一朝一夕所能办到,但是,至少要提到各级广播部门领导者的议事日程上来。有家电台的领导决定,今后招聘的编采人员都要能兼任播音员,而且要求播音员负责自采、自编、自播节目。结果他们的板块节目办得很多,又有相当水准。该台的那个决策,对于办好谈话广播极有价值。

第二,注意听众心理。谈话广播是要通过聊天式的谈话提高人们认识的,所以对听众的心理愿望必须了如指掌,而且结合事实,边叙边议。这样可以把道理讲得更加明了,让听众受到更好的教育。

在反对偷税漏税的斗争中,犯有这类错误的人不免产生这样那样的顾虑。因此上海电台经济台信箱节目的主持人在1989年8月9日的广播中谈了如下的一段话:

钞票这东西啊,你拿来就是用的,你……一赚大钱了,金的银的,穿的戴的都花光了。这也是事实。我看是不是这样,就在眼面前的实物上毛估估,争取早点申报。我想,由于年久呀,相差个几百、几十呀,不是主要的。最主要的,是你的态度,服从法律的态度。你像毛阿敏偷税漏税那么多,名声也不小,可是人家毛阿敏在法律面前觉悟了呀,所以你谈不上判什么罪了,对哦?关于出了税务部门的大门之后踢了咱们记者一脚,哭一场,笑一场,这个都不属于经济犯罪的。年轻的歌

手也好啊,影星也好啊,我觉得一定要配合咱们的有关部门,最好不要名声大、脾气更大。你想想看,拿进钞票的时候,你多开心啊。你当时要是上交了多好,没有现在的事了。人家说,你看,这到底是名人,艺高品高,拿了钱就交税。

我相信,犯有偷税漏税错误的人,听了这个谈话,思想上会有所触动,顾虑会有所减少。

一般说来,人都有求知的欲望,因此,谈话广播也应满足听众的这一要求。中国国际广播电台1986年4月17日广播的录音报道《中国首届莎士比亚戏剧节》,首先由主持人介绍了威廉·莎士比亚,称他"是第一位被介绍到我国的世界著名戏剧家。早在1856年,由查尔斯·兰姆编写的《莎士比亚故事集》就被译成了汉语文言文。从此,中国人对莎士比亚便开始熟悉起来了。"

那么,为什么要举办莎翁的戏剧节呢?为了回答听众的这一问题,主持人请中国戏剧家协会主席曹禺作了谈话:

> 莎士比亚被介绍到我们国家已是120多年前的事了。最近几十年里,《莎士比亚全集》译本陆续出版,国内同时上演莎翁戏剧,学术界也发表了不少出色的研究论文。然而我们还需要做大量的工作,让更多的中国人了解莎翁留给世界文明的全部宝贵遗产。正在举办的莎士比亚戏剧节正是我们为实现这一目标而进行的又一次努力。

总之,根据听众现实的思想认识来办谈话广播,是必须遵循的一条原则。

第三,明确对象,交流思想。谈话广播是要同听众平等交谈,像拉家常那样进行的。而这种谈话又要有明确的对象感。对象不明确,家常拉不好,思想也难以交流。

比如,对少年儿童的谈话,就得考虑他们的特点。1989年8月中央人民广播电台《小喇叭》节目有这样一段话:

> 小朋友,"可怕的它"这个故事讲完了,我问你:小老鼠陶奇不知道这个它是什么,你知道吗?你好好想一想,第一声咔一响,屋子里就亮了;第二声嗒一响,就刮起了大风;第三声咔一响,玻璃上就出现了黑猫影子。小朋友,你知道那是什么吗?你想好了,就写信告诉我。好吗?来信请寄中央人民广播电台《小喇叭》收。

为求得听众的了解,更好地交流思想,新闻广播工作者往往在谈话广播中要给听众亲切的称呼,介绍自己的姓名,甚至自己的身世。在谈话过程中,要把自己的思想和听众的思想联系在一起。安徽黄山区广播电台的国庆四十周年节目中,有这样一段话:

> 男:听众朋友,您好。我是彭天。和我一起为您主持这个节目的,还有肖田。
>
> 女:您好,听众朋友。在建国四十周年大庆的美好时刻,能有机会为您主持节目,这是我俩的荣幸。
>
> 男:您也知道,1985年,在"中国十大风景名胜"评选活动中,黄山作为众多名山的唯一代表,金榜题名,高票入选。黄山,已经和长江、黄河、长城一起,成为中华民族的象征!
>
> 女:这是人们对黄山的厚爱。其实,作为共和国的整体,无论是我还是您所生活的地方,四十年的风风雨雨,四十年的

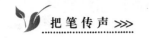

峥嵘岁月，我们都曾有过共同的欢乐，共同的灾难和共同的成就。所以我和您也就有了共同的话题，这就是改革开放给祖国大地带来的生机和希望。

第四，修辞手段运用恰当。我感到，在谈话广播中应讲究修辞，重视语言的表达效果，也就是要讲究用词造句怎样做到准确、鲜明、生动。如果以为谈话广播具有口语化的特色而忽视它的修辞价值，实在是一种误解或偏见。其实口语化本身也属于修辞学的范畴。张怀一的《修辞概要》指出："作文章要明白如话，也就是要尽可能的跟我们人民大众口头上说的话一样，这就是所谓口语化的根本原则。"今天，在"谈话广播中更要反对佶屈聱牙的文言腔。矫揉造作、陈词滥调的文章腔，不适当的外国腔"。我们应该用现在活着的语言，用口头上说的朴素自然的语言，用民族形式的，或是虽然来自外国但已民族化的语言。简言之，谈话广播的语言，应既有书面语讲究语法、修辞，逻辑严密、准确，鲜明生动的优点，又有日常口头语通俗、上口的长处。

请看一例：

我想，斑鸠总不能老是平着飞，受苦人总不能老是过着这样的苦日子。一九四九年，我们维吾尔族受苦人世世代代盼望的太阳终于照到了昆仑山，那就是共产党和毛主席。毛主席派来了亲人解放军，把我们从苦海里救了出来，建立了人民政府。我们高兴极了，有时候连睡觉都笑醒了。

这段话是非常口语化了。事实上，谈话广播常用的修辞手段很多。除了口语化之外，在词语的运用上要注意选用、移用、代用和反用,在句式上要多用短句,适当多用疑问句、重复句;在修饰上适当多用比喻、比拟、对比和歇后语等手法。仍以上面那段话为例,这段话共 125 个字(包括标点符号),4 个完整的句子,平均每句 31 个字,有 12 个分句,每分句平均 10.4 个字,最短的 3 个字,最长的 19 个字。文内用了"斑鸠……平着飞,受苦人……过……苦日子""太阳……共产党和毛主席""亲人""苦海""连睡觉都笑醒了"等词句。这里运用了选用短句、对比和比拟等多种修辞手段。

此刻,想起了斯大林的名言:"语言是手段、工具,人们利用它来彼此交际,交流思想,达到互相了解。"重温这句话,对于办好谈话广播是富有积极意义的。

(原载李志石主编《广播记者论集》,中国广播电视出版社 1991 年 1 月版)

优势和创优

嘉定县人民广播电台采制的新闻《外商违约造成损失,生产队长索赔成功》五月间在全国广播节目评比中获二等奖。这是本市郊县在全国广播系统综合性评比中获得的最高殊荣。

该文用倒叙的笔法、朴实生动的语言,报道了生产队长洪跃弟据理向外商索取赔款的始末。听完了它的录音,一个问号油然而生:怎样充分发挥市郊优势,创作出更多更高层次的优秀广播节目?

上海市郊具有很大的优势。例如:一、市郊经济发达。城乡联营企业已成为市郊工业的一支重要生力军。外向型企业正在蓬勃发展。农副业生产正向优质和特色的方向发展。二、劳动者的素质较高,上海市郊人民的文化水准居于全国农村的前列,大学、高中程度的比例增长较快,小学程度的比例明显下降。许多人的劳动正由体力型向智能型方向转变。三、农民的商品意识大为增强。他们视野开阔,求富欲望增长。其中一部分人正以市场为导向决定自己的经济活动,有胆有识地进军浦东,闯荡世界,成为国内外小有影响的人物。市郊大环境的优势,不仅为市郊广播电台创作优秀广播节目提供了重要的有利条件,而且要求有更多更好的农村广播作品问世。

市郊广播系统具有其自身的优势,专业队伍阵容较强是其显著特点。它素质较高,具有相当的竞争能力。人员超过 150 名,其中,中级以上职称的超过 1/4,大专以上文化水平的将近 1/2。就其参加广播宣传工作的实践而言,有的是经验丰富的"老广播",专业工龄在 20 年以上,这样的同志,几乎每台都有一两名。从 70 年代起,他们参加了市台创优节目的竞争,现在参与一定的领导工作,指导乃至直接参与了优秀节目的编、采、播实践,有不少是身强力壮的中年业务骨干,年龄都在 40 岁上下。去年在全国首届县级台站优秀广播专题节目评选中,上海市郊获奖的四家电台作品的作者,都是中年人。

县级电台接近农村,编播人员接触农民多,所制作的节目对农村的状况反映得比较深而又生动活泼。这或许是省市级台所不及的。嘉定电台采制的"向外商索赔"的消息,正是作者曹梅影在一次座谈会上交谈中获得的新闻线索,事后,她又深入生产队采访才写作成的。

上海市郊的优势可说得天独厚,诚然,要凭借极为有利的条件,创作出优秀的节目,一定要做细致的工作。

第一,要增强创优意识。市郊的广播节目,无论在全市还是在全国得了奖,都是记者、编辑、播音员经过共同艰辛的劳动才取得的。对作者应给予热情的支持,本单位理应另行给予奖励。在奖金的分配上,贯彻谁做谁得的原则,切忌平均主义。有位负责同志表示,凡在全国得奖的节目,本单位要给予同上级等量的奖励。这个决定,相信会产生积极的效应。另外,有关方面要向郊区作一定的倾斜,至少能真正给予平等的竞争。坚持按照同一个标准,衡量来自不同单位的节目,在市郊广播系统要造成一个你追我赶齐创优的局面。

第二,提高创优能力。怎样的广播节目才称得上优秀?一位

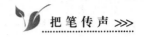

造诣很深的老新闻工作者认为,它应"抓住新闻价值、运用广播特点、叙述新闻事实"。可见,对市郊的广播宣传工作者来说,提高对新闻事件的鉴别能力至关重要。优秀的广播节目,是时代的最好记录,它应反映时代的主旋律。在今天,它应充分反映我国改革开放的新形势和新特点。郊县广播电台所采制的优秀节目,理应充分反映市郊改革开放的大潮流中所涌现的新人新事新气象。广播界的一位老前辈评价1991年度郊县送评的广播节目时,认为郊区已有长足进步,尚须多多深刻反映农村改革开放。

如何应用广播的特点叙述新闻事实,同样值得高度重视。什么是广播的特点呢?一位学有专长的老同志指出,它大体指的是音响、快速和参与面广三个方面。他期望广播节目中出现主人公的声音及背景的声音。快速的价值不言而喻。参与面广,我想是要注意报道新闻事件中或同新闻事件密切相关的人民群众。至于如何写好新闻,最好的方法还是用事实来说话。上海人民广播电台袁晖和温凌燕1991年6月9日采制的现场直播"南浦大桥主桥钢梁合拢"是值得学习的。记者的现场叙述和大桥两位指挥的即兴介绍浑然一体,突出了现场感,使广大听众有一种身临其境的感觉。不久前,这个节目获得全国优秀广播节目一等奖。在郊县的广播节目中,《一对农家夫妻的情怀》是人们交口称赞的节目。1991年7月8日为了缓解江浙地区的灾情,青浦人民炸开了莲盛荡大坝。青浦电台潘士金抓住练塘镇承包鱼塘面积最多的养鱼专业户濮小腊夫妇顾全大局、忍痛舍去鱼塘的一个片段,生动地展示了新时期农民的典型形象。通讯写得此起彼伏、思想性很强,加上播音员王燕有声有色的播音,10日向全县播出之后,得到一定的反响。这个节目新闻价值很高,注意用事实讲话,通俗流畅。倘若能播出濮氏夫妇倾诉衷肠的声音则更为增色。

从长远的观点看,请有关方面举办业务讲座,十分必要。让郊县电台的同志接受系统的专业知识教育,得到理论上的指导,即使老广播也可由此更新知识。如今,有的单位举办的学习班开支较大,基层难以承受,只能望而退之。

第三,协调创优关系。多年的实践告诉我们,在创优节目中,需要妥善处理四个关系,即日常宣传和创优节目的关系,专人创优和大家创优的关系,领导创优和群众创优的关系以及专业人员创优和非专业人员创优的关系。这些关系是否处理得当,必然直接影响节目创优的成败。

日常宣传和创优节目的关系如何处理?按理说:创优节目应包括在日常宣传的节目之中,即创优节目的精神要贯穿于全年宣传工作的始终。

这样有利于平时的宣传和节目的创优,做到相互促进,那种急来抱佛脚的现象可以避免。

至于专人创优和大家创优的关系,我们的做法是专人负责,大家参与。一般来说,负责节目创优的同志在确定选题、进行采访、构思、写出初稿的过程中,听取大家意见以集思广益是可行的。

在节目创优中,善于领导非常重要。

领导者的主要责任在于谋略。要组织编播人员积极参与并给业务上的指导,有条件的话,也应参与实践。身为主管宣传工作的领导,对于实际参与创优的同志,既不能放任自流,又不能管得过多过死。我感到,以下事项必须管理:

一管落实人员。要选派政治和业务都比较强的同志去完成。

二管题材。只要符合党的大政方针,又具有创优的新闻价值,就尊重承办人的意见。当他们找不到题材的时候,领导要出点子。

三管审定。稿子写好后,邀集有关者商讨。节目制成之后,还要审听。这道关口不能遗漏。在整个创优节目的采制过程中,领导和承办编播人员之间的关系,是协商共事的同志关系,绝非我说你做的仆从关系。做领导的,要善于发掘各人之长,让下属能满腔热忱、心情舒畅地进行创造性的劳动。

关于专业人员和非专业人员的关系,是指县(区)电台的编播人员和通讯员等的关系。我们的节目创优,往往是从通讯员的来稿得到新闻线索的。妥帖的处理方法是,凡通讯员提供的线索,县(区)台工作人员经过独立的实地采访而完成任务的,可给这位通讯员酌支稿酬;如果同通讯员合作采写的,理应署上他的名字;如果纯属通讯员来稿,要区分作者和编者,尊重他人劳动,从而调动他们参加创优的积极性。

我相信,只要把工作做细做到家,经过全体同志的共同努力,市郊的优势定能得以发挥,富有时代气息的更高水准的优秀广播节目定会源源而来。

(原载上海《广播电视研究》1992年第3期)

坚定 热情 冷静

——对县级电台市场经济宣传之我见

社会主义市场经济的滚滚大潮迎面而来。我们县级电台的宣传工作必须作相应改进,使之踏上新的台阶。

14年来,我们县级台的宣传,对农村社会主义市场经济的发展所起的作用是很大的。以长江三角洲广播新闻协作区为例,所属的20个成员台中,就有9个单位所在的县(市),被列为全国工农业总产值的百强县,占成员数的45%。这同县级台的宣传是分不开的。那些地区经济的起飞,主要靠了在市场经济大洋中求得生存发展的乡镇企业。而对乡镇企业的宣传,早已列入县级台的重要工作。足见县级台市场经济宣传成绩之显著。

县级台的宣传如何更好地为市场经济服务呢?

就总体而言,它应持"坚定、热情、冷静"的态度。它要抓住农村经济生活的"热点",就贴近群众生产、生活的实际作舆论的引导,为生产者当参谋,为经营者当顾问,也要成为消费者的知音。

首先需大力宣传市场经济。县级台的受众主要是直接从事农副工业生产和其他各业的农民。遵照党的十四大精神,以下内容必须宣传:(1)什么是社会主义市场经济,建立社会主义市场经济体制为什么是不可抗拒的历史潮流;(2)为什么说乡镇企业的实践为发展市场经济做出了特殊的贡献;(3)建立社会主义市场经济,为什么不可能一蹴而就,而要做很多工作;(4)地方政府为市场的发育、发展提供了哪些宽松的条件;(5)我们农民在现行政策的范围内,如何运用市场经济的规律,参照市场经济活动,获得更多的利润,较快地提高自身的物质文化生活水平。

近来,不少电台围绕市场经济这一主题,生动活泼地进行了富有乡土气息的宣传。有的开办专题节目,有的开辟专栏,有的请党政领导和企业领导上广播讲座,有的把普通农民请上了电台,有的作了系列报道。所有这些,都产生了积极的社会效应。

第二,服务市场经济。根据市场经济的需要,可做多方面的工作。一是传递经济信息,包括农副工业的、高科技的、对外贸易的、文学艺术的信息,外汇信息和证券行情。二是邀请权威人士作市场分析。三是介绍农民和农民企业家在市场竞争中历尽艰辛,赢得胜利的成功经验。四是讲解专业知识。外向型企业的迅速发展,要求国内企业的管理制度同国际接轨,嘉定台就举办了外向型企业基础知识系列广播讲座,并宣传涉外企业的法律知识。五是开办经济宣传和文艺欣赏相结合的主持人节目。

第三,按照市场经济的原则,改进经济宣传。广播,既是党和政府的喉舌,又是可以开发的第三产业。它也应走兴办实业,发展事业的新路子。何况县级台财力不足,以致设备陈旧落后,工作人员收入低微,严重阻碍了广播事业的发展。因而必须开展有偿服务。常见的做法有办广告,联办节目,特约播出和听众点播。江苏省张家港市广播电台仅联办节目,今年收入 10 万元,全年创收 30 万元,比上年增 50%。这就进而更好地致力于市场经济的宣传。

随着改革开放的深入,人们对广播的社会功能认识的深化,县级广播台的宣传必然会对社会主义市场经济的发展做出更大的贡献。

(原载《会员之家》1992年第7期)

共识 实践 求索

——略谈县级电台节目主持人的敬业精神

在我国,主持人节目自20世纪80年代问世以来,许多县级电台也竞相开办。据上海市郊和长江三角洲广播新闻协作区的27个县级电台统计,每个台都设有主持人节目。然而,在县级电台的节目主持人当中,尚须倡导敬业精神,"敬业"一词的本意即"所习无怠忽"。今日而言,即谓专心学业,专心事业。

在县级电台的主持人中提倡敬业精神,实为时代的召唤,民族的期望,也是农村广播事业自身的需求。值此广播电视界激烈竞争之际,对于怀有危机感和紧迫感的广播工作者而言,倘若忽视在主持人中提倡敬业精神,我们县级电台乃至整个农村广播会越来越深刻地感受到它的反冲力。发扬了敬业精神,则必将使竞争成为复兴广播,办好县级电台的良好机遇。当前特别要求主持人富有强烈的事业心、自觉的责任感和进取精神,提高节目主持人的素质。

怎么办呢?以我之见,六个字,即"共识、实践、求索"。

先说说共识。节目主持人是怎样的角色,不但主持节目的人要明白,就是领导他们的人也要明白。他既是某个节目的当家人,又是节目的实践者和主持者。对于这一见解,似乎已为越来越多的人所接受,其实认识并未统一。尤其是"采、编、播合一"这一点。

现在的情况是,大都只是名义上的主持人,实际上仍是播音员。上海市郊1992年度主持人节目评比中,推荐出符合采、编、播合一要求的节目的电台只有三家,占电台总数的30%。这里说明真正符合主持人标准的还是少数。去年以来,情况虽有变化,然而并不令人满意。长江三角洲广播新闻协作区成员单位、上海市浦东新区农村广播电台徐光,多年来向往当个合格的主持人。近年来,他逐步领悟了节目主持人的含义,坚持走采、编、播合一的道路,1992年10月25日他在所编辑、主持的《今晚七点半》节目里,解答了两位听众题为《旧情难忘,理智莫失》和《"削价处理"后为何还找不到对象》的来信,他在充分准备的基础上,拟了个提纲,播音时临场发挥,社会效果比较好。上海市广播电视学会评委会将它评为一等好节目。可见,造就合格的节目主持人必先对主持人的标准形成共识。这是办好主持人节目的前提。舍此,根本谈不上当好主持人。

实践,是当好主持人的基础。只有通过实践才能掌握规律学到本领。这里,重要的是勇于实践和坚持不懈。上海市宝山区广播电台张虹,是个年轻的妈妈,担任播音员多年,在领导的支持下,从1987年以来,她集采、编、播于一身,负责主持《为您服务》节目。她不辞劳累,深入农村和农民交谈,到田头察看,向农民和干部请教,熟悉农村工作,然后自己写稿。因这个节目较多地反映农民关心的热点问题,受到农民欢迎,节目质量不断提高。1990年10月31日播出的《再谈种田问题》、1991年12月18日播出的《谈谈节粮问题》和1992年12月2日播出的《农业如何适应市场经济》,分别获得上海市广播电视学会颁发的一、二、三等奖。1992年,她几乎花了一年时间,结合自身的体会写成了题为《当好节目主持人初探》的论文,博得上海市广播电视学会播音学会专家的一致好评。

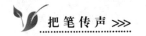

求索,是当好主持人的关键。作为一名主持人,尽管他是以"我"的形象和听众朋友交流,但实际上他却代表着电台在讲话,他所讲的话应该既反映党和政府的意图,又符合人民的愿望。因此主持人应树立喉舌意识、精品意识、创新意识和导向意识。这就要求我们的主持人下苦功夫提高思想政治水平、文化科学水平、组织协调水平、新闻采访写作水平和口头语言表达水平,进而在遵循共同原则的前提下,培养个性特长,创造自己的风格。

(原载《四川广播》1994年第2期)

绿洲足迹

——长江三角洲广播新闻协作区十年略忆

县(区)级广播台(站)在改革开放的新形势下,如何拓宽视野,发展自己,进而更好地为迅速发展的社会主义物质文明和精神文明的建设服务?在自愿平等互利的前提下,建立县级广播台(站)的协作网络,不失为有效的举措之一。1985年初春,在国内率先建立的长江三角洲广播新闻协作区,被日本广播新闻界朋友誉为"中国农村有线广播的一个创举"。1987年秋,应我和奉贤县电台台长施虹之请,经上海市广电局局长助理汪韵之帮助,龚学平同志挥笔作了"悠悠绿洲,声声广播,家家欢悦,人人奋进"的题词。至1995年的十年间,它在"金三角"这块广袤的沃土上生根开花。

对这个协作网络积极参与的我,先后担任它的副理事长、理事长和顾问。协作区成长的足迹,经常在我的脑际萦回。

如东动议的效应

记得在1984年10月下旬的一天,江苏省如东县广播站编辑部李志石等同志,到嘉定县广播站来,和我们商讨建立县级广播站协作组织的问题。他说,自从改革开放以来,我们越来越觉得,作为一个县级广播台(站),囿于环境,信息闭塞,为拓阔视野,想建立

长江三角洲地区的广播协作网络。听了他的意想,我和时任站长的陆文泉同志都表赞同。我们感到,尽管各台(站)情况各异,但在改革开放历史时期,县级广播台(站)都遇到如何求得生存发展的问题,因此,加强横向联系是很有必要的。于是,我和李志石等当场议定拟会同浙江省萧山县广播站编辑部向江苏、浙江、上海、安徽三省一市的部分县(区)广播站的编辑部建议:举办《长江三角洲新闻联播》节目。同年11月27日,萧山、如东、嘉定三县广播站编辑部向三省一市15个站发出了《关于倡议举办〈长江三角洲新闻联播〉节目》的信函,得到多数站的响应。

1985年3月10日至12日,在江苏省如东召开了长江三角洲广播新闻的首次协作会议,正式成立了长江三角洲广播新闻协作区。与会的,有上海、浙江、江苏、安徽四省市14家县(市)广播台(站)的代表,中央和江苏省广播电视部门以及有关新闻单位、新闻业务刊物的特邀代表共28人。与会同志着重就农村广播如何跟上时代变革的步伐,大力推进新闻改革,发展横向联系,扩大信息传播等问题,展开了广泛的交流和探讨,广播电视部地方宣传局肖峰等特邀代表和领导都在会上发表讲话,热情赞扬这一活动是我国农村广播事业发展史上的一个创举,应该作为一件大事写进全国广播史册。

随后,每年举行一次年会,由成员台(站)轮流承办,会上总结交流上年度工作,商定本年度的广播宣传任务和准备开展的活动。每届年会突出一个主题。各届年会的地点,依次为嘉定(二届)、江浦(三届)、绍兴(四届)、滁州(五届)、川沙(六届)、桐乡(七届)、宜兴(八届)、萧山(九届)、黄山(十届)和北京(十一届)。

北京会议又称协作区成立十周年工作会议,1995年6月18日至21日召开。由于李志石(协作区首任理事长,后任顾问)、钱明(浦东台副台长,协作区副理事长兼秘书长)和孔吾德(萧山台长)的奔波和广电部有关方面领导的支持,请到中宣部新闻局副局长栗国安,广电部社会管理司副司长廉剑、李克寒和广电部无线广播电视管理处长杨玉先等领导光临开幕式,并作讲话。李志石以《一个跨世纪的课题》为题讲了话。我代表理事会作了题为《发挥群体优势,繁荣广播事业》的报告。这次会议对理事会领导成员作了调整。调整后的领导成员有:顾问李志石、施心超,名誉理事长孔吾德,理事长钱明,副理事长吴康(兼秘书长、萧山常务副台长)、冯锡保(宜兴台长)和徐宏耀(滁州台长)。

这时,协作区成员单位发展到21家,即江苏如东电台、宜兴电台、张家港电台、金坛电台、海安电台、江浦电台、浙江萧山电台、桐乡电台、海宁电台、绍兴电台、慈溪电台、黄岩电台、德清电台、上海嘉定电台、浦东电台(原川沙台)、奉贤电台、安徽滁州电台、凤阳电台、黄山电台、肥东电台和四川峨眉山电台(特邀)。1995年5月间,我对协作区的基本情况作了统计,令人欣慰。协作单位所在县(市、区)总面积24 812平方公里,超过了北京和上海的总和。总人口1 899万,超过了澳大利亚和蒙古的总和。属全国百强县的有14个,占66.6%;实现小康的10个,占47.6%。1994年国内生产总值1 354.74亿元,超过50亿元的10家;财政收入758亿元,超过3亿元的10家。全区广播工作人员642人,编播人员345人,占53.7%。编播人员中具有高中级职称的83人,广播覆盖常住人口5 000万,大体相当于法国的人口数。

拓宽协作范围

协作区成立以来,协作的范围不断扩大,品位不断提高。

交换稿件和节目一向为协作的基本形式。新闻稿以经济类为

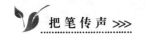
把笔传声 >>>

主,兼顾其他。十年间,交换稿件5 000多篇,交流过四次节目,即新中国成立40周年展播节目、新中国成立45周年主持人节目以及两次春节文艺节目展播,各台都专辟时间播出,成为所在地区重要的信息来源,从而产生了很好的社会效益和经济效益。同时,协作的形式由单一的文字稿件交换发展到联台易地采访。此项活动全区组织了四次,各台派出年轻力壮、有一定业务能力的记者,先后到浙江、安徽、江苏和上海的16个县(市、区)采访,浙江各成员单位还组织了赴黄岩采访,参加的记者前后近百人,写出反映各地改革开放年代建设成就的新闻、通讯、游记、言论、录音访问400多篇,分别在作者所在电台和中央或省市新闻单位发表。

随着协作区年岁的增长,其协作的层次相应提高。十年间,组织了四次具有一定规模的宣传业务研讨活动(即播音业务研讨会、新闻业务研讨会、新闻业务讲习班和主持人节目交流研讨会),参与研讨的共70多人。在多届年会上交流宣传业务论文,探讨新的工作规律,编辑出版三本书(即1991年的《广播记者论集》、1992年的《金三角的村庄》和1995年的《走向大市场》),分别由中国广播电视出版社和上海社会科学院出版社出版。交流创收经验,1988年8月在上海市奉贤县电台召开专门会议,探讨县级台站创收的特殊道路。开展友谊支援,上海的成员台和江苏的一些成员台,1991年夏向遭受严重洪涝灾害的成员台伸出温暖之手(上海市嘉定、川沙、奉贤三台集资22 000多元及部分机器设备分赠安徽省凤阳、滁州、肥东和黄山区四台)。

走出改革的新路

十年间,协作区始终以新闻改革为协作的聚焦点,以为经济服务为协作的根本目标,初步走出了一条符合县级电台实际的成功之路,特别是1990年党中央、国务院宣布开发开放浦东以来,我们的协作区先后组织了三次了解浦东、宣传浦东的大型活动,在长江三角洲地区产生了很大影响。不少成员台(站)的新闻改革经验经过协作区的交流,迅速在协作区其他成员台(站)开花结果。大部分的台有序地开办直播节目、用电话热线广播、全天播音时间十小时以上。十年间,各台都有作品在省(市)获奖,合计310篇(其中嘉定36篇,加上浦东、奉贤,上海的三个成员台共74篇)。在省(市)或全国性杂志发表业务文章达250余篇(其中嘉定17篇,加上浦东、奉贤,上海的三个成员台共41篇),另有四位同志出版了个人的专业著作(其中,上海市浦东广播电台黄玉昌的《敬礼,浦东人》,由中国广播电视出版社出版)。广播事业在竞争中发展,全区拥有广播喇叭303.65万只,比1989年的230多万只增长31.74%。无线广播也发展很快,调频已占了18个台,建中波台的有1家。总之,我们的农村广播依靠群体的优势,体现了很强的生命力和对听众的吸引力。这是我们十年协作取得的成果,也是十年协作创造的宝贵经验。

(原载《我们的脚印》1999年第3辑)

谈县级电台节目主持人的敬业精神

主持人节目在我国20世纪80年代问世以来,许多县级电台也竞相开办。据上海市郊和长江三角洲广播新闻协作区的27个县级电台统计,每个台都设有主持人节目。界内以当上主持人为荣光。这是新闻改革的极好势头。然而,在县级电台的节目主持人当中,尚须倡导敬业精神。

在县级电台的主持人中提倡敬业精神,实为时代的召唤,民族的期望,也是农村广播事业自身的需求。我国现有2 464个县级广播台(站),如果每个台(站)都设立并办好了主持人节目,对加强农村的物质文明和精神文明建设,对我国经济发展、社会安定有着积极的影响。值此广播电视界激烈竞争之际,对于怀有危机感和紧迫感的广播工作者而言,倘若忽视在主持人中提倡敬业精神,我们县级电台乃至整个农村广播会越来越沉重而深刻地感受到它的反冲力。发扬了敬业精神,则必将使竞争成为复兴广播,办好县级电台的良好机遇。当前特别要求主持人富有强烈的事业心、自觉的责任心和积极的进取心,立足本职,为社会主义祖国效力,为人民效力。这也是主持人的莫大荣幸。如何提高节目主持人的素质?以我之见,六个字,即"共识、实践、求索"。

第一,共识。节目主持人是怎样的角色,不但主持节目的人要明白,就是领导他们的人也要明白。现在,越来越多的人觉得,节目主持人是视听改革的产物,他应是广播电视部门从事新闻工作的,主持某个节目的,坚持走采、编、播合一道路的,自成系列的,一种新的较高层次的专业人员。他既是某个节目的当家人(即节目组的组长)、总体设计师,又是节目的实践者和主持者。他是当今世界广播电视的明星。在我国,他实际上应是党的宣传员。对于这一见解,似乎已为越来越多的人所接受,其实认识并未统一。尤其是"采、编、播合一"这一点。现在的情况是,大都只是名誉上的主持人,实际上仍是播音员。上海市郊1992年度主持人节目评比中,推荐出符合采、编、播合一要求的节目的电台只有三家,占电台总数的30%。这里说明真正懂得主持人标准的还是少数。目前,情况虽有变化,然而并不令人满意。倘若对此取得了完整的认识,就会在办好主持人节目过程中有着长足的进步。长江三角洲广播新闻协作区成员单位、上海市浦东新区农村广播电台徐光(徐德祥),多年向往当个合格的主持人。近年来,他逐步领悟了节目主持人的含义,坚持走采、编、播合一的道路,1992年10月25日他在所编辑、主持的《今晚七点半》节目里,解答了两位听众的题为《旧情难忘,理智莫失》和《"削价处理"后为何还找不到对象》的来信,他在充分准备的基础上,拟了个提纲,播音时临场发挥,社会效果甚好,上海市广播电视学会评委会将它评为一等好节目。可见,造就合格的节目主持人必先对主持人的标准形成共识。这是办好主持人节目的前提。舍此,根本谈不上当好主持人。

第二,实践是当好主持人的基础。只有通过实践才能掌握规律,学到本领。这里,重要的是勇于实践和坚持不懈。上海市宝山区广播电台张虹,是个年轻的妈妈,担任播音员多年。在领导的支持下,从1987年起,她集采、编、播于一身,负责主持《为您服务》节目。她保持农村知识青年的本色,不辞劳累,深入农村和农民交谈,到田头察看,向农民和干部请教,熟悉农村工作,然后自己写稿。因这个节目较多地反映农民关心的热点问题,受众面广,农民欢迎,节目质量不断提高。1990年10月31日播出的《再谈种田问题》、1991年12月18日播出的《谈谈节粮问题》和1992年12月2日播出的《农业如何适应市场经济》,分别获得上海市广播电视学会颁发的一、二、三等奖。1992年,她几乎花了一年时间,结合自身的体会写成了题为《当好节目主持人初探》的论文,博得上海市广播电视学会播音学会专家的一致好评。上海市郊的同行都把她看作学习的榜样。嘉定电台黄敏在几年工作中醒悟到,要做合格的主持人一定要练习采访写作。去春起,她独自主持了一档专题。最近她采访、编辑和广播的题为《民族文化在嘉定》的节目,在市局郊县处的初步评比中,给人留下了抓住社会现实、取材典型、层次分明、交谈亲切的良好印象。实践告诉她俩,作为县级电台的主持人,不仅要采编播合一,而且应当自己录音、自己制作节目,这是县级电台所特有的。因为县级电台人员紧缺,一个主持人往往要独立地、全过程地完成某个节目的所有任务。

第三,求索是当好主持人的关键。作为一名主持人,当他主持某一广播节目的时候,尽管他是以"我"的形象和广大人民群众交流,但在实际上是代表着一个台在讲话,担负着宣传党的方针政策,传播社会主义精神文明的使命,他所讲的话应该既反映党和政府的意图,又符合人民的愿望。因此主持人应树立喉舌意识、精品意识、创新意识和导向意识。这就要求我们的主持人下苦功夫提高思想政治水平、文化科学水平、组织协调水平、广播新闻的采访写作水平和口头语言表达水平,进而在遵循共同原则的前提下,培养个性特长,创造自己的风格。县级电台的节目主持人大多是由播音员转而担任的。论文化程度,就总体而言,他们同采编人员相比略有逊色,但还是比较高的。上海市郊 10 个电台采编人员共 78 名,大专以上的 63 名(研究生 1 名、大学 31 名、大专 31 名),占 80.8％。播音员共 57 名,大专以上的 21 名(大学 3 名、大专 18 名),占 36.8％。但是相当数量的同志忙于台内工作,平时接触听(群)众少,动笔写稿少,语言应变锻炼少,对独立自主地当好合格的节目主持人感到步履艰难。倘若既有较高文化,又能勇于进取,则必有成就。闵行电台有 6 名播音员,其中大学 2 名、大专 3 名,大都是年轻人。从去年 4 月 1 日起,他们承担了日均 12 小时 45 分钟自办节目的主持和播音任务。他们主持的综合性专题《春申热线》,娱乐类的《俞塘小草园》《六点半专题》等节目,利用直线对话形式,吸引了一大批听众。30 岁的薛南平和 24 岁的张小青主持的《春申热线》,注重抓住听众最关心的话题,让听众参与,给节目打热线电话的人数可观,区委、区府和乡镇局的许多领导同志都当过这一节目的嘉宾。崇明县电台张倩平,经过 6 年业余学习,毕业于上海市第二教育学院中文系本科函授班。去年 3 月 8 日起,在继续编辑主持文艺节目的前提下,又主持《经济大世界节目》,并参与采访、编辑工作。这个节目每档 30 分钟,每周 3 档,到 11 月上旬已办 107 档,形象地宣传了 80 多家企业,为崇明经济的发展出了一份力。事实雄辩地证明,当个合格的主持人,必定要经过磨炼的过程,苦苦求索的过程。

(原载《新闻大学》1994 年第 1 期)

附　　录

新中国抚育我成长

70年前,也就是1949年,我正好读初中一年级,在南翔参加了新民主主义青年团,上了南翔义务职业学校(现今为嘉定二中)读初中二年级。

1951年,我17岁,初中毕业,嘉定县委组织部批准我成为县委工作队员,在徐行区华亭小乡参加了土地改革给农民发放土地证的工作。

1952年,我18岁,由县委组织部派到外冈区政府当文书。为当地人民群众做大大小小民政之类的服务工作。那时,我认识到人民政府的确是全心全意为人民办事的机关,共产党是领导人民群众推翻"三座大山"建设新中国的核心力量。

1954年,我20岁,我光荣地参加了中国共产党,介绍人是当时的外冈区区长卞文光和文教助理居德礼。

1955年,任中共外冈区委文书。

1956年,我22岁,由后补党员转为正式党员,并调任《嘉定报》记者。

1957年调任嘉定县委宣传部干事,1958年我以嘉定县委宣传部的名义向上海音乐家协会会长邀请上海歌唱家来嘉定演唱歌曲,受到嘉定县干部群众的热烈欢迎。

1961年,我26岁,进入嘉定县广播站,到1995年退休。在这

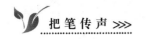 把笔传声

里工作的34年间,历任编辑、副站长、站长,广播电台总编辑,享受副处级待遇。经上海市新闻系列高评委评定为主任编辑(副高)。

1994年9月1日,我从广电局借调宣传部参与新闻工作,到2000年6月29日,在市级和全国性新闻媒体发表作品有272篇(6年平均每年45篇)。发表作品的媒体有42家,其中全国性报刊10家,含《人民日报》和《海内与海外》。《人民日报(海外版)》1999年10月29日发表《山水之光——记陆俨少艺术院》。《海内与海外》2003年第9期发表《访纵横汉字输入法发明人周忠继先生》。2011年10月18日出版的《新闻老战士》发表纪念辛亥革命100周年《追忆翠亨村》的文章。2011年11月25日《联合时报》发表《农民樊忠良接待基辛格》。我还在《解放日报》《文汇报》《新民晚报》《东方城乡报》《现代农村》以及上海人民广播电台、上海电视台发表消息和业务文章。我写的以及和朋友合作的多篇业务文章在广电部刊物发表。我还主编出版《走向大市场》一书,由中共上海市委领导龚学平同志题写书名。

在市级宣传单位得奖作品6篇,包括上海电台2篇(一等奖1篇),上海市对台宣传办3篇,市侨联1篇。多年来,在嘉定区机关事业单位退休干部管理服务中心的《又一春》杂志和《新成社区》发表多篇文章,让党的声音传得更开更广泛,守正创新,让主流舆论强起来,鼓励民众积极参与社区生活。

2021年,中国共产党成立100周年,年届耄耋的我,尚须努力。

施心超

2019年4月7日

嘉定广播 61 年

对嘉定的广播,我有特殊的感情!

从 1961 年进入嘉定县广播站工作,到 1995 年在嘉定广播电台退休,我在那里工作了 34 年。

1950 年,在嘉定城厢镇文化馆建立了嘉定县收音站,记录上级电台新闻,供县委领导参阅,编印黑板报资料。从事这一工作的是吴惠芳。当时城镇有收音机的人家寥寥无几,农民家里连用电灯都稀罕,收音机更是奢侈品了。

1955 年 10 月,中共嘉定县委、县政府决定筹建有线广播站,1956 年 2 月 8 日,即农历丙申年大年初一正式开播,时任县委书记牟敦高作广播讲话。广播站建在城中路 72 号,仅有 2 间平房,不足 40 平方米。利用县内电话线传输广播讯号,支撑电话线的杆子用的是毛竹或木头。到 1956 年底,有专职人员 5 名,喇叭 400 多只,扩大机 300 伏和 500 伏各 1 台。尽管人员那么少,设备那么简陋,然而干部群众对有线广播非常喜爱,从中看到了希望。那时,我在中共外冈区委工作,每当夜晚县广播站开播时,电话不通,就拿起话筒听广播。在农村,也常常看到农民三五成群,手拿蒲扇或端起饭碗聚集一起,收听锡剧或沪剧。农民说:"稀奇稀奇真稀奇,喇叭里面好听戏。"有的农家甚至把喇叭作为女儿出嫁的嫁妆之一。

把笔传声

20世纪60年代，毛主席发出了"努力办好广播，为全中国人民和全世界人民服务"的号召，推进了嘉定广播事业的发展。全县有广播专线2 000多公里，33 400多只喇叭，19个公社和4个县属镇都建立了广播站，基本形成了一个遍及城乡的广播网。70年代，水泥杆代替了竹木杆，几乎家家户户都装了喇叭，许多田头装了高音大喇叭，全县共有广播喇叭85 663只。

80年代中期，嘉定农村广播事业的建设从数量发展转入以提高质量为重点。1984年12月，县广播站迁入县政府西侧、高大的银杏树前的新址，建筑面积1 624平方米。

1985年8月12日，嘉定县人民广播站经上海市广播电视局批准，率先于市郊改名为嘉定县人民广播电台，时任上海市广播电视局副局长陈文炳和中共嘉定县委书记王忠明先后在大会上讲话，充分肯定了嘉定县广播站的工作成绩。时任嘉定县副县长马克烈和县委宣传部部长余永林在广播电台南侧门口合力挂上了"嘉定县人民广播电台"的木质牌子。电台的名字出自嘉定著名书法家浦泳的手笔。

当时的广播电台有工作人员28名。播音区有录音室、控制室和录音复制室；机房设备先进，有一台轻便的半导体录音机；广播线路质量高，喇叭安全、美观、音质好。1991年，全县喇叭数达到95 980只，号称10万只，县乡镇共有广播专职人员113人。嘉定县人民广播电台成为全县唯一的大众传播媒体。

20世纪80年代，在中共嘉定县委和嘉定县政府领导下，全体同志共同努力，连续四次荣获上海市广播电视局郊县广播综合评比的冠军。

1997年广播电台搬迁到塔城路现今的广播电视台内，率先建成市郊首个音频工作站，使电台的编辑、录音、播音进入数字化硬盘化的新时代。从那时起,100.3成为嘉定广播电台的调频频率,2004年又开通了直播节目。与此同时,嘉定广播录音、播出设备实现数字化。

2009年7月,随着华亭镇最后一批农民家庭有线电视信号的接通,嘉定的有线广播成为历史。

更值得称道的是,广播节目的内容越来越丰富。几经改版,新闻、专题和文娱节目由于紧贴嘉定老百姓的生活,受到听众的喜爱。一批优秀节目还在上级电台播出,扩大了嘉定的知名度。《外商违约造成损失,生产队长索赔成功》等优秀节目在全国获得大奖。《群星闪耀的背后》获得上海新闻奖。

近几年,嘉定广播电台已成为上海乃至全国建设新一代广播试验网的区域。广播节目完成改版,早晚设《早安嘉定》《下班去哪儿》,午间为《民生热线》,全天直播6小时。嘉定的广播设备更先进。2014年嘉定广播电台用标清转播车参加F1中国大奖赛,这是嘉定广播电台首次利用国际赛事的平台,扩大自身影响的一次成功尝试。

现今嘉定广播共有工作人员10人,其中研究生1人,本科生9人。

值此嘉定广播迅速发展的同时,华亭镇10个村,消失多年的小广播又回来了。每村的有线广播,除转中央、市、区的广播,都自办连心小广播,报道当地消息,或村干部讲话,播放农民喜欢的文娱节目。连俊村民王老伯说:"我不会用电脑,常看电视眼睛吃不消。现在一边做家务,一边听广播,了解身边事,广播用方言听起来更亲切。"此间流露了农民对有线广播的诚朴爱心。就嘉定广播的全局而言,有线广播是一个有益的补充。

在新中国成立68周年的日子里,看到嘉定广播事业发展到如

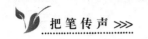

此先进的现代化水平，我身为一名老广播备感欣慰。过早和我们永别的邹敦、沈永文、陆文泉三位领导，当年为嘉定有线广播的创建、发展留下了深深的足迹，倘若有灵，今天也会为嘉定广播点赞。

今天嘉定广播人按照习近平总书记对新闻工作的重要讲话精神和中共嘉定区第六次代表大会确定的工作目标和任务，不断探索改革，谋求新发展，创造骄人成绩，向嘉定建县800年献礼，迎接党的十九大召开。

施心超
2017 年 5 月 14 日

从事新闻工作的乐趣

我是 1995 年 6 月从嘉定区广播电视局退休的。当时，我已被借调区委宣传部从事新闻工作一年了。经宣传部部长张德昌同志挽留，我在宣传部又做了 5 年新闻工作。回想起来，自己先后约 40 年从事新闻工作，不少故事仍在脑海浮现。

劝说陆荣根

陆荣根本是嘉定区黄渡镇泥岗村的普通农民，养鸡出了名，是上海市郊最早的万元户，首任中国家禽协会常务理事，全国劳动模范，上海市劳动模范，中共十三大代表。

我对他的事迹做过多次报道，分别发表于《农民日报》《解放日报》《新民晚报》《东方城乡报》等媒体。《农民日报》曾以《探索市场奥秘，养鸡大王陆荣根出奇制胜》为题发表。《新民晚报》以《想才 招才 留才——养鸡大王陆荣根的故事》为题登载。但在他刚出名的时候，因其收入大大高于当地农民，对他非议颇多。陆荣根也会火冒三丈，发发脾气。我看到这个情景，连忙劝解说："你挣的钱是劳动收入，对人家的偏见要谅解，同村里的农民闹意见，对你也不利。"事后，他觉得我言之有理，对人说："一人富则乱，众人富则安。"于是，他办起上海新陆牧工商总公司，自任总经理，带领 60

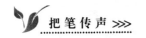

多户农民养鸡致富。从 1989 年到 1991 年的三年中,自己总共拿出 60 万元给村里筑水泥路,为每户装自来水,改善环境,还在年终慰问贫苦人家。农民看在眼里,喜在心里,大家关心和支持陆荣根的养鸡事业了。

然而过后不久,市场猪肉紧张,陆荣根养了数百头猪,后因资金短缺,企业倒闭,无奈之下陆荣根北上驻马店指导养鸡。现今,他在马陆镇的一个饲养场养鸡。我常常打听他的下落。最近,他特地来我家促膝交谈,得悉他事业尚佳,双方心情愉快。我深切感到,和被采访者结下诚挚的友谊至关重要,也是一大快乐!

访问顾菊珍

顾菊珍何许人?她是我国近代著名外交家顾维钧先生的女儿,也是退休国际公务员联合会纽约协会董事,联合国资深的公务员。退休前,她是联合国秘书处政治托管非殖民化部非洲司司长。

1999 年 1 月 29 日,是顾维钧先生的诞辰日。那年初,在嘉定新落成的法华塔院内,隆重举行了"顾维钧生平陈列"开幕仪式,顾维钧先生的长女顾菊珍和顾先生的长孙、外孙女等多人专程从美国赶来参加开幕式。这个信息是时任嘉定区侨办主任的杨炳涛同志事先告诉我的。那天上午,老杨陪我在塔院内古色古香的纛云厅拜访了顾菊珍女士。她身穿黑色大衣,动作敏捷,透过架于鼻上的眼镜,只见她的双眸炯炯有神,怎能看出她已是八十开外的年纪呢?

顾菊珍女士告诉我,她的慈父顾维钧祖籍嘉定,自 1912 年入北京政府任职接触外交事务,至 1967 年以海牙国际法院副院长身份退休,从事中国及国际外交工作 55 年。他曾出席过巴黎和会与旧金山会议,参与创立国际联盟和联合国。他的外交生涯,始终以维护国家利益与民族尊严为主旨。

顾菊珍兴奋地说:"来到美丽的嘉定,我非常高兴。如果我父亲能来的话,太开心了!"顾菊珍女士的这句话,道明了顾大使对故乡的思念之情。采访中得知,一个亲戚赴美看望顾先生提到嘉定时,顾先生提笔画了嘉定地图。先画法华塔,再画东西大街,写明孔庙、西门的位置。他真想尝尝故乡的塌棵菜和罗汉菜。那时老人已97岁了,但是还能背诵唐诗。他握着毛笔为嘉定博物馆写了杜甫《月夜忆舍弟》中的名句:"露从今夜白,月是故乡明。"

这天,与"顾维钧生平陈列"开幕式同时,顾女士在嘉定主持了中国文史出版社出版的《顾维钧传》的首发式。之后,她仔细参观了展品,又在"顾维钧生平陈列"的留言簿上题词:"这个陈列丰富美丽,非但纪念了父亲50余年外交生涯,而且给后代留下一段中国的外交史,记载我国由半殖民地的时代到今天是一个富强的独立自主的大国。我代表我们家属向祖国和有关单位表示感谢。"这次活动后,我写下了题为《月是故乡明——顾菊珍谈慈父二三事》一文,刊载于《新民晚报(美国版)》。2014年在上海侨界"侨与中国梦"主题征文活动中获优胜奖。如果没有嘉定侨办杨炳涛同志提供信息,我不可能写出这篇文章。可见,真挚的朋友是新闻工作的得力助手。

首都的来电

1999年10月中旬的一天,办公室里的同事叫我接听北京来的电话,我心想:怎么北京会有人打来电话?我拿起话筒一听,方知打来电话的是《人民日报(海外版)》"神州周末"主持人,叫张稚

丹。她说我写的介绍陆俨少艺术院的文章准备发表，要我赶快寄两张反映陆俨少艺术院风光的照片。我回答说："知道了，马上办。"

我连忙赶到新建成的陆俨少艺术院，向院长说明缘由和要求。院长慨然允诺，第二天我便把照片用挂号信寄给张稚丹。10月29日，《人民日报（海外版）》以《山水之光——记陆俨少艺术院》为题发表，文章右侧登了两张照片，一张是陆俨少艺术院内景，另一张是院内高逾2米的"两老峰"，它形似陆先生和他画坛挚友刘旦宅两位老人在亲切交谈。

当时我想：张稚丹为什么如此重视这篇文章？这主要是由陆俨少对社会的贡献所决定的。陆俨少，嘉定南翔人，青年时饱览大江南北风光，中年颠沛流离，壮年蒙受冤屈，晚年奋发艺事，硕果累累，在当代山水画领域独树一帜，是当代中国山水画的一代宗师。他历任第六届和第七届全国人大代表、上海中国画院画师、浙江美术学院教授、中国美术家协会理事等职。1999年6月26日，是陆俨少先生诞辰90年，经嘉定区人民政府积极筹建，坐落于嘉定古城、占地6亩的陆俨少艺术院隆重开院。当登载《山水之光——记陆俨少艺术院》一文的《人民日报（海外版）》送到了陆俨少艺术院领导手中，他们甚为快慰。

新闻工作是我的终生职业。每当我的作品见诸媒体，不论其级别高低，我都感到快乐。尤其是退休之后的20年，我笔耕不辍，仍有作品问世，说明我还能为美好的社会做一点微薄的贡献。

施心超

后　记

　　我们的父亲是一位老新闻工作者，从18岁开始从事文字工作，可以说这辈子主要的时光都奉献给新闻工作了。2019年11月，他被中华全国新闻工作者协会授予荣誉证书，表彰他"从事新闻工作三十年，为社会主义新闻事业作出了积极贡献"。

　　近几年每次回父母家，都会看到父亲书桌上堆积的文稿，这些文稿大部分是父亲这几十年来发表在各类报纸杂志上的文章。原来他是想把文章汇编出书。确实，作为嘉定地区的资深新闻工作者，父亲在上海乃至全国的广播和报纸杂志上累计发表了几百篇文章，此时将它们汇编出书是一件很有意义的事情。

　　父亲出书，我们子女自是积极支持，全力相助。由于父亲年事已高，我们就协助做一些基础工作。在协助父亲整理文稿时，看着1956年发表的、已经泛黄的剪报时，我们完全被感动了，如获至宝，倍觉珍贵。

　　本书最初考虑将文章按照政治、经济等内容来分类，但我们最终还是以年代先后来分类，以突显各个年代的社会变化和进步。

　　我们通过对发表在报纸杂志等出版物上的文字内容进行翻拍、打印等方法，收集整理父亲的文章。其中，父亲发表于《中国广播电视》期刊上的学术研究内容，说明他不仅是一名好记者，更是一名对广播电视事业有追求、有使命感的新闻人。

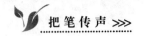

祝贺父亲在 86 岁高龄出版自己第一本书,为自己从事了几十年的新闻工作画上圆满的句号!

施向群　施中原
2021 年 3 月 1 日